U0109838

中國小說
的情與罪

胡傳吉／著

狐狸的智慧

　　魯迅《野草》中有一篇〈立論〉，其實是講人世間說真話的兩難處境：在「許謊」或「遭打」之間首鼠兩端。不過我以為好的當代文學批評，比之魯迅講的「立論」還更富挑戰性。對於當代批評，我自己耳濡目染，雖然也偶爾一弄，但更經常的卻是望而卻步。因為即便有不怕「遭打」的勇氣，也要有真正明心見性之談說出來才有意思。否則，忝列其中，聒噪而已。在批評的領域，有批評的勇氣常常並不代表有批評的睿見。要有批評的睿見，除了好學深思之外，還要有足夠的敏銳和洋溢的才情。敏銳和才情，非學而能，它更多的是人的天性稟賦。

　　伊薩・柏林借用希臘寓言說人有兩種智慧，一種是「刺蝟的智慧」，另一種是「狐狸的智慧」。刺蝟只明白一件事，而狐狸懂得許多複雜的細節。假如將這個說法推廣到文學研究和批評上來，那批評更需要的無疑是「狐狸的智慧」。人們常用「世界」這個詞指稱詩，說一首詩是一個「世界」，一篇小說是一個「世界」。而「世界」之內一定是多元、複雜和多變的，因為它們實在只是我們這個生活世界的語言呈現。要將這語言呈現出來的世界再行剖判、指摘，再行條分縷析，則非「狐狸的智慧」而不見其功。狐狸那種靈敏的嗅覺、犀利的目光、狡猾的心智、機變的策略正好對付當得起「世界」之稱的詩和小說。「狐狸的智慧」正可以在當代批評這個領域大展拳腳。

　　在我看來，胡傳吉正是這樣一位具有「狐狸的智慧」的當代文學批評的新銳人物。而這本《中國小說的情與罪》是她近年在文學批評雜誌上發表的專欄文章的結集。以我所知，她喜歡當代文學批評，不是近年的事情。還在讀碩士學位的時候，她就在《南方都市報》寫批評小說的專欄，——雖然這是我後來才知道的。到讀博士學位的時候，她的狀態大勇，批評文章也越見出色，她在用心探索以形成自己的批評風格。從這本集子看，將學院的視野和知音式的鑑賞結合起來是她批評的一大特色。學院風格對批評的弊端人們比較清楚，如過於學究，太過繁瑣，不能直指人心，但學院風格對批評的好處就未必人人明白，如學院的視野比較開闊，有利於深入文本摘發更深層次的問題，可以避免一葉障目。記得前不久讀過加拿大作家兼批評家瑪格麗特‧艾特伍德（Margaret Atwood）一本文學批評講演集《還債：債務與財富的陰暗面》（Payback: Debt and shadow Side of Wealth），作者圍繞著「還債」這個核心，從古老的正義觀念開始，融合了日常經驗、個人經歷、歷史故事、經典文本和經濟學、社會學、心理學知識，將「還債」的主題層層深入。讀過之後，益人心智，也大開眼界。你可以說它是文學批評，也可以說是人的經驗史、思想史著作。如果持傳統的批評觀念，滿可以說它不像批評文章的寫法，但轉念一想，又何嘗不是搞批評的另一條路徑呢。胡傳吉這本結集中有一篇〈訴苦新傳統與怨恨情結〉其寫法與艾特伍德大有「英雄所見略同」的意味。她將現當代文學史上的「訴苦」作為一個「新傳統」來考察，追蹤它的來龍去脈，雖然限於篇幅，未能暢言，但確實表現了她對這段文學史的獨特發現，以及別開生面的批評眼光。我相信，假以時日，待學養的積累日漸進步，胡傳吉一定可以寫出更加精彩的主題追溯式的批評文字。

　　批評是最為見仁見智的事情，因為它涉及更多的是無可爭辯的趣味。從這個角度講，批評領域其實就是趣味之爭的領域。因此，

凡是筆涉批評的人，都要有點捨我其誰的氣概。如果沒有趣味的主張，這也好，那也好，則就不如不做批評了。批評就是這樣，與其客觀，不如主觀；與其全面，不如片面；與其中庸，不如一針見血。讀過這本集子，我知道，胡傳吉是一個有趣味主張的批評家。例如〈小說的不忍之心〉談到文字、感情的節制；〈羞感之於內心〉指出敘事的赤裸和羞感的缺失；〈性饒舌的困與罪〉在一個開放的後現代語境審視小說寫作中的「性饒舌」現象。她所指出的其實都是當代文壇在近十餘年出現的新現象。胡傳吉的批評文章，既直言不諱兼含幽默諷刺，又充分地講道理，都是明心見性之談，發人深思。

　　五年前胡傳吉報考中大中文系的博士，當時報考的導師是程文超教授，但程老師不幸去世。受他委託，我接下了餘下事務。面試的時候，剛好時間與我要參加的另一場面試相衝突，我只好再委託另外兩位老師。事後我問面試的情形如何，他們說「還可以，平平常常。」聽了這話，我也沒有多想。等到上課的那一天，教室裏坐著一位乾淨利索、略顯單薄、剪了超短髮型的學生模樣的人。我當時心裏有點納悶，「不是……，怎麼……」，但又不敢貿然開口，怕失了禮。倒是她先自我介紹。這是我們師生第一次相見的一幕，所以至今都記得。從那以後，她給我的印象就是勤奮。平常話不多，咪咪一笑，簡單的幾句，就打發了。但做事情奇快，論文的想法很快就提出來了。凡提了意見，很快就修正落實了。她還同時寫好幾個專欄。與「還可以」的印象極其不同，不是「平平常常」，而是非同一般。可見，即使眼見也會極不可靠。我有時想，這麼單薄的身子，咋能出這麼多活？看到這本厚厚的文稿，也與此有同感。不過，學問的道路是漫長的，批評也是沒有止境的。凡走在學問的無盡途上的人，當記得來日方長的道理。這也是我們需要共勉的。在胡傳吉這本《中國小說的情與罪》出版之際，拉拉雜

雜寫下幾句話，一來表示祝福，二來期望她在今後的歲月，百尺
竿頭更進一步。

林崗

2010-12-31

目　次

第二輯　文學的超越

第一輯
精神生活

小說的不忍之心

　　小說，尤其是長篇小說日益得勢，在某種程度上說明，俗世更趨複雜，人們需要更多的詞語來表達這個世界。

　　縱觀過往的中土文藝，越是要在世俗生活上有所作為的文藝，越需要在篇幅上有所表現。故事類的文藝，更需要對應市民在時間上的消磨。如小說《金瓶梅》、彈詞《榴花夢》[1]等，再如《金粉世家》等，都在一定程度上對應了市民對消磨時間的要求。借用鄭振鐸對彈詞的評說，「彈詞為婦女們所最喜愛的東西，故一般長日無事的婦女們，便每以讀彈詞或聽唱彈詞為消遣永晝或長夜的方法。一部彈詞的講唱往往是需要一月半年的，故正投合了這個被幽閉在閨門的中產以上的婦女們的需要。她們是需要這種冗長的讀物的」[2]。敘事類文藝，尤其是小說，雖說地位難如其它詩文，但仍屬士人玩賞之物，絕非下層百姓所創所想，就文體地位言，小說低中亦有高。只不過，小說終究不如詩文，後者可以應試通仕，小說即使能充於士人案頭枕邊，但至少在近代以前，難登廟堂——文字在中土，似乎非得要打通科舉應試關節，方能真正得登大堂。最早的中土小說，更像是趣味之物，而非功利之物，趣味的要求，就

---

[1]　鄭振鐸《中國俗文學史》第十二章「彈詞」裏提及閨閣流傳「評話」，其中，「有《榴花夢評話》一種，最負盛名。聞有三百餘冊，可謂為最冗長的一種了。惜未得一讀」（頁572）。這之後，關注長篇彈詞《榴花夢》者增多。見鄭振鐸：《中國俗文學史》，北京：團結出版社，2006年。

[2]　鄭振鐸：《中國俗文學史》，頁547。

有打發時間的要求，所以，篇幅在小說這一文體裏，並非可有可無之要求。人們通常在小說這種體裁裏又分出長篇、中篇、短篇，卻同時，又很少有長詩、中長詩、短詩或長戲劇、中戲劇、短戲劇等提法，這說明，人們也許是無意識地認為，小說本來就應該跟篇幅掛鈎。像無名氏（卜乃夫）之長篇巨製《無名書》，張煒的超長篇小說《你在高原》，一些在字數上有突破的小說的出現，大致能說明，小說對篇幅的寬容。

顯然，小說不能只幾句話、幾行字就說清楚，它似乎是另一種狀態——越是說不清楚，越是要說，它的邏輯、情理、含混、遊戲，需要更大的篇幅來承擔，也因而，它天然地，跟世俗生活有親緣關係。由此，我得出這一看法：長篇小說日益得勢，幾乎也可以稱得上是社會世俗化過程中的文學反應。

近代以後，當中土小說被添附社會責任、革命義務之後，小說反而成為更加自由的文體。小說不僅繼續為消磨時間提供可能，更為社會承擔了類似古代詩文「言志」之功能。表面上看來，語言對小說最為寬容。語言幾乎是詩歌的第一道門檻，語言稍有閃失，就會影響詩歌的神氣。戲劇很難在篇幅毫無節制，因為有一個表演的限制在那裏。就語言論，比之詩歌、散文、戲劇等，小說幾乎稱得上是最能發揮的文體了。也因而，小說又幾乎是最難做到修煉、節制的一種文體。

小說的容量優勢、小說的表達優勢，容易使小說家沉緬於文字排演，除非是極為克制極為聰明的小說家，否則，很難把持住小說的不忍之心[3]。本文所重點論及的「不忍之心」，既含不忍下筆之心，

---

[3] 不忍之心，用比較現代的、帶有翻譯色彩的詞語來比附，則與「克制」之心比較接近，但本文所談的不忍之心，還是與克制之心有所區別，後者更偏重理智，而前者既重感情亦重智慧。

亦含不忍炫技之心。不忍下筆之心偏向人性道德層面，不忍炫技之心則側重智慧靈性層面。

　　《孟子・公孫丑上》有記，亞聖孟子曰，「人皆有不忍人之心。先王有不忍人之心，斯有不忍人之政矣。以不忍人之心，行不忍人之政，治天下可運之掌上」。又，《紅樓夢》第百十八回《記微嫌舅兄欺弱女　驚謎語妻妾諫癡人》，薛寶釵，對「不忍」二字，亦有點晴之高論，寶玉說起「赤子之心」，寶釵深知其「出世離群」之心思不斷，道，「你既說『赤子之心』，古聖賢原以忠孝為赤子之心，並不是遁世離群無關無系為赤子之心。堯舜禹湯周孔時刻以救民濟世為心，所謂赤子之心，原不過是『不忍』二字。若你方才所說的，忍於拋棄天倫，還成什麼道理？」平日裏滴水不漏之人，亦有化境，雖未至大乘，這番話說出來，已是對出離貪嗔癡愛的極致勸諭。

　　其實古人講這個「不忍」，既談了道德人倫基準，亦談到了智慧治術，但「不忍」到了今天，似乎只剩下了人性道德層面的意指，今人的偏頗，我覺得是大大地忽略了古人的智慧。回到小說的寫作上來，就即便是人性道德層面上的「不忍之心」，小說家也很難把持了。

　　小說家心神蕩漾，把持不住，恐怕也跟小說本身的表達優勢有關，也即上文所講到的，小說天生就對篇幅比較寬容。小說又是比其他文體更需面對具體人生的文體，也就是說，小說一定要面對俗世細節，無論小說再怎樣虛構、抽象，只要小說裏有人事，就免不了俗世細節。像金庸的《射雕英雄傳》，雖虛構誇張，但到了黃蓉顯擺廚藝的時候，這炙牛肉條（「玉笛誰家聽落梅」）、白米飯、田雞腿、八寶鴨、白菜豆腐等飯蔬，不是天下掉下來的，還是得買（第十二回《亢龍有悔》）。再如英國弗吉尼亞・伍爾芙，喜拆卸詞語、打亂時空、流溢意識，但其小說裏的人事細節，卻從未脫離情理，像《達洛衛夫人》，雖只寫了一天的光陰，但達洛衛夫人的過往經

歷卻能悉數聚於眼前，讓人有一生一世之滄桑感。許多小說家，都與傳統現實主義關係不大，但人之常情、事之常理，仍在各自的小說裏俯首可拾。

小說的表達優勢，使人事在小說裏的生活及感覺，比在戲劇詩歌裏，更為精細。細節是填充小說真實的重要線索，小說家的把持不住，很多時候其實是在俗世細節上把持不住。細節的「地圖」怎麼走法，直接影響小說的大局。

細節描述對小說家一定有無法抵制的誘惑，同時，語言的權力，對小說家也是重大誘惑。比如說，當小說家寫到刀子、刑具的時候，這刀子可以落多少下，這刑具要施刑多少個時辰，才能停止？缺乏不忍之心的寫作者，一定收不住手。遠的，有那武松、石秀殺嫂的刀子，近的，有美其名曰的「暴力美學」下的棍棒槍炮。到了後來，特別是在本土，暴力尺度只好由審查方來判斷，雖然此方也是一把刀亂砍，但姿勢總在那裏——這是外力對「忍心」之筆的抑制。受細節誘惑而忍心下筆的例子舉不勝舉，已堪稱泛濫了。就是像趙樹理這樣的小說家，也未能很合適地處理好語言的的權力，其《小二黑結婚》，一方面強調三仙姑的脂粉、頭飾、繡花鞋等帶有「封建」意味的物事，另一方面，又刻意強調三仙姑的四十五歲年紀，隨之，院子裏的譏笑聲，讓三仙姑自殺的心都有了，作者對三仙姑的譏笑嘲弄，不厚道幾近刻薄了。比之其他更為激烈的大眾「喜聞樂見」的小說，趙樹理稱得上是溫和了，但是正由於其溫和，濫用語言權力的「忍心」之筆，反而更難察覺。細節要走到哪一步，寫作者才肯收手、才能收手，細節要走到哪一步，才能恰到好處，我想，未必有許多的小說家會去謹慎地處理這些問題。

「忍心」之筆，也未必就是缺乏同情心的表現。首先，我覺得這大抵是小說這種體裁本身的表達優勢，使得許多的寫作者，抵擋不住文字的蠱惑。舉一個類似的例子：所謂讀書人的讀書癮，說到

底，亦不過是對文字的迷戀，傳說中的倉頡造字，其初衷，想必亦不過是想表達人口舌所欲及內心所想，尤其是中土文字，一旦她成為你生命中的一部分，那麼，之後，無論如何，你就再難與她脫開干係。陳寅恪、錢鍾書這樣的文史大師，1949 年不作去國之選，對中土文字的牽掛，恐怕也是重要原因之一。陳寅恪終生堅持繁體豎排出版其著作，錢鍾書執意繁體出版其學術著作，可見，對文化最深沉的熱愛，恐怕會首先體現於對語言文字的熱愛。此為題外語。說回小說的創作，寫作者用很多很多的字，杜撰左右不成立的故事，恐怕也不是全無樂趣。同時，寫作者之所以刀至血腥悲慘、筆至齷齪猥瑣仍不肯放手，在很大程度上也是出於對生命感覺的迷戀，如貪嗔癡愛恨等，這些，都是沒有止境的東西，所謂生生不息，恨與愛都是生的動力，疼痛亦能讓人流連忘返，人都跳不出這塵網，更何況凡人口舌間的語言及文字。說到底，中土人受文字的羈絆實在太重，所以，當文字一落到不限篇幅的小說裏，便生出這種種的毛病來，不懂得見好即收，在技法上處處逞強，在修辭上無所不用其極，等等，最後，也就往往壞了小說的大格局、傷了人的尊嚴。

　　正因為「忍心」之筆太多，「不忍心」之作才更顯珍貴。

　　薛憶溈[4]，是最懂「不忍之心」的小說家之一。

　　以其短篇小說《出租車司機》為例[5]，薛憶溈僅以一滴雨水（淚）便寫出人世間的悲痛與自救。只在一瞬間，出租車司機與妻女便天人兩隔、生死道異（因車禍），作者避開撕心裂肺、血肉模糊的場面不寫，單寫出租車司機辭職前的半天光景。這一天，出租車司機注意不到往常總會留意的車位被占，而往日總不在意的細節，卻

---

[4] 薛憶溈，在中國出版有《流動的房間》（廣州花城出版社，2006 年）、《通往天堂的最後那一段路程》（廣州花城出版社，2009 年）等，現旅居加拿大。

[5] 薛憶溈：《出租車司機》，載北京《人民文學》1997 年第 10 期。

「活著」回來了,當妻女不在了的時候,她們才「活著」回來。「出租車司機一直是一個很粗心的人,他從來不怎麼在意女兒的表情,也不怎麼在意女兒的存在。他也從來不怎麼在意妻子的表情以及妻子的存在。因為她們存在。可是現在,出租車司機意識到了女兒和妻子的表情,意識到了女兒和妻子的存在。因為她們剎那間就已經不存在了。一個星期以來,出租車司機沉浸在悲痛和回憶之中。他的世界突然安靜下來了,他卻無法讓自己安靜。……出租車司機一個星期以來突然變成了一個很細心的人。往昔在他的心中以無微不至的方式重演」。他受不了這安靜,那有妻女在的沉悶生活突然變得「有聲有色」──萬念俱灰、無處訴告,大概就是絕望的皮相。傾聽並留意別人的生活,讓出租車司機徒然發現,要去尋求屬己的安靜,才可能得內心的自在。兩批乘客的對話與動作,看似與出租車司機毫不相關,但實際上,為出租車司機「聽到」他人生活提供了管道。「這有什麼辦法」、「也許只能這樣」、「我並不想這樣」、「有時候,我會很留戀」、「有什麼好留戀的」、「一切都好像是假的」、「真的怎麼又會是假的」、「我真的不懂為什麼」、「你從來都沒有懂過」、「難道就不能夠再想想別的辦法了嗎」、「難道還能夠再想想別的辦法嗎」……乘客們東一句、西一句的對話,彷彿在對照出租車司機內心的困擾與絕望,看似與出租車司機無干無係,但又句句是問答。生活的存在,是彼此互看互聽,也是自我審視。

　　這樣的寫法,既保全了妻女的尊嚴,又試探出出租車司機內心的柔軟、脆弱。痛絕總會讓人失態,掩去難堪是保全高貴的明智之選。謝有順近年有一提法,常讓我思考,即小說家難寫出「值得珍重的人世」。確實,除了極少數有不忍之心的寫作者,語言文字如何為人保全尊嚴的意識,極為欠缺。在薛憶溈這裏,我找到小說家筆下普遍缺失的「值得珍重的人世」。懂得「不忍之心」的同情心與智慧術,薛憶溈因而寫出了許多小說家無法道出的,「值得珍重

的人世」。試問，誰能說出租車司機那一滴雨（淚）——「出租車司機非常滿足，他擔心的雨並沒有落下來。只是在停車場裏，他向他的車告別的時候，有一滴雨落到了他的臉上」，會亞於那千年一哭，那「紫塞」之淚（此處喻指孟姜女之淚）[6]？《出租車司機》以其短短的篇幅，既知生，亦知死，無論從結構、語言，還是從情感角度看，此篇都堪稱是傑作。

另有中篇小說《通往天堂的最後那一段路程》[7]，更是能見得大聰明的作品，作者對國家命運、個人選擇、社會理想有卓越的思考。「通往天堂的最後那一段路程」，人通常會做什麼？有的人會反覆辯白，有的人會自我懺悔，有的人依然渾噩混沌，有的人會尋找「天堂」。各種舉動為了什麼？緊緊跟過去擁抱，不斷跟過去告別，反覆留住現在，小心回收自己的足印，努力讓時態失效，讓現在變得永遠？都有可能。小說中的懷特大夫，在「最後那一段路程」，一路反省，一路尋找「天堂」。人們以為，「毫不利己、專門利人」的浪漫理想，會打破分離感、離棄感、陌生感、冷漠感等現代病，但是，懷特大夫越來越發現，「毫不利己、專門利人」沒有辦法提供幸福感，激情沒有辦法為靈魂提供安頓之住所。

既然「毫不利己、專門利人」無法解決皮囊馱負的困苦與負擔，既然激情只能令負擔越來越重，既然交換祖國仍不能讓靈魂有歸依，那麼，「你」、「前妻」、「愛」能不能減輕這些負擔呢？不能說能，也不能說不能。這向生向死的過程，有多少的劫難、困苦需要排解，人真是極其可憐。

懷特大夫臨走的時候，看到了孤獨。他寫給前妻瑪瑞蓮的最後一封信中提到，「你還記得聖丹尼街上的那家咖啡館嗎？你拉著我

---

[6]　此處的「紫塞」之淚，喻孟姜女之淚。「紫塞」有時也用來指代「長城」，長城下的紫紅土，有人認為是修長城者之血汗染成。

[7]　薛憶溈：《通往天堂的最後那一段路程》，載上海《書城》2004 年第 5 期。

的手說你知道我總有一天會要離開你。我一直覺得，這種說法其實是你接近我的一種方式。我知道，你渴望接近我，就像我渴望你的接近。可是，不管人們多麼『接近』，他們其實總是分離的，他們也總是已經『分離的』。即使我不去馬德里，即使我不來中國，即使我們從沒有離開過我們在底特律的那座迷人的小木屋，我們其實仍然已經『分離』。沒錯，無論怎麼接近，人都是孑然一身。孤獨是最接近解脫的生命感覺，「父親」經由懷特大夫的孤獨，重新串連起懷特大夫一生的浪漫、執著、迷茫，同時，也找到自己的孤獨、平靜、自在。

這是一個為靈魂尋求不朽安頓之所的故事，所以，懷特大夫的讀者雖然是一個中國人，但這個故事，超越了國界、性別、朝代，它訴說了普遍的人生困境，就如小說中的父親所囑託的那樣，「他（父親）臨終前將這封信交託給了我。他說他希望將來有更多的人能夠讀到這封信。他說也許人們可以從中發現一個『另外的』人，或者一個所有的『人』，而不僅僅是一段具體的歷史或者一種特殊的經歷」。《通往天堂的最後那一段路程》之思想，密集而緊湊，幾乎每一句話後面，都有大世界。《通往天堂的最後那一段路程》之結構，嚴整而別致，其章法，環環相扣，掉一鏈結，則失全局。也因此，小說讓人不捨得錯過一字一句。

一些小說家，有道德人倫層面的不忍之心，但未必有智慧靈性層面的不忍之心，而薛憶溈的小說，特別是他的中短篇小說，其不忍之心，幾乎從未亂過分寸。內在的同情，從不膚淺；個中的智慧，很少失手。《1989年12月31日》、《深圳的陰謀》、《同居者》、《物理老師》等作品，通篇讀起來，真可謂多一字則太多，少一字則太少，每能恰到好處。其選材不宏大但意指深邃超然。小說結構每有多線條，必井然有序，線不打結、不纏綿，但也不斷裂，穿線的針，靈動，但又剛韌不折。作者每行文動筆，乾淨但不決絕，清醒但非

無情，人事於若即若離之間，又有千絲萬縷的關聯。薛憶溈懂得人心的複雜，也懂得為人心的黑暗留有封地，他的小說常能以智慧抵抗不合宜的同情心，也以不忍之心為生命的神聖感與尊嚴感寫下光芒。薛憶溈的一些小說，貼近世俗的本相與元神——人道內，自是有大絕望在，但凡人亦應有凡人的擔當；凡人當仰觀天道，但天道不能吞沒人道。有這些見識在，薛憶溈的小說顯得坦然，幹練，不畏縮，不小氣。

世上並無無懈可擊之事，只有那天衣才無縫，薛憶溈小說之嚴絲合縫，雖不能以完美譽之，但實在是經得起百般挑剔的眼光。薛憶溈小說之妙，遠不止於「不忍之心」的恰到好處。他的小說莊重但不刻板，詼諧不至輕浮，灑脫不至浪蕩，有趣而不故作深沉。薛憶溈堪稱是華語小說域的世外高人，他樂於游之方外，如君子般「人不知，而不慍」，世人難捕捉其蹤影，讀者難見其激動失態。人們只管捉實了那「主流」的熱鬧喧嘩，卻看不到寂寞方外的精彩出眾。薛憶溈拋出謎一般的文字珠玉，沉寂於文字深海，回聲稀薄，波動輕微，彈問者鮮，甚是遺憾。

還有一些作家的不忍之心，也值得稱道。

楊絳先生的長篇小說《洗澡》[8]，其筆法疏朗雅致而不稀鬆，氣質清淨不穢。作者不忍慘烈及齷齪，則以幽默沖淡。有些言辭雖然刻薄無情，但慘無人道的生活過後，投幾句冷嘲熱諷，描幾幅群醜圖，並不過分。縱略嫌刻薄，但言辭簡潔，那份冰雪聰明怕是常人難及。現實有太多讓人嫌厭的地方，揶揄一番，也無妨。老先生有好玩之心、貪玩之心。在歷經劫難嘗遍悲痛後，老先生尚有雲淡風輕之氣慨、「走在人生邊上」的豁達，個中的「不亦樂（說）乎」，實是難得，後輩晚生常憤憤、常怨怨，那心境及境界，是差了一大截了。

---

[8]　楊絳：《洗澡》，北京：人民文學出版社，2004 年。

　　白先勇的中篇小說《永遠的尹雪豔》[9]，寫出一段無論如何也翻不了新的歲月，時代太過混亂、太過急促，華貴趕不及閃耀，就已褪色、失色，再難挽回。清蓮必須出於污泥才顯高貴，色澤與光華只能留在那個時代，才能「永遠」。筵席間觥籌交錯，但亦有其意不在酒的醉翁，小說家清醒。前庭奉承迎和，後院婆媽瑣碎，幾多齟齬，幾多心機，但白先勇寫得乾淨俐落。貴氣而不過分張揚，白先勇的中短篇小說，錦繡而恰當。

　　魏微也屬於不多說的作家，但一旦說出，就字字珠璣。《大老鄭的女人》、《家變》等中短篇小說，為那些尷尬不堪的人生，留存了不容潑髒水、不得放肆踐踏的顏面。她的幽默多是悶騷型的，得安靜讀，才有啞然失笑，她的有情常帶著無情的面罩，關心了，但又不願意讓人察覺，這些，大致就是她自己所寫的那樣，「曖昧而溫存」。

　　其實，細看起來，所謂的「當代」，並不特別地貧乏。但若急不可待地為多數、大多數小說加冕，那也是徒勞。

　　讀那些有「不忍之心」的小說，猶如見某些個清清爽爽的人，他／她只是微笑著，站在不遠也不近的距離處，眉目清朗的樣子，只是輕輕笑著，不熱烈也不冷淡，不親也不疏，心領神會之人，會看到，深邃的眼神後面，有高山大海，不為庸常所動搖，但為凡塵相持守。

　　篇幅的長短，不成其為評判小說是否擁有不忍之心的理由。不忍之心，也並不是小說高下的絕對標準。但是，不忍之心一定是小說寫作的美德之一。不忍之心是對同情激情及語言幻覺的自我節制：節制裏總帶點聰明與勇敢；同情心裏總帶點輕慢與慶幸，她並不見得總是莊重。心裏放不下情感，筆中則要添附理智。不忍之心，

9　　見白先勇：《臺北人》，上海文藝出版社，1999 年。

由道德出發，又高於道德，她是善與智的結合。小說的不忍之心，實能度量天下廣袤、人心尺寸。

羞感之於內心

　　讀許多當下小說[1]，我常會想到馬克斯・舍勒的羞感說[2]，並生出種種的疑問：人的羞感到哪裡去了？為什麼小說中的男男女女，在面對包括戀人、情人在內的他人時，不會臉紅、不會害羞？為什麼，小說中的人物在人際關係裏爛熟老到，從來不曾內心不安、舉止局促？到底是現實生活中的人已經忘記了臉紅，還是小說世界裏的人不懂得臉紅呢？需要說明的是，這些疑問，並非道德層面的追問。羞感本身，並不是一個單純道德層面的話題，嚴格意義上來講，羞感是人之存在的狀態之一，「羞感彷彿屬於人類模稜兩可的天性」[3]，因而，無須糾纏於是否道德、是否正確的褊狹問題。

　　與此同時，我留意到，網路貼發的小說或敘事類作品，比通過刊載及出版方式面世的作品，更少關切人之羞感。撇開某些眾所周知的原因（諸如審查），網路對讀寫交流方式的改變，亦是其中的原因。網路讀與寫，極少面對面的交流，寫、讀、買、賣皆靠網路。寫作者與瀏覽者，彼此是陌生人，彼此尋求寂寞中的安慰，毫無保

---

[1] 這裏所指的小說，指以不同技術手段寫成的小說，貼發於網路的小說，亦在其中。

[2] 從生物學到兩性關係，從身體到靈魂，舍勒對害羞與羞感這一天性，進行了辨析，具體參見〔德〕馬克斯・舍勒：《價值的顛覆》，劉小楓編；羅悌倫等譯，北京：三聯書店，1997 年。除舍勒之外，達爾文、黑格爾、西美爾等，對羞感都有所涉論。界定羞感、承認羞感，很大程度上是為人不同於動物而辯。

[3] 舍勒：〈論害羞與羞感〉，見舍勒《價值的顛覆》。

留地袒露內心。暗夜裏，一個人，一台電腦，此時此刻，人大抵會大膽狂放些，看內心的黑暗四處流淌，雖有苦痛，但也免不了有些莫名的興奮。發貼者似乎更在乎網路那一端是不是心動、迷亂、戀戀不捨，而不多在乎網路那一端會不會害羞。沒有面對面的照應，就少了許多臉紅的機會，這是有線及無線網路帶給寫作及人心的重大變化。

　　當下的小說、敘事類作品，似乎在不斷地抹去作品中人之羞感（詩歌更是自不待言）。也許，得出這一判斷，過於輕率，但至少，有一點可以肯定，羞感並不為許多寫作者所重視。通常是，不僅身體層面的羞感被袒露感瓦解，精神層面的羞感更是鮮有發現。羞感之所以不太被當代小說所重視，很大程度上是因為，羞感在中土文化淵源裏，是仁禮道德體系裏的重要訓辭，它要求人向善（儘管善本身也模稜兩可），它容不下惡、醜、壞、污垢，它的重點其實不在羞，而在恥。換言之，這種羞恥感，對人生過於苛刻，當現代意識降臨之後，它變得讓人無法容忍，仁禮道德不再具有不容辯駁的說服力，它不再是一個少數服從多數、下級服從上級的問題。道德向善知恥，本無可厚非，但就存在本身及常識而論，惡、醜、黑暗、壞、污垢、齷齪既有存在的價值，亦有無法徹底被消滅的本質特徵，所謂「解放」，只是一個神話，你可以號召一個人向善知恥，但你無法將人改造成絕對向善知恥、絕對無瑕之人。德行要求下的羞感，本意在於自我的修身，但又因為與權力及等級的淵源太深，所以，這自我修身之要求，往往異化成為對他人的苛求。德行要求下的羞感，到今天，仍有其輿論威力，但它已不足以摧毀一個人追求更合乎常識之價值的理想。急於證明自己是現代人的寫作者，很難會喜歡上這種讓人窒息的古老化石。所以，當下小說及敘事類作品之不重視羞感，從情理上均可以理解。但即便如此，也不意味著我們就可以對羞感視而不見。

　　於此，姑且先放下羞感來源及淵源這些更具爭議性的知識性話題不談。無論羞感是天意還是人為，無論羞感是純粹感覺還是社會感覺，羞感都是在的：羞感不僅在，而且珍貴。亞當夏娃偷食禁果始知道自己是赤身露體（創世紀 3，7），也即那一刻，羞感產生。上帝由此大發雷霆，亞當夏娃自此開始了既受恩寵又被憐憫的不幸生活。上帝這麼大動靜，上帝看上去這麼生氣，並剝奪人類長生不老之可能，以作懲罰，可見羞感並非尋常之物，亦可見此罪之重。嚴格來講，羞感是人類通往自我、發現自我的重要感覺，知是非、知羞恥，成為人的靈性之一。正因為有靈性，人才跟那個最高的主宰者、上天最為接近，人才能與神結伴，人才自有高貴處。羞感，既為身體穿上了衣服，亦為內心披上了衣服。衣服在這裏，只是隱喻並非本質，羞感才是本質，人並不因為穿上或沒穿上衣服而失去羞感。羞感守護的，是身體，但更是內心。這內心，並非一定就美好、善良、高尚，更多地，這內心是不能語人、不願語人、無法語人之隱，羞感就是要保護這些不能、不願、無法語人之隱，使之不被侵犯、不被刺探、不被褻玩，即使此「隱」是邪惡、罪孽、齷齪，也要保護。比之在德行裏尋求答案，回到「在」本身，恐怕對羞感的理解更為合適。

　　德行要求下的羞感有令現代人不喜之處，但這並不妨礙有洞見的寫作者，由「在」出發，去猜想羞感對人的意義，去珍重人類獨有的複雜感覺。

　　比如魏微的小說，就特別珍重羞感。魏微筆下的許多人物，並非不世故不圓滑，但這種世故與圓滑又並不讓人十分地嫌厭，之所以這樣，多在於魏微懂得羞感之微妙與自然而然，魏微的筆觸有底線，小說中的人事周旋，亦有餘地。像《化妝》裏的嘉麗，在其律師事務所裏，一定是世故圓滑、刀槍不入，但一回到過去、回到窮日子，那些圓滑世故，便蕩然無存。《石頭的暑假》裏的石頭，在

既定秩序裏，是一等一的好孩子，幾乎是半點差錯都不會出，但八歲女孩一個眼神，便摧毀了石頭的少年老成、循規蹈矩，女孩子點燃了石頭羞於啟齒的衝動，只有那個位置，才會發出尖叫，也只有當自己聽到時，才會惹出事端。《大老鄭的女人》裏的母親，處事不可謂不周到，但許多時候，她都忍住了不問不說。人與人之間，可能有一扇窗，但更應該至少有一堵牆，彼此能聽到風動的聲音，但又抗拒穿透的蠻力。因為有羞感的守護，魏微小說裏的大多數人物，雖世故圓猾，但決不至過度猥瑣。無論他／她來自於哪裡，他／她的臉上及心裏，多少都掛著點自尊，再不堪的人——《化妝》裏的嘉麗、《喬治和一本書》裏的喬治、《薛家巷》裏的呂東升等，也在以自認為理所當然的方式，為自己的價值及尊嚴而辯。

「窮」是魏微小說的重要背景。《化妝》、《大老鄭的女人》、《鄉村、窮親戚和愛情》等小說，都寫到了窮。最能讓人變得低矮、變得氣短的，莫過於窮困與不幸。當平等或者說平均成為社會的主流價值觀之後，貧窮越來越成為一個不能碰的話題，彷彿一碰，就傷了窮的自尊，即使碰，也只能讓富與窮對碰，並讓窮詩化、激情化、革命化、高貴化，這樣安全。但窮本身，在傳統文化裏，並非一件值得鼓勵及讚揚之事。我們聰明的老祖宗，其實並沒有給窮多少好臉色。窮本身有極端、過分之意，多少有違中庸之道。再看看老祖宗組創的詞語，窮酸、窮兇極惡、窮光蛋、窮鬼、窮山惡水等等，即使沒有貶義及否定義，但也都談不上是什麼好詞。老祖宗知道窮可能磨滅氣節及仁義、窮可能走極端，窮可能帶來許多的壞處與不安穩，所以借「窮」訓義，包括「窮不失義」、「窮則獨善其身」、「安貧樂道」等，對士人及君子提出道德要求，又對窮提出警示——可窮身體，但不可窮精神。窮窄化為貧窮之意、貧窮成為優先於其他的力量、貧窮成為絕對正義的化身，乃經過無產階級戰鬥倫理的裝點而成。當窮的內涵轉換之後，當窮與革命不再親密無間，複雜的

17

倫理問題也會隨之而來：同情窮，會傷了窮的自尊，不同情窮，會產生罪惡感。窮是良心體系裏的一顆釘子，拔不拔，都是痛。

當仁義禮信不再為社會主流所信奉時，現代人因窮而生的羞感，恐怕多是因為屈從於「窮」境之壞處而產生，貧窮本身之所以附帶羞感，就因為它時時有墮入不堪境地之危險。

就如《化妝》裏的嘉麗，「她不能忘記她的窮，這窮在她心裏，比什麼都重要。她要時時提醒自己，吃最簡單的食物，穿最樸素的衣服，過有尊嚴的生活。有時嘉麗亦想，她這一生最愛的是什麼？是男人嗎？是一段刻骨銘心的情感？不是。是她的窮。待她年老的時候，不久於人世的時候，她能想起的肯定是這一段黑暗的日子，大學四年，她暗無天日。她比誰都敏感，她受過傷害，她耿耿於懷。她恨它，亦愛它，她怕自己在這個字眼裏再也跳不出來了」[4]。貧窮是嘉麗心中最重大的秘密，她想談一場莊重的戀愛，她想過上體面的生活，她生活中所有的羞感，都與這一秘密有關。富了之後的嘉麗，要化妝、變回過去的樣子之後，才能有勇氣去面對這個秘密。舊情人多年後再約，並沒有減輕嘉麗內心的羞感。如果說窮可能讓人變得低賤，但為什麼富也不能一定讓人變得高貴？嘉麗審視自己的生活，含羞帶怒。《鄉村、窮親戚和愛情》看似雲淡風輕，但對窮的看法實則最激烈（魏微的激烈，往往被包得嚴嚴實實，乍看上去，安靜平和，實則不然），也最具見識。「接濟者的寬厚慈悲，被接濟者的難堪困窘。我恨他們」[5]，施與受之有羞感，全在於不願意將內心那點好不容易積攢起來的勇氣與自尊斷送掉。被接濟，損害自我的尊嚴感；接濟他人，雖能解其燃眉之急，但可能會加深他人的卑微感。人情之恩惠雖正大，但也可能是心靈負擔，同時，能

---

[4]　魏微：《化妝》，見魏微《姐姐和弟弟》，濟南：山東文藝出版社，2005 年。

[5]　魏微：《鄉村、窮親戚和愛情》，見魏微《姐姐和弟弟》，濟南：山東文藝出版社，2005 年。

否放下、能否無私，對接濟者也是考驗。很多時候，物質與精神兩難全，但無論如此，因為有羞感在，人們總能在那難堪與心酸中挽回一點點難以察覺的尊嚴感。也往往是在最為不堪的處境中，才能試出人的高低。「窮」的處境，在女性身上的悲慘意味更濃，因為女子身為財產的歷史過於漫長，女子要擺脫這種不幸，還須漫長的時間。同時，窮對人之良心有巨大的牽扯作用，試想，假如人生活於沒有窮的烏有鄉里，會怎麼樣？魏微選擇「窮」為小說背景，實為有膽有識之舉。

此外，自我與過去告別，亦是魏微的小說情結之一。不知道是有意還是無意，魏微總是讓小說中的人物與過去割裂，但又不全然忘記過去。與過去告別，有豐富的意思，在這裏，我只討論羞感。《鄉村、窮親戚和愛情》裏的「我」不願意回到過去的愛情，《化妝》裏的嘉麗不願意回到過去的貧困，等等，與過去告別，有羞於回到過去之意味。為什麼要告別過去，因為過去不可更改，也因為過去珍貴。人只有在面對自我與時間之際，才有悔意（非後悔），而這悔意，則多由羞感啟發而生。

羞感多與內心之隱有關。

拙作〈小說的不忍之心〉（載《小說評論》2010 年第 3 期），提起過一位小說家，薛憶溈。在這裏，不厭其煩地，我要再談一談這位小說家。薛憶溈的短篇小說《母親》[6]，對羞感的捕捉，尤有別出新裁之妙。羞感在《母親》這裏，美好，又讓「自我」震驚。小說中的「母親」，「母親」有三重身分，即「我」、「母親」、「妻子」。這三重身分在生活中合而為一，「我」從來沒有覺得這中間有什麼不妥。這屋的先生，也是規規矩矩的顧家好男人，一成不變的好。生活安安穩穩，說不出有什麼特別不滿意的地方，也說不出有什麼

6　薛憶溈：《母親》，載廣州《花城》2010 年第 3 期，雙月刊。

特別滿意的地方。直到有一天,「我」在社區中秋晚會第一次看見他,他和他女兒在一起猜燈謎,「他在微笑,她在思考。我從來沒有在任何人的臉上看見過那麼迷人的微笑」,之後,「我」常常在自家窗戶後面,偷看他,「每次看到他走過來,我的青春就會羞澀地重現。那種絕望的羞澀令我疲憊的胸脯鼓脹起來,令我窒息」,「我幻想他已經注意到我對他的注意。我幻想他會從我的目光裏破譯出通向我的捷徑。我幻想他會從另一個星球延伸過來,延伸到我這個羞澀的角落。我幻想他會讓我聽見他的呼吸,讓我聽見我自己的呼吸,讓我們的呼吸水乳交融」。羞感重回內心重回身體,之後,「我從來沒有想到過自己竟會如此地厭倦生活」。這個有迷人微笑的陌生人,喚起了「我」的羞感。當「我」注視他的時候,實際上也在注視自己,「我好像找到了丟失多年的期待」,「我感覺到自己正在遭受歲月的強暴」。小說有構思之妙,「我」喜歡的「他」,在虛實之間,陌生的他,雖然喚起了「我」的羞感,但他永遠只在窗框的那一頭,一切都只在心中發生。他以美好的面目,喚起了「我」的羞感,甚至是恐懼感:為自己幾十年如一日的生活而恐懼,也為自己內心的動盪而恐懼,前者可能毀掉自己的內心,而後者則可能毀掉自己的生活。《母親》裏的每一個人,都沒有過錯,那麼,「我」內心的不安穩、不安定,來自哪裡?尤其是母親這一身分,向來最是安份,何以也穩不住?這種不安不穩,也許正是人立於世的本然狀態,其他任何人,無論靠得多麼近,對此都毫無辦法。「我」看著內心的變化,同樣毫無辦法。「我」的羞感,不是因為看到了他,而是因為他讓「我」看到了自己。又因為愛慕與纏綿只發生在內心,所以,這種羞感,不止於身體,更席捲了內心。薛憶溈以虛實相間的手法,為身體及靈魂的羞感保住了純粹感乃至尊嚴感,同時,薛憶溈暗示了另一種本然狀態,人必得要在那幾十年如一日的日子裏生活,無論其表象是平靜幸福還是動盪不幸。「我」的生活美好得

幾乎是無可挑剔，但是，當自我現身後，「我」再也無法平靜，但日子還得過下去。借用劉小楓的話來講，即是「所謂悲劇精神，恰恰來自這種無從逃避的苦楚：知道自己不會幸福仍然不得不生活」，而「凡以為人生災難可以逃離的真人、覺悟之人，都不會理解悲劇精神」[7]。雖然《母親》之境界還不至於去到悲劇精神之深，但至少，薛憶溈看到，幸福也許只是表象之一，又因不忍道破，所以，幸福將繼續幸福。

羞感之珍貴，還在於她通常跟青春的關係更親密。不少有關青春的小說，總願寫「壞」孩子，總有使壞與叛經離道的激情，寫作者願意用某些危險的方式來展示小說人物驚心動魄的成長經歷。這一類小說有其激情澎湃處，但也有局限，那就是太著眼於特定秩序對學生的壓抑，對所謂乖孩子及老師的理解過於平面化。寫作者把那張學校之網看得太重，而不願意將青春當成是人生的某種常態去思考。他們能看到本土教育的秩序，但很少看到，本土教育秩序也是整個世界的組成部分之一，所以，他們的小說，本土色彩通常過於濃厚。雖然有關青春的小說少了些超越心，但在表達羞感方面，還是令人印象深刻。有的小說，鎮日穿插×××──不吐粗口、不揮嫩拳，那就與壞孩子太格格不入了，但粗糙與「流氓」反倒是最能嚇退他人來刺探自己羞感的「武器」。像路內《追隨她的旅程》[8]等小說裏的「壞」孩子，總是張牙舞爪、滿身是刺，到頭來，那胡亂揮舞的刀劍，刺中的都是自己，「我」以傷害的方式暗戀歐陽慧，皆因種種不能言說之羞，每一顆青春之刺、青春之痘的深處，恐怕都有一份令自己張惶失措、含羞帶怒的細膩與激情。何大草的《刀

7　劉小楓：「『這女孩兒的眼睛為我看路』」，見劉小楓《這一代人的怕與愛》，北京：華夏出版社，2007 年。

8　路內：《追隨她的旅程》，北京：中信出版社，2009 年。

子和刀子》[9]，溫文爾雅得來，又乖張匪氣，難能可貴的是，學校之網的痕跡不是特別重。小說中的女孩子風子，以男裝的面目度過了她的青春。一個女孩子，反抗管制的激烈方式，或者通過性、懷孕，或者通過蠻力，只有這樣，才能偽裝自己的羞澀與害怕。青春總要把自己裝扮得很硬朗，最好像男子漢那樣硬朗、像刀子那樣硬朗。特別是，本土秩序沒有為青春提供更多的可能性和更多的坦然氣，唯刀子的方式，才可能保護青春安然度過危險。當某一天，風子回過頭來看，發現刀子的鋒利猶在，但寒氣盡褪，被內心血淚擦拭過的刀子，雖然慘然，但因為有內心呵護，刀子竟也有不為人知的暖意。羞感有回不去的青春期，青少年時期，羞感更願意直接通過身體表現出來，而到了中老年，羞感可能就深藏於內心，臉紅的頻率可能會慢慢減少。

窮困心，與過去告別，人與人相處，成長，等等，這些，無不藏有羞感。有的，一碰就臉紅。有的，輕易不臉紅，卻謙卑不已。世風越是浮躁浪蕩，羞感越是隱藏得深，她只有在覺得鄭重的時刻，才出來見你。

羞感常常被坦誠、誠實等詞誤解，也與小家子氣、不大方等語詞混同，但實際上，羞感是人類最為高貴的風骨之一，「歸根究底，他是因為他自己並在他心中的上帝『面前』害羞」（舍勒）[10]，忘記羞感，人類也就可能忘記了自己的卑微與高貴。寫作是在內心秘密及內心疆界附近進退的行當，寫作與羞感有微妙而密切的關係，珍重羞感，寫作也許會有意外領悟。

---

[9]　何大草：《刀子和刀子》，廣州：花城出版社，2003 年。
[10]　舍勒：《論害羞與羞感》，見舍勒《價值的顛覆》。

心靈暗處的自罪

　　黑暗早已成為我們習以為常的修飾詞，它彷彿是時代的口頭禪。一有不如意，此詞就會自然而然地彈跳出來，似乎得說出來，才可以減輕現在的痛苦及壓抑。因為使用頻率過高，人們幾乎忘記了，黑暗也是值得討論的命題。

　　黑暗孕育不幸。這些不幸，有的來自於命運，有的來自於人為的偏見。黑暗一詞，多半由痛苦與不快催生。每一處黑暗的後面，都藏有人類的痛苦乃至矛盾。黑暗與天地一樣長久，自然或造物主賦予黑暗存在意義，社會及個人情感賦予黑暗道德意義。黑暗經歷漫長歲月的打磨之後，語義變得籠統、含混、龐大、隨意。黑暗更寬泛的內涵，不在本文的討論範圍之內，黑暗的詞源詞根難以涵蓋黑暗的理解現狀，單單小說，也無法對黑暗作出充分的回答與解釋。曾經得勢的「打倒」及「揭露」邏輯，以一種黑暗壓倒另一種黑暗的激烈看法及做法，更非本文的背景。也許我們可以把黑暗的範圍縮小，縮小至人的內心。人的內心，有無窮無盡的暗處，有的自知，有的不自知，這些暗處，不被允許、不被承認，很難獲得合法身分。如果肯稍稍放下道德憤怒，那麼，我們可以看到，人心的暗處，也是黑暗的一部分。簡單地說，黑暗是因光線不明、光亮不夠，給視角造成障礙的感覺。看不見、很難看得見、不願意看見，這些暗處，未必就邪惡，但也未必就全然無辜。人們通常很容易感受到光亮的好處，而很難看到黑暗的好處，所以，黑暗漸漸不被理解為某種自然的狀態，而是被賦予種種的邪惡乃至罪惡。當這種暗

處被光亮照到，通常會引起社會的激烈反應。放到文學層面來講，許多有爭議的小說及文學作品，往往是因為寫作者道出了內心的黑暗，道出了與黑暗糾纏難捨的痛苦。無論這種道出的方式拙劣與否，它總是能夠引起爭議。無論這種痛苦有多痛，許多人都還是願意認為它是不道德的存在。

英國哲學家約翰・斯圖亞特・密爾曾提醒人們警防「多數的暴虐」之災禍，「和他種暴虐一樣，這個多數的暴虐之可怕，人們起初只看到，現在一般俗見仍認為，主要在於它會通過公共權威的措施而起作用。但是深思的人們則已看出，當社會本身是暴君時，就是說，當社會作為集體而凌駕於構成它的各別個人時，它的肆虐手段並不限於通過其政治機構而做出的措施。社會能夠並且確在執行它自己的詔令。而假如它所頒的詔令是錯的而不是對的，或者其內容是它所不應干預的事，那麼它就是實行一種社會暴虐；而這種社會暴虐比許多種類的政治壓迫還可怕，因為它雖不常以極端性的刑罰為後盾，卻使人們有更少的逃避辦法，這是由於它滲入生活細節更深得多，由於它奴役到靈魂本身」[1]。內心的暗處，當然並非就是「多數的暴虐」所造成，但密爾提到的，「它滲入生活細節更深得多」，這一點卻發人深省。有一些暗處，得不到法律的保護，更得不到多數的同情。有些輿論，有如「多數的暴虐」，像習俗一樣深入生活，難以改變，它使內心的暗處更暗，更不願意為人所見。各種各樣的國家機器、官僚體制、交易體系，對此習以為常或視而不見，它們很難為這種暗處提供光亮，文學尤其是小說卻可以為這種暗處提供光亮。暗處的存在，是對明處的追問，就如娼妓的存在是對文明的追問一樣。

---

[1] 〔英〕約翰・密爾：《論自由》，許寶騤譯，北京：商務印書館，1959年，頁5。

　　輿論的懲罰作用、人們對暗處的嫌厭與避之不及，並不構成對寫作者的威脅。尤其是小說，因為有虛構性作託詞，她有足夠的勇氣與智慧，道出心靈暗處的種種難堪與不堪。小說對細節的本能要求，也決定了，小說在面對心靈暗處的時候，可以敷衍了事，但很難做到視而不見。而又尤其是那些對愛有信仰的寫作者，更懂得心靈暗處的種種為難、苦痛、醜陋、罪惡。

　　沈從文在 20 世紀 40 年代後期原本立意撰寫長篇小說，但時局劇變，心志難圓，《長河》之後，僅完成《雪晴》、《巧秀和冬生》、《傳奇不奇》等幾篇殘章，很是可惜。其中，《巧秀與冬生》[2]給我的印象深刻。

　　小說中的巧秀媽，原是溪口人，「二十三歲時即守寡，守住那不及兩歲大的巧秀和七畝山田」。但凡是人，恐怕總會有不顧一切的時刻，這麼年輕，實在守不住，巧秀媽和一個黃羅寨打虎匠偷偷好上了。這事被族裏人知道後，結局可想而知，這一定是一個不會被饒恕的罪過。之後，是內心黑暗的齊齊登場，儘管各種力量都是以兇狠的面貌出現的，但各人的內心，未必沒有動搖、猶豫、羞愧。在嚴苛的宗法制度下，巧秀媽的內心慾望，只能藏在暗處。圍觀施虐的眾人，各自的心思，也在暗處。族規家法，成功地掩飾了各位施虐者的內心黑暗。明處的衝突，是宗法制度的遵守與叛逆。暗處的衝突，是欲望之間的你死我活。一個有洞察力、有內心衝突的寫作者，沒有辦法不看到暗處的陰沉與瘋狂。這點事，如果放到良心層面，巧秀媽罪不至死。但問題在於巧秀媽有兩樣「財產」：七畝山田，不錯的姿色。點到「財產」之事，是《巧秀和冬生》最有力的一筆。這兩樣「財產」，都是稀缺資源，既然稀缺，就必然有爭

---

[2]　沈從文：《巧秀和冬生》，均引自沈從文《雪晴集》，長沙：岳麓書社，2002 年。

奪。族人要懲罰巧秀媽，是因為她的田產和姿色。「族裏人知道了
這件事，想圖謀那片薄田，捉姦捉雙，兩人終於生生捉住」，族裏
人把兩人擁到祠堂裏去審判，「本意也只是大雷小雨的將兩人嚇一
陣，痛打一陣，大家即從他人受難受折磨情形中，得到一種離奇的
滿足，再把她遠遠的嫁去，討回一筆財禮，作為臉面錢，用少數買
點紙錢為死者焚化，其餘的即按好事出力的程度均分花用」，「一群
年青族中人，即在祠堂外把那小寡婦上下衣服剝個精光，兩手縛
定，背上負了面小石磨，並用藤葛緊緊把石磨扣在頸脖上。大家圍
住小寡婦，一面還無恥放肆的欣賞那個光鮮鮮的年青肉體，一面還
狠狠的罵女人無恥」。沈從文對族裏人的情態描述，實際上就是對
人心暗處的洞察。沒有這兩樣「財產」，沒有要得到、要佔便宜的
心思，可能圍觀者沒有那麼多，圍觀者的起鬨聲也沒有那麼大。還
有老族祖，之所以要置巧秀媽於死地，乃因為雙方有積怨在身，加
之巧秀媽又秀色可餐，老族祖內心的暗處，在於欲而不得，「巧秀
媽未嫁時，（族祖）曾擬為跛兒子講作兒媳婦，巧秀媽卻嫌他一隻
腳，不答應，族長心中即憋住一腔恨惱。後來又藉故一再調戲，反
被那有性子的小寡婦大罵一頓，以為老沒規矩老無恥」，「深怕揭底
的族祖，卻在剝衣時裝作十分生氣，上下狠狠的看了小寡婦幾眼，
口中不住罵『下賤下賤』，裝作有事不屑再看，躲進祠堂裏去了」，
「自己既為一族之長，又讀過聖賢書，實有維持道德風化的責任。
當然也並不討厭那個青春康健光鮮鮮的肉體；討厭的倒是，『肥水
不落外水田』，這肉體被外人享受。妒忌在心中燃燒，道德感益發
強，迫虐狂益發旺盛，只催促開船」。如此種種，可見，那族祖心
中，有種種不能道出的惡。

　　一方面，宗法制度支持了族裏人的內心黑暗，但另一方面，這
些內心的暗處，也在以不正道的方式，質疑宗法制度的合法性。宗
法制度可以決定人的生死、財產的歸屬，但不能決定內心暗處的是

非錯對。所以，沈從文在小說中安排了雙重審判：宗法審判，奪去了巧秀媽的生命；良心審判，讓當事人內心不安，行私刑之前，「至於其他族中人呢，想起的或者只是那幾畝田將來究竟歸誰管業，都不大自然。因為原來那點性衝動已成過去，都有點見輸於小寡婦的沉靜情勢」，「過四年後，那族祖便在祠堂裏發狂自殺了」。宗法審判，能奪去人的生命，但是無法終結巧秀媽式的不顧一切。良心審判，可讓內心不安，但它無法解決世間無窮無盡的罪。

族規家法以及姓氏分封，能在一定程度上、一定時期內保住血統、權力、食物、地盤，但是因為有人心的暗處在，宗法制度無法維持它一貫的權威，到了某些時刻，它就會土崩瓦解，到了財產加速介入姓氏家族結構時，這一體系遲早會崩解。近代中國，之所以在「力」的問題上左衝右突仍不得要領，那是因為，王法族規家法，不是一個可以令個人強大的辦法。忠孝結構的上層力量越強大，下層就越是孱弱，姓氏家族在現代趨勢裏變得衰落、變得沒有力量（最後的力量都使在如何拴住女子、如何為女子樹立貞節牌坊上去了）。《巧秀和冬生》在巧秀媽的遭遇上著墨不多，整個小說的篇幅也不長，但作者對國朝的命運，有悲劇性的暗示。

《巧秀和冬生》能在平淡中見波瀾，全在於寫作者對心靈暗處的細察、對財產作用的警醒。這一點，對今天的寫作尤有啟示。今天的許多寫作者，動輒稱人性如何如何黑暗、人心如何如何暗淡，從來不願意去考察一些具體而世俗的因素。一遇上土地，就傷感、美化、哀歌、輓歌、嚎哭，再也沒有多少的寫作者，敢於去直面這片土地上孕育出來的真正不幸與殘忍。一談內心，就通篇痛苦、窒息、折磨、壓抑、透不過氣、悲傷逆流成河、淚流滿面，彷彿人的內心與外境全無關係，他們只需要一種氛圍，讓圍觀者能瞬間掉淚的氛圍，至於其他，則毫不關心。沈從文善於捕捉那些安身於內心的靜態美，但他不會見到大地就神魂顛倒，他大概知道，內心暗處

一動盪，大地不見得能穩住，大地不見得會時刻母性大發。考察人與人之間的關係，如果少了對財產關係、生計實況的觀察，那將是一大缺陷。財產關係，最能看清楚人身的依附關係。生計處境，有時候，能看出人的高低。人心的暗處，並非完全出於衝動，所謂慾望，也不是完全抽象，每一樣存在，都有物質感在後面作布景。我想，無論人再怎麼後現代、時代再怎麼科幻，只要是人，他／她必得考慮衣食住行，有一些基本的物質感是人類沒有辦法擺脫的。「犬儒」如狄奧根尼，他至少弄了個桶，他要吃麵包度日。「意識流」如《追憶逝水年華》，普魯斯特回憶起貢佈雷等地的場景時，描寫的手法是絕不含糊、相當到位，「意識流」並不是某些寫作者理解的那樣，僅僅是「情緒的飄浮」。錢鍾書的《圍城》，是小說的異類，《圍城》的尾聲，花了兩三頁的篇幅去寫方鴻漸的餓，而誰又能說，這餓與方鴻漸的內心憤懣及絕望毫無關係呢？還有卡森·麥克勒斯的《心是孤獨的獵手》，這部小說，幾乎是公認的反映人之孤獨的傑出，但作者並沒有迴避物質感，生計之難加重了啞巴的孤獨感與絕望感。納博科夫《洛麗塔》中的亨伯特，內心暗處之邪惡，令人震驚。亨伯特的邪惡之所以得逞，除了未成年人很難逃得開成年人的侵犯外，還因為，小洛麗塔的生計，很大程度得依賴亨伯特，一種財產服從於另一種財產，是小洛麗塔的不幸命運。黑塞的《荒原狼》，雖讓現實破碎顛倒、時空位移，但小說的主人公也面臨丟了職業、生活不易的處境。富貴有富貴的病，貧窮有貧窮的憂。心靈的暗處，並不是完全抽象而飄渺的，它並不僅僅只是思緒性的流動。

　　內心的暗處，除了那些天賦的因素之外，有許多的因素，與物質有著極其微妙的關係。有一些具體而世俗的因素，人才能夠去分辨哪些能讓心靈立於世，哪些無法讓心靈立於世。沈從文平和又不失嚴肅地道出，內心暗處雖虛實難辨，但它與具體的世俗因素有著

難以撇清的關係。最為難得的是，沈從文能從心靈的暗處，捕捉到法律與道德之外的問罪。處死巧秀媽的族裏人，雖然謀得田產的心思得逞，但面對巧秀媽的無怨無懼，多少有些不自然。族祖更是被無形的恐怖纏身，直至發瘋自殺。內心暗處有慾望，也有不安。法律與道德沒有辦法去懲罰暗處的暴虐與殘忍，但內心的不安，說不定有一天，會改變那些深入生活細節的暴虐，甚至是，可以改變道德習俗、法律法規中習以為常、最不容易改變的暴虐。

　　當代小說，在內心暗處的挖掘方面，比之現代小說，有大的改變。在語言方面，更無所顧忌，在內心釋放層面，更為放肆。莫言的《檀香刑》、《四十一炮》，對內心的刻寫，應該說，相當出色，施虐者與受虐者內心莫名的快感、舒服感，嗜肉者內心的痛快與瘋狂，與語言的痛快淋漓幾乎到了同一個步調。余華的《活著》與《許三觀賣血記》，於屈辱與艱難中，維持自豪感與穩定感，可謂用心良苦。蘇童的《妻妾成群》，女子在失寵與得寵之間，你爭我鬥，個中折磨，寫得相當精彩，小說諸人物內心的那一團團黑暗，小說家對女性心理及行為舉止的準確把握，至今讀來，仍覺心驚。東西的《後悔錄》，曾廣賢走上了一條無法扭轉的道路，他的後悔，沒有一個具體的對象可言，東西對曾廣賢內心的無助，有其獨到的看法。陳希我，在極端情感與人心折磨層面，有著相當大膽的詮釋。須一瓜的小說，凡涉人物，總要拖一點「黑」處。被稱之為女性主義作家的一支，她們對內心疆界的開拓，有大的貢獻。陳染筆下的母女厭惡、隔絕、折磨，林白早期作品中的自我傾訴，衛慧對內心暗處的肉慾，棉棉對內心暗處的自我折騰，等等，她們對內心暗處的豐富，有不同程度的補充。還有涉及情愛的小說，能在一點點情愛裏反覆折騰，千迴百轉，極盡纏綿。涉及放浪形骸生活的小說，放狠話出狠招，在「狠」字上面，是無所不用其極。俗稱的「打工

文學」,小說家們能非常準確地寫出憤怒的感覺,並找到社會的不公義所在。

我們可以舉出更多的例子,以說明,小說家在內心暗處的發現及開拓方面,並非毫無作為。甚至可以說,內心的瘋狂,內心要打破陳見俗識的慾望,內心的無所顧忌,內心的懷疑,內心的憤怒,內心的不滿足,等等,在這些方面,其實我們的小說家已經寫得非常好了。

但我覺得仍然有遺憾,這些精彩嫻熟的小說裏,內心很少有不安,內心很少有衝突與問罪。許多的小說家,只是在圍繞內心的滿意與不滿意、內心的得到與得不到而寫。小說的內心,很少有不安、衝突乃至問罪。

是這片土地上的人,內心太平毫無不安、生性麻木嗎?是當代人內心暗處更無可救藥更冷漠?以至於,小說家因此寫不出內心不安嗎?未必。也有一些小說家,能夠捕捉到內心的黑處與亮處。短篇小說《咳嗽天鵝》(鐵凝,原載《北京文學》2009 年 3 月),把天空的事與地上的事寫在一起,心思獨特,意蘊無窮。有潔癖的劉富給鎮長開車,生活裏突然多了咳嗽,鎮長送來的天鵝「咳嗽」、妻子邊邊還咳嗽,生活大亂……不平坦,但順受,知曉生活裏的磕碰辛酸、平安靜好,須得體貼之心、悟解之性。這樣的不安,雖不關原罪,但小說家能讓讀者看到,人的內心,並非是鐵板一塊,人心是肉做的,天鵝的「咳嗽」觸發了人心的感覺,只要痛定思痛,就會發現內心的緊張與不安。張煒的《船》,寫出了欠債的不安。莫言的《蛙》,值得一提。《蛙》是他小說中的一個例外,小說中的姑姑,由原來的接生婆,一變為計劃生育的執行者,這轉變讓她既不得不接受又很難接受——行動上接受,內心裏有不安。每一個來不了的孩子,都有泥塑的身,姑姑,寄望於那些未見天日的孩子,能投胎轉世,去一戶好人家,過上好日子。但這種不安,很大程度

上，還是表面的、形式的，還談不上深入內心。儘管這樣，莫言在《蛙》中對人倫的反思，仍然是其洞見及價值的。

雖然可以舉出一些例外，但總體而言，與現代小說家相比，當代小說家自我問罪的意識相對要弱一些。之所以這樣，很大程度上，是因為小說家對內心暗處的理解，太過浮泛，對語言及技巧太過自信，小說家往往只顧到內心的情緒，而看不到內心的暗處與光亮，看不到內心暗處與物質世俗之間的牽扯。

看到心靈的暗處，既需要寫作的天賦，也需要寫作的耐心與同情心。一個的人自責、自罪與贖罪，很多時候，是從心靈的暗處來。看到心靈的暗處，並不一定就是要為內心的邪惡與委屈爭取合法性，也並非出於審判的衝動。為什麼看到心靈暗處對寫作者來講很重要，因為心靈暗處，最靠近問罪。心靈最暗的地方，其實離良心就最近，罪惡現身之處，也就是拷問良心之處。心靈的暗處，有人類的不幸、罪惡以及無法解決的問題。看到心靈的暗處，人們也許會想到：人間的罪惡，並非與自己毫無關係；世間萬物的秩序，並不是由人說了算；「多數的暴虐」，需要勇氣去質疑。這種問罪，對毫無信仰的人群來講，尤其重要。問罪出於內心暗處的掙扎，它不歸屬于法律、道德層面，它源於自我的不安。儘管這種自我的不安非常稀少，但是，發現它，書寫它，對我們的生活仍然是有所安慰的。

訴苦新傳統與怨恨情結

訴苦其實是很現代的反應。不難發現，現代人發掘出許多的苦，且善誇張其辭、以己推人，屢遭不幸的現代中國人，尤其如此。

比如說女子纏足的問題，此風最早的源頭大致是取悅式、獻媚式的的表達[1]，後世之風行，也跟女子羞於表達自己的隱秘想法有關──如果世人皆愛小腳，人們會恥笑天足；如果世人皆尚天足，人們會另眼看待小腳。袒露感與遮蔽感的苦樂並非截然分開、水火不容，纏足問題本身不是一個純粹「苦」、絕對「苦」的問題，是現代眼光而非古典視野，將纏足問題改造成純粹而絕對的苦。

近代，人們將纏足解釋為萬惡之物[2]。真正控訴其「苦」的，始於維新改良志士，最早倡辦「不纏足會」、「天足會」等協會的，多為飽讀詩書的男子。近代天足運動，又以康有為、梁啟超等人的言論尤有特色。康子曾在《請禁婦女纏足折》等摺子歷數女子纏足

---

[1] 康有為考證過纏足惡俗，但「未知所自」，見《請禁婦女纏足折》，參李又寧、張玉法編：《近代中國女權運動史料》，臺北：傳記文學出版社，1975年。梁啟超也曾在《戒纏足會序》等文中稱「纏足不知所自始也，要而論之，其必起於污君、獨夫、民賊、賤丈夫」。關於纏足來源，說法不一，有認為南唐窅娘獻舞於李煜時自創，也有認為纏足之風始於南齊乃至更早。可以肯定的是，纏足至明代為最嚴厲，纏足是常態，不得纏足則成為懲罰性條款，清代雖多次禁止滿人纏足，但收效不大，旗人女子紛紛效仿中原風氣，直至晚清，纏足因成為維新救國的切入點才大為改變。平民爭先恐後效仿，纏足終成痼疾，實與宮廷乃至妓院之趣味有關。

[2] 太平天國也曾倡過解放足，但主要是為了讓女子從事粗重功夫乃至行軍打仗，遠遠談不上是對「苦」的認識。

之苦楚，視纏足為肉刑及惡俗，試以父母心喚惻然心，並指出纏足既不衛生也致體弱，這樣的母體，流傳出來的子孫，亦為「弱種」，比不得歐美人士，「體直氣壯，為其母不裹足，傳種易強也」。梁子曾在《新民叢報》等報刊撰〈戒纏足會序〉、〈女學略〉等文，歷數「謬俗」纏足所致慘狀，言女子雖受諸天、受諸愛，卻因力懸不相敵而終受此酷刑，不得成完人，「吾推天下積弱之本，則必自始婦人不學始」。倡「天足」的志士，雖體恤女子身體之苦楚，但其重點，還是種族之存續。懷疑「種」，改善「種」，如同「中學為體、西學為用」、考「孔子改制」、倡「新文化」等等，皆是觸及乃至動搖中國社會千年根基的辦法。中國人最重子嗣後代，娶妻納妾、買田養牛、供奉祖先、燒香拜佛，都為子孫後代，雖愚且虔，連最高統治者都多喜以「萬歲」稱呼受禮，這一方面乃出於對死亡的避諱，另一方面則是希望血脈不斷、江山千秋。改變「種」的觀念習俗，也就動了社會的根本。晚清危局，政論動情，諭旨動容，風氣改變。此後，纏足者成為被目光盯住的「落後」對象、在婚配上不佔優勢；天足反而把「足」裏面原存的性意味給遮蔽掉了——天足者投入到新思想乃至新社會裏、遠足革命遊行示威不再是夢想。這一過程，發掘「苦」對「解放」的宣傳起了相當關鍵的作用。

　　反纏足之呼吶、舉措，說其現代，其實也古代，他們所動用的，仍然是最為傳統的切入點，只不過，他們所表達的，是敵強我弱所帶來的強烈的屈辱感、發奮感（這顯然跟西式的女權主義毫無關係）。一旦這個苦被揭示出來，人們便再難以忍受過往。強種強國的願望，借纏足痛惜國人之孱弱，其理其據，雖不如古老的斯巴達人極端，但多少也有相似，斯巴達人拋棄體弱病童，令女子強身健體，以便生育健康後代，進而保證其軍事化、組織化的堅固持續。斯巴達寓言，在現代復活，歷經訴苦、「翻身」之後，中國也實現了高度的軍事化、組織化，此為後話。

　　中國女子除去長長的裹腳布之後，又穿上了高跟鞋，儘管高跟鞋同樣不是現代事物，但與古代有所不同，你可以選擇穿高跟鞋，也可以選擇不穿高跟鞋，獎懲隱在身後，不時時發作，它跟婚配等也沒有絕對而必然的關係。纏足的內在理念，在現代並沒有完全消泯，長期穿高跟鞋對身體的損傷也許不亞於纏足之害，高跟鞋女子跑起步來恐怕還不如小腳女子快。但試問，又有多少女子會真心抱怨鞋櫃裏的高跟鞋？又有多少男女製造商會捨得放棄高跟鞋的生產？因為有審美意義、搭配哲學的比附，因為有現代工業不可逆轉的擴張欲望，更兼有獎懲的潛在誘惑與規戒，醫學建議也打不倒高跟鞋，女子在接受高跟鞋之「苦」的同時，更認可了高跟鞋的「福」，即使盲目到毫無美感的「鬆糕鞋」、「高蹺跟」，也照穿不誤。正因為到了現代，人們有更多的選擇可能，人們再難從「種姓」優劣去得出必然而絕對的結論，於高跟鞋上面挖掘階級的苦難、國家的存續，失去其強大的說服力、蠱惑力。被「解放」了的人群，不再動輒相信「解放」了，這是一個悖論式的結局。

　　纏足對身體的殘害，纏足的慘不人道，自是不容置疑，但我們亦不得不承認，苦不苦，存在一個後知後覺的過程，怎麼樣才算苦，也存在一個事後判斷的過程，當事人、當局者，其感其想，未必與覺悟者、旁觀者完全相同。從強國強種意義上，禁纏足、提變法、倡新文學，意旨近似。此路不通，則試他途，自器物、制度，再至服飾、語言、文化、生活、理想，自男子的髮辮再至女子的小腳，所言所論，幾乎無處不修辭無處不痛楚，如此種種，皆是挽救殘局之法子、革命救國之名目，前輩先人所遇惡勢、亂局，今人已難想像，不可事後妄推其錯。有組織有策略的人群行動、集體行動，借助於語言及文藝，完成家國大業，力洗民族屈辱，亦當屬中國創舉。但個人的處境，確實反被逐一淹沒在成聖為王的大同理想裏。正可謂慮事不周，決策失誤，事態終難得圓全。

　　往後革命者對「舊」的深惡痛絕，其根源恐怕就是自近代開始的訴苦，纏足之禁戒乃滄海一粟，但在「覺悟」諸問題上，近代以來的中國文藝與之有異曲同工之處。又因為有社會進化論的說服教育，所謂的現代人，願意生活在現時代而不是古代，也因為他／她知道了現代的所謂「好」，便更覺得古代的暗無天日。這種思維推而廣之，他／她既認定古代的壞，以古諷今，也不存在技術難度，再要他／她虔信看不到的未來之「好」，自是順理成章，類似的狂熱激情至少在中國延續到 20 世紀 80 年代初。歷史有近乎乖張的巧合，革命者的屢次舉事，於政治、經濟皆不算十分如意，文藝事反得到張揚。如發端於 1915 年的新文化運動、1942 年的延安整風，等等，本圖政治事，但最終都是文藝事大放「異」彩，就連始於 1966 年的「革命」，也須以「文化」為名目發動，可見文藝事於中國社會進程中的推波助瀾之能。

　　我舉纏足等例，唯願說明，因為有對比的條件與視野，也因為生活日趨混搭、貴賤再難隔絕，現代眼光比古典眼光更能感受到人世具體的受害感、受壓抑感、黑暗感，也更善於利用這些情緒起事、成事。「現代」完全打破了古代社會相對隔絕自足的狀態，「現代」讓你能看到我的生活，我能看到你的生活，你多我少、我多你少、你強我弱、我強我弱的差距，幾乎一目了然，幸福感與苦難感，必將在越來越近的比較中得出──現代人活在對比中。幸福感可能是從別人的不幸福感那裏得出，苦感難可能是從別人的壓迫心那裏得出，所謂「心隨境轉。妄念即生」[3]，坦然的生活態度再難有安身之所，因為幸福感與苦難感已不再是全由生命本然發出，「現代」的生活也不再是「認命」式的生活，感覺成了「非我」的感覺。

---

[3]　見《金剛經集注》（序），[明]朱棣集注，上海古籍出版社，1984 年。

　　丁玲的短篇小說《在醫院中時》就看到了對比生活中的心態變化。從上海赴革命區的產科醫生陸萍在產科觀察到許多細節，感觸良多，以不愉快的感覺為主，愉快情結也通常是由明天的「希望」來喚起的，其中寫看護的細節，尤其妙絕。張醫生與某總務處長的老婆，做了產房的看護，「她們一共學了三個月看護知識，可以認識十個字，記得十幾個中國藥名。她們對看護工作既沒有興趣，也沒有認識。可是她們不能不工作。新的恐慌在壓迫著。從外邊來了一批又一批的女學生，離婚的案件經常被提出。自然這裏面也不缺少真正覺悟，願意刻苦一點，向著獨立做人的方向走，不過大半仍是又驚惶，又懵懂」[4]，可見，「覺悟」的途中，亦有惟恐落後於他人的害怕，這正是對比帶給人的不安。生活既有獎勵，也就必有懲罰，在那樣的時代，凡是威脅到婚配前途的，不緊張的女子不會太多，面對有利於婚配的形勢，動心的女子不會太少。好的婚配、體面的婚配彷彿是女子一生的榮譽，厭棄父母之命、媒妁之言，服從組織的安排獻身於革命，也就並不稀奇了。不是說婚配的重要性變了，而是衡量婚配的恥辱感與榮譽感變了。在革命時代之前的禮樂社會裏，男女恐怕得依了孟子之訓，「不待父母之命、媒妁之言，鑽穴隙相窺，踰牆相從，則父母國人皆賤之（或作晉賊之）」[5]，在禮樂壞崩的絕對年代，自由戀愛才是勇敢正道，依了父母那是封建落後。在變化中失去心靈的鎮靜，感覺的攀比並非不可能，信仰的途中，亦有彷徨、懷疑，有時候，忙亂、混亂才讓人覺得刺激，就像帕斯卡爾所說的那樣，「人們所追求的並不是那種柔弱平靜的享

---

[4]　丁玲：《在醫院中時》，原載《穀雨》一九四一年十一月十五日創刊號，收入《中國新文學大系（1937-1949）》（第三集，短篇小說卷一），上海文藝出版社，1990年，頁603。

[5]　《孟子・滕文公下》，參《孟子集注》，〔宋〕朱熹撰，濟南：齊魯書社，1992年。

受（那會使我們想到我們不幸的狀況），也不是戰爭的危險，也不是職位的苦惱，而是那種忙亂，它轉移了我們的思想並使我們開心」[6]。

　　對「苦」的體悟，絕非現代人的發明創造，事實上，各種不知其所始亦不知其所終的宗教，正正是用「苦」念來勸喻世人之「癡」念、「妄」念、「嗔」念，看那化緣乞食、釘十字架受難而死，無不以「苦」的面貌出現，只不過，宗教所指概的「苦」，遠比階級壓迫式的「苦」廣大得多。革命者對「苦」的成功窄化、明確指證，極大地開發了「苦」的社會能量，從而，他們為如何解決人間「苦」開闢了全新的理念、道路、傳統。「苦」成為中國現代革命、思想、文藝之極其重要的精神資源，在調動大眾情緒方面，「苦」情最見成效。

　　20 世紀的部分中國文學及文藝，幾乎是前所未有地加大了訴苦的力度。在控訴文學裏，「苦」成為優先被推崇的情感。相應地，在翻身文學裏，「恨」與「愛」格外分明。也有些文藝，本意不完全在訴苦，但在描述「苦」狀方面花了許多的筆墨功夫。這些作品，有的寫得斬釘截鐵，有的寫得並不那麼斬釘截鐵，但同樣意味深長。20 世紀 30 年代以後，文藝的「苦」情訴說更趨成熟，小說反應尤其敏銳，詩歌、歌劇等文藝亦各抒其長。

　　像趙樹理的中篇小說《李有才板話》[7]，就屬於寫得不那麼斬釘截鐵的作品。小說最精彩的人物，反而是那鬥爭對象老恒元，他想了許多「鬼辦法」以逃避鬥爭，當然，農會的力量是強大的，「開明紳士」終究還是被揪出來算了賬，「提起反對老恒元，闔家山沒有幾個不贊成的，再說能叫他賠黑款、退押地……大家的勁兒自然

---

[6]　〔法〕帕斯卡爾：《思想錄：論宗教和其他主題的思想》，何兆武譯，北京：商務印書館 1985 年，頁 66。

[7]　趙樹理：《李有才板話》，一九四三年十月寫於太行，參《中國新文學大系（1937～1949）》（第七集，中篇小說卷二），上海文藝出版社，1990 年。

更大了，雖然也有許多怕得罪不起人家不敢出頭的，可是仇恨太深，願意幹的究竟是多數」，最後鬥爭會終於開成了，「恒元的違法事實，大家一天也沒有提完。……恒元沒法巧辯的是押地不實行減租，其餘捆人、打人、罰錢、吃烙餅……他雖然想盡法子巧辯，只是證據太多，一條也辯不脫」，訴苦與仇恨的情緒後面，是利益支撐著的「理智」，比如田產、田租、錢款、說話權等等因素支撐下的理智，這顯然不是一場單純的情感之仗，而是情感與理智的混合較量。更有意思的是，作者不詳寫鬥爭場面，如鬥恒元幫兇喜富時，只一筆帶過，「也費了很大周折，不過這種鬥爭，人們差不多都見過，不必細敘」，又寫老恒元等人層出不窮的「鬼辦法」、老恒元與新勢力如何周旋，人際之複雜，超出了下鄉口號及幹部之斷然「想像」，過程饒有趣味。文藝策略需要的是斬釘截鐵的敵對狀態，趙樹理卻寫得不那麼斬釘截鐵，但只稍稍留了神，就寫出了鄉土的複雜度、世態的複雜度，看來，要讓鄉土相信「苦」的絕對，須得說服、動員、組織、懲惡，並在這一過程中讓群眾掘地三尺、挖清財產。出於對「翻身」的憧憬與信賴，《李有才板話》避免不了這個套式：鬥爭會揪出來的，一定是村裏田產最多、最具決定權的「大」人物——鬥爭會的勝利必須在這一類人身上體現才有意義。

又如孔厥的短篇小說《苦人兒》[8]，描刻了女「苦人兒」面對社會劇變時的雙重恐懼，作品有近乎奇特的現代意味。故事中的苦人兒認為「舊社會」女子遭了不少罪，但又覺得對不住打小就疼她的醜相兒，心思頗為分裂，「舊社會賣女子的，童養媳的，小婆姨的，還有人在肚子裏就被『問下』的……女的一輩子罪受不住，一到新社會就『撩活漢，尋活漢，跳門踢戶』，也不曉好多人，說是

8　孔厥：《苦人兒》，參《中國新文學大系（1937～1945）》（第四集，短篇小說卷二），上海文藝出版社，1990年。

雙方都『出罪』啦」，「可是男的要不看開，女的要是已經糟蹋了，那怎辦！醜相兒他十多年疼我了，他是死心要我了，不是我受罪，還不他完蛋」，苦人兒既害怕重落「舊社會」的悲慘，又害怕「新社會」對落後的懲罰，但也不忍心辜負醜相兒，想像中的悲慘一點點地摧毀他們的意志，個中的矛盾心態，可見平常百姓在界定「苦難」時的顫慄不安、半信半疑。

路翎的短篇小說《何紹德被捕了》[9]「訴苦」訴得非常巧妙，小說在潛意識裏把娶不到老婆也當成是了壓迫的後果，貧窮的何紹德心裏充滿憤怒與仇恨，就彷彿，須得有一個邪惡淫蕩的女人在旁邊晃蕩招搖，才能更說明社會對窮人有多麼不公不義，「一個總是賣弄著什麼的年輕的女人（連金），這鄉下的女人在最近一月內把他蠱惑了」，可是，就連這樣一個女人，都讓何紹德欲而不得——對社會的復仇心與不滿意到了一定的程度，對「苦」的忍耐超出了一定的限度，非得以一種近似邪惡的方式道出方才遂心。

也有更多斬釘截鐵的作品，如《翻了身的人們》[10]、《翻身農民感謝毛主席》[11]、《汗到那兒去了》[12]、《謝罪》[13]、《以增產保衛毛主席　黎城加緊熬硝》[14]，等等，舉不勝舉，這些作品，直白而誇張，可能號稱是紀實文學乃至「新聞」報導，但我以為，如果有虛構的成分，就不妨當其是小說，最起碼，作者運用了小說手法，

---

[9]　路翎：《何紹德被捕》，參《中國新文學大系（1937～1945）》（第四集，短篇小說卷二）。

[10]　成坊：《翻了身的人們》，載北平《人民日報》1946 年 8 月 24 日 2 版。

[11]　任冰如、魯藜：《翻身農民感謝毛主席》，載北平《人民日報》1946 年 10 月 10 日 2 版。

[12]　《汗到那兒去了》，未署名作品，載北平《人民日報》1946 年 11 月 20 日 3 版。

[13]　寒風：《謝罪》，載北平《人民日報》1946 年 10 月 1 日 2 版。

[14]　馬琳：《以增產保衛毛主席　黎城加緊熬硝》，載北平《人民日報》1946 年 11 月 28 日 2 版。

作品普遍情感真摯，但運筆也相當謹慎。細節總是無窮無盡的，在這裏，無須盡舉。吃飽喝足後的「苦」，即富足後面的「苦」，面對忍飢挨餓的「苦」，即貧窮後面的「苦」，如果要對打，前者根本就沒有發言權，根本經不起打。正是對「苦」有了偏頗的看法，有產者與無產者才被置於敵我對立之不可迴旋、不可中立的格局。義憤者直到今天，仍然不肯承認，生存之「苦」與存在之「苦」，並不一定非要對打互掐，而是共存難分，所以，以一種生活去否定另一種生活，以苦難去否決幸福，這類表態式的舉動，仍然很常見。

有了絕對窄化的「苦」，才有絕對單一的「恨」，才跟著有絕對忠誠的「愛」，這些，幾乎可以稱得上 20 世紀 80 年代以前中國的主流情緒，它們懷裏著對「萬惡」資本主義及封建主義的厭惡，夾帶著社會主義的精神潔癖，席捲而來，中國的政治格局、人文面貌、文藝面貌、倫理觀念為此而劇烈改變。仇恨創造出高蹈的理想，仇恨催生新的欲求，它們在立志解決人間苦的同時，也製造出新的綿延不絕的苦。苦、恨、愛依次與文藝走在一起，絕非偶然，它們在性格上有著天然的親近性，它們都需要虛構、誇張、雕飾、修辭、情感、說服，它們都有倫理困惑與自以為是的崇高追求。

80 年代初，重獲「新生」的文藝大致又把「愛」意重溫了一遍。之後，訴苦仍在，但對應的情緒基本上不再是仇恨，而多是怨恨了，90 年代至今，此恨尤綿綿。這一轉變，倒並不是因為什麼力量特別英明，而是因為，肉身承受苦難的能力已達到臨界點，肉身受苦終於忍不住向精神受難靠近。這一宏大的歷史問題，顯然不是一篇小小的文章所能解釋得清的，於此不展開。重要的是，訴苦的出發點由此開始發生變化，按經驗推，訴苦往往要從肉身出發，最強烈最持久的仇恨，莫過於發自肉身之被直接懲罰、殘害、消滅。仇恨之所以在中國近代、現代、當代再次發威，乃因為源遠流長的公審私刑，在當時有加劇的趨勢，中央極度弱勢或中央高度專權，

都能助長這種趨勢，前者對地方缺乏約束力，後者可以任意控制或放任暴力。我所說的公審私刑，乃指公開的審、私下的刑，它需要有圍觀者以及正當的名目，但執行刑法之際，卻沒有司法程式——這大概是個現代概念，很多的時候，公審私刑屬於幾個人或一夥一夥人的行為，這樣的條件下，肉身的安全保障性不太大。在中國古代，公審私刑大致可稱之為王法、族規、家法等，王法雖是國家之法，亦可看作是王家之法，受「五行」啟發，王法創造性地發明五刑肉刑（墨刑、劓刑、腓刑、宮刑、大辟），招招都傷肉身，族規與家法更可為匡正德性、嚴明婦道等由頭懲罰肉體滅絕人身；而大致 1979 年以前的幾十年間，公審私刑大致可看成是「人民之法」，人民既受控制又不受控制，有壓迫就得有鬥爭，有鬥爭就得有控訴，有罪惡就得審判，批鬥大會、公審大會、檢討大會等等，為懲罰肉身乃至精神創造了條件，為哭訴聲、復仇心、喝彩聲提供了壯大的場所。說到小說，金庸、古龍等人的武俠小說，就是集大成的血仇型作品，在道德上有公審的意味，在執行上，是絕對的私刑，只不過，他們所繼續的價值，除了家國之夢、正義之德外，還有逍遙情懷。

　　當現代社會在創造性地運用其仇恨精神與平民道德的時候，也在發展其他的因素，如轉變其對人身的懲罰辦法。現代社會的另一個趨勢即，寧願懲罰精神，而盡可能避免在公眾場合懲罰肉身，避免肉身間的私刑與施暴，死刑之所以越來越有爭議，就是出於懲罰觀的轉變。現代制度拉遠了仇與報仇的距離，報仇成為群體性事件的機會被壓抑，個人恩怨的解決由獨立第三方強行介入執行，私法逐漸被公法取代，肉身與肉身之間的刻骨仇恨及報仇機會相對比以前大大減少了，泄仇情緒得去競技場、網遊空間等虛實地帶去落實。這樣一樣，具體的仇人基本上沒有了，會醫治精神病、貧窮病、疾患病、死亡「病」的具體恩人也沒有了。「紅寶書」的時代過去

了，公審私刑的場面體面退場，平民道德、平等訴求卻因為仇恨的洗禮而流傳下來。這些，是怨恨情結出現的重大原因。

怨恨取代仇恨，成為 80 年代以後的重要情緒之一，小說及文學尤其如此。小心翼翼感隱藏著委曲憤懣感、受壓抑感、受剝削感，窮對富的積怨，平等對不平等的憤怒，閨閣斷腸，暗室幽怨，乖張激憤，破口大罵，床笫饒舌，物質妖嬈，嗜血煽情，怯懦獻媚……小說基本上是怨氣太重，正聲太少，癡纏不斷，逍遙欠奉。關注生存之苦的作家們，所表現出來的普遍暴力感。官場小說半含酸、半妒忌的語氣，無處不在。小說故事及語言尚未合格，就先發喝斥，聲稱別人壓迫了他／她，有的作家怕是巴不得人家迫害一下他／她。等等。都說明，積怨持續到一定的地步，小說及文學的心思與表達會變異，就像我前文所提到的，「非得以一種近似邪惡的方式道出方才遂心」。

仇與怨，源於我們對幸與不幸的看法。仇與怨本身無所謂好壞，一如愛與怕，它們也是人生的本能反應，但它們能改變血氣與心靈。在這裏，就借拉羅什富科的說法來收尾，「人從來不像自己想像的那麼幸福，也從來不像自己想像的那麼不幸」[15]。如肯稍作此想，心地的尺寸，可能會寬大許多；無論讀寫，還是評說，也許會因此少些哀怨之聲，多點正大之氣。仇與怨，固然能創造價值與理想，但同樣能毀掉你我的世界——包括文字的世界。

---

[15] 〔法〕拉羅什富科：《箴言集》，邵濟源譯，瀋陽：遼寧教育出版社，2000年，頁 11。

「力」之文學變道

今人多頌生命力、魅力、能力等，極少單單涉論一「力」字[1]。時至今日，即便是最惜字如金的詩人，也很難用單字盡表心意，更不必說須用大量語言謀篇佈局、鋪棧設道的小說寫作人了。

後人用組詞造句的方式理解前人所造單字及其指代，既是語言變化的要求，亦是時光對人所設下的宿命。許多古字走到今天，本身就成了謎面，後人理解前人文字，極不容易。以《莊子》為例，向秀、郭象等[2]，雖隔莊子年代不算特別久遠，但也不得不經由注字解義進入逍遙語境。宋理宗年間的林希逸，曾撰注《南華真經口義》（《莊子口義》），希逸於《莊子口義發題》中稱《莊子》「不可不讀最亦難讀」，並列舉讀《莊子》五難，其中，字義之難及異，列為首難，是以《南華真經口義》，亦從注字解義入手。比之《論語》，《莊子》向來就不是面向最多人、有教無類的普泛言說。即便注解者眾，但「莫能究其旨要」，可見《莊子》之難。又如夫子言論，雖不似南華真人故布玄陣、頻用僻字，但理解起來也極費思量。王肅、鄭玄、何晏、皇侃、邢昺、朱子等，無不為夫子言論大費周章。錢穆、楊伯峻、李澤厚，每讀每裁夫子，莫不由注疏入手。解

---

[1]　本文所談「力」，傾向於體力、勞力、暴力、生殖等力（這種解釋更切合於華夏古人對「力」的理解），與鄉村密切相關，非指科學層面所謂力學之力。本文主要於人文倫理、小說表達層面探討「力」在小說乃至文學表達中的地位變遷，而非去研究加速變形之力，儘管二者在實質上有相通之處。

[2]　向秀注是否由郭象注「述而廣之」，郭象是否有薄行，不在本文討論的範圍。

讀者眾，解讀者中亦不乏人中龍鳳，但恐怕沒有哪一家會自稱最準確無誤地貼近夫子原意，夫子用語雖淺白平常，但費解處實不下南華真人。再如錢鍾書，其「錐指管窺」，格外看重字意之互訓，由其窺古亦可知，古人即使「家常白直」[3]，亦玄機處處，不可草率略過。注釋與互訓，可看成是後人揣摩前人心思的舉動。後人之反覆揣測前人，更多的是，「現在」急於給「古時」一個合適的解釋，雖然，「現在」總是無法在「解釋」層面達成一致，也總是難以「解釋」清楚，但，越是費解越發要解，有時候，解謎比設謎更耗神費心、更誘人。

　　古字來到現代，面對茫茫字海，須多番周折（或者要再加點機緣巧合），才可能在日常的詞語、語法、句子裏找到自在的安身之所，否則，就只好安心地躺在文獻資料、古跡殘帖裏，過其與家常生活相隔甚遠的孤清日子，更多失傳的古字，則考無可考。每一個來到現代的古字，後面都有滄海桑田般的歷史。注疏，或者說解釋的過程，改變了古文古字的現代命運。古人的肉身來不了現代，他們的密碼卻傳到了現代。密碼雖互有分歧、互為衝突，但血脈不斷。從傳承的角度看，字既在三界之內，亦能跳出三界之外，它們是肉身後面的不死元神。文字的古今互訓，是生命的神秘延續方式。人類對永恆的追求，很難不從「字」裏仰望。

　　回到開篇提到的「力」字，今天看起來，它極為平常，但它由遠古來到現代，何嘗不是幾經掙扎、幾經裂變。促使我思考「力」之文學變道、「力」之地位變遷等問題，緣於某一次研學：一位學者提出，當下，西部作家寫的小說顯得更有衝擊力，讀起來更能讓人感受到生命力——藏污納垢處有巨大的生命力（大意）。這顯然

---

[3]　「家常白直」四字出自《管錐篇》之《全晉文・卷一〇二》，錢鍾書稱陸雲《與兄平原書》，「按無意為文，家常白直，費解處不下二王諸〈帖〉」。見錢鍾書《管錐篇》（四），北京：三聯書店，2001年。

不是偏見，相反，這是對創作實際的準確把握，儘管這一提法並不適合所有時代，但對當下，判斷相當到位。

就這位學者的提法延伸開去，「西部作家」其實可以擴充為關注鄉村或者說把鄉村擺放在重要位置的寫作人。當下的賈平凹、阿來、莫言、韓少功、閻連科、陳忠實等，以及更早一些的寫作人，包括丁玲、周立波、趙樹理、歐陽山、柳青、高曉聲等，都可以看做是對鄉村持有自己看法的寫作人。這些寫作人，並非只寫鄉村，但顯然他們在類似題材上的表現得更得心應手，寫作人的想像及誇張，與類似題材的契合程度也相對更高。鄉村書寫，抑或鄉土小說，雖非古舊事物，但當代的人已成功為其刻上「傳統」的烙印，當代的評說者，動輒將鄉土與傳統乃至民族相提並論，以至於讓今人產生錯覺，以為鄉土小說等，就是攜遠古聖旨及尚方寶劍而來，於是乎，即使與鄉村相關的小說衣衫襤褸、面有飢色，今人也要讚其「松形鶴骨，器宇不凡」，殊不知，「鄉土」二字雖然古已有之，但「鄉土小說」、「鄉村小說」實在算是現代新鮮事物，它一開始出現的面目，反倒是以背逆傳統的「孽子」面貌出現的。

放到「力」的對比中，鄉村，尤其是中國內地鄉村，從某種意義上來講，更接近地氣，寫作人只要用心搭建，作品不難有「厚重感」。農民、沒落鄉紳、有見識的返鄉人、新興得利階層，與鄉鎮幹部、城裏人、資本人等，有著豐富的倫理衝突，金錢在這些衝突中，尤其擔任了重要的角色，它深刻改變了民俗習慣、宗族觀念、人際關係、感情方式，它讓「現在」與「古老」的表面隔膜越來越深。20 世紀 30 年代以來，部分鄉村人與土地之間，逐漸建立起雖產權畸形怪異但人身依附相對強大的契約關係；80 年代以來，中國農民、沒落鄉紳、有見識的回鄉人、新興得利階層與土地的關係逐漸轉向，他們原來與土地有千絲萬縷的聯繫，但金錢卻將解除他們與土地的人身契約，「一旦他不擁有土地，而只擁有體現土地價

值的金錢，他就失去這個生活內容。上個世紀經常讓農民採用繳錢的方式，這雖然給農民一種暫時的自由，卻剝奪了他擁有的那些無法估價、但卻給自由以價值的東西：個人行為的固定對象」[4]。掠奪心發自權力與慾望，但還債感，最終還是需要沉默與喧囂兼備的語言文字來分擔。

寫作人對「力」的姿態，知識人對寫作人姿態轉變的評價，與古典時代相比，變化甚大。「力」經過「現代」的改造後，變得顯赫，甚至是排它。但在近代以前，「力」並沒有處於一個特別顯赫的位置。

據《論語》之〈述而篇〉，聖人對「力」的態度不可謂不清楚，「子不語怪、力、亂、神」，「力」是子「不語」的內容。很可惜，後人並沒有把這個「不語什麼」放在非常重要的地位，倒是對「語什麼」抱有更濃厚的興趣。如《朱注》謝氏曰：「聖人語常而不語怪，語德而不語力，語治而不語亂，語人而不語神」，後來人錢穆更認為，「此四者人所愛言。孔子語常不語怪，如木石之怪水怪山精之類。語德不語力，如蕩舟扛鼎之類。語治不語亂，如易內蒸母之類。語人不語神，如神降於莘，神欲玉弁朱纓之類。力與亂，有其實，怪與神，生於惑」（《論語新解》）。夫子對「怪、力、亂、神」之不語的態度，其實說明此四者之外，有更高的存在，如「常、德、治、人」。像孟子這樣的大儒，也並不認為「力」應該高於「心」，據《孟子‧滕文公上》，孟子認為「勞心者治人，勞力者治於人」乃「天下通義」。曾受「學儒者之業，受孔子之術」[5]，但又與儒學

---

[4] 金錢對人身依附的影響，德國思想家西美爾在《現代文化中的金錢》一文中有相當精闢的論述，他的上述說法，無疑也適用於劇變中的當代中國經驗，該文見西美爾《金錢、性別、現代生活風格》，劉小楓編，顧仁明譯，李猛、吳增定譯，上海：學林出版社，2000年。
[5] 《淮南子‧要略》。

分裂、棄周從夏的墨子，雖主張「非命尚力」[6]，但同時也「尚賢」，更指繁為攻伐，為「天下之巨害」。莊子對「技」已不屑，對「力」更不可能大大推崇，「天下莫大於秋毫之末，而太山為小」（《莊子‧齊物論》），「力」再大不能大過天地萬物、不能大過「一」及「道」。還說與「力」最有可能親近的兵家，像《孫子兵法》，不談「力」，但談道、天、地、將、法──華夏兵家最高的勝境，是不戰而勝，而非力克而勝。

幾個影響最深遠的思想流派，都沒有將「力」放在最高的位置。最有趣的是，子之「不語」，所謂怪、力、亂、神，小說卻無不用其極，此四者確實是「人所愛言」。《三國演義》、《水滸傳》、《西遊記》、《聊齋志異》，正正應了「怪、力、亂、神」四字，《水滸傳》更是應了其中的「力」與「亂」字。古典時代，小說難登廟堂、不為稱許，時不時背上「誨淫誨盜」的惡名，雖自得於民間，但聲名狼藉。小說之不堪遭遇，很難說跟「不語」之傳統毫無關係。

「力」的「翻身」，是現代的事。如果說仁、義、禮、智、信是古代讀書人的救世理念，那麼，「力」就是現代聖人的核心救世理念，比如說「槍桿子裏面出政權」的提出及實踐，已清楚明白地說明，古今救世理念迥異。回到小說層面來看，《水滸傳》的評價便是一個「力」翻身的典型例子。20世紀40年代以後，《水滸傳》由「民主政治小說」一躍成為反映「農民起義」的典型[7]。今天細究起來，《水滸傳》根本談不上是什麼「農民起義」的小說，那一百零八好漢，沒有幾個是跟土地有人身依附關係的純正農民。那老

---

[6]　且此力非吾文所指勞力等，子墨子之「尚力」說亦為後人忽略。

[7]　20世紀50年代以後，馮雪峰等人的《水滸傳》「農民起義說」，成為解釋《水滸傳》的主流說法──早期的文學史，基本上支持這一說法，如游國恩等人主編的《中國文學史》。《水滸傳》文革期間又因「投降」成為「反面教材」，此為後話。

大晁蓋與宋江，一個是富戶，一個做過小吏，哪裡就談得上苦大仇深。其他的，遭人排擠、被人迫害、受不了鳥氣、有點發財心、鬱鬱不得志、尋找兄弟情、四處遊蕩無所事事——等等，被「逼」上梁山的理由不一。所謂「好漢」，恰恰是與土地最為疏隔、土地怎麼拴也拴不住的人，潑皮、破落戶、野心家、遊民、盜者、逃罪者、不務正業者、黑店老闆、劣行累累者，等等，他們聚合在一起，扯一面大旗，安營紮寨，共圖苟安。他們有一個共同的特點，就是有「力」，「力」能壯膽，這打家劫舍的營生一旦做大，皇帝夢就跟著來了——造反與招安的邏輯並不是一開始就形成的。《水滸傳》所表達的，基本上是一種野路子的皇帝夢，遠非「農民起義」。《水滸傳》之所以能在現代「翻身」，實在是因為切合了「力」的救世夢想，古代山寨大王與現代聖人雖成分不同、志向有異，但被「逼上梁山」的受苦情懷是一致的。《水滸傳》被賦予「農民起義」先鋒之稱號，是「力」之地位升遷的重要象徵。《水滸傳》於「文革」期間被「打倒」，反而從另一角度說明「力」的神聖性——它不能被招安，它幾乎就是打不倒的正義化身。

《水滸傳》本身所寫之「力」，不是勞力之力，而是暴力之力，它的「翻身」，借了「農民起義」的殼。人們賦予其「農民起義」先鋒之稱號，無異於為勞力者之力加冕。這一案例說明，勞力者之力與暴力者之力之間，可以融會貫通。勞力者之力變得顯赫、神聖不可侵犯，是小說創作現代轉向的結果，《水滸傳》評價的峰迴路轉，亦是小說創作轉向的結果之一。

如果說 20 世紀 20 年代是現代聖人救世理念轉變的重要時期，那麼，40 年代則是小說人文訴求轉變的重要時期，對「力」的崇拜由政治、軍事領域最終延伸到語言文字世界。《太陽照在桑乾河上》（丁玲）、《暴風驟雨》（周立波）、《李有才板話》（趙樹理）等與「土改」背景有關的小說陸續出現，是現代文藝思想史上特別值

得注意的事件。《太陽照在桑乾河上》的小說尾聲，「他們」奔向工作崗位，楊亮對送行的村幹部說，「依靠群眾，才有力量，群眾沒覺悟時，想法啟發他，群眾起來時，不要害怕，要牢牢站在裏面領導」[8]。寫作人推崇勞力者之「力」的意圖，不可謂不明顯。前述小說，無論寫作人對「力」有多少的困惑，故事基本上繞不開丁玲所說的「鬥爭」、「分地」、「參軍」等場面[9]，一到這些場面，所有的猶豫，都將被有力量的口號淹沒，這些場面，缺乏「力」的參與，無法收場。寫作人雖多少對勞力者之力抱有懷疑，但又崇尚勞力者之力的顛覆作用，同時，勞力者之力與勞心者之心的較量、勞力之力與暴力之力的交融，亦讓寫作人格外著迷。不僅丁玲等人的作品，包括後人所稱的紅色經典乃至紅色歌藝，都對「力」有一種近似虔誠的追求及熱愛。寫作人及知識人對「力」的頌唱，小說倫理訴求的現代轉向，並非單純的文學事件。救世理念的新陳代謝，增強了人們對「力」的信仰，古代聖人之「不語」，走到現代，地位變得顯赫，與此有莫大的關聯。

丁玲等人，在 40 年代重下筆墨，開拓了勞力者的精神領域，「力」的輝煌持續了不算短的一段時間。80 年代以後，「力」的輝煌不再，但是，寫作人與知識人一直都沒有冷落「力」，只不過，讚歌逐漸演變成哀歌或輓歌，「力」不再以革命的親密戰友身分出現在小說裏。「力」的勝利面貌換成受難面貌，寫作人與知識人將其納入罪與責的思考體系。

寫作人與知識人對勞力者之聚居地即鄉村的倫理際遇及命運轉折，既感興趣，又心懷內疚。現代寫作人及知識人每一輪的尋罪與求責，幾乎都離不開對中國鄉村及勞力者的「發現」。同情心很

---

[8]　丁玲：《太陽照在桑乾河上》，新中國書局，中華民國三十八年四月香港初版，頁 355。

[9]　丁玲：《太陽照在桑乾河上》之〈寫在前邊〉，版本同上。

難施加給城裏，處理不當，會被人理解為矯情及濫用同情心，相對來講，同情心待在鄉村，比待在城裏，更為安全，在工廠辛苦掙計時工錢的，比享受政府休閒俸祿的，更惹人同情。如果說城裏人的存在苦難偏重（雖說其生存苦難也不輕），那麼，鄉村人的生存苦難則更甚，至少在中國內地，鄉村人、暫住在城裏的鄉村人比常住在城裏的單位人所面臨的人生選擇度更狹窄。上述區分當然不具備絕對性，但至少自上而下的政策對區域各有傾斜，政策有異，不同區域所承擔的負擔就輕重有別。

對「力」之地位變化，較早有敏銳反應的寫作人，當算高曉聲。但由於高曉聲很難被納入所謂「尋根文學」、「反思文學」、「傷痕文學」等寫作範疇內，所以，文學史對他總是一帶而過，不會漏掉，但也不至於為他濃彩重墨、大書特書，他的預見，往往為人忽視。當人們忙於控訴某「幫」某「派」的罪惡時，高曉聲已開始思考鄉裏人與城裏人即將面臨的新關係。人們很容易將「陳奐生系列」當成迎接並歌頌新時代的新紅色作品，從而忽視其小說後面隱藏的嚴肅問題，高曉聲所思考的──鄉裏人與城裏人、鄉裏人與土地的關係，將是困擾中國很長很長時間、起碼目前仍看不到盡頭的嚴肅問題。鄉裏用什麼跟城裏發生關係？「漏斗戶」陳奐生用土裏長出來的作物，製成食品，跟城裏交換生活──油繩換成錢、再用錢換帽子，錢成為鄉裏與城裏的關係紐帶。上城後，陳奐生的小生意做得很順利，但又重感冒了一場，感覺像是平地無故摔了一跤，最後是城裏的權力光環給了他甜頭，局促、貧窮、疾患，所有的不舒適，最後被「五元錢」的享受掩蓋住。「五元錢」帶給勞力者的不安、眩暈、興奮，持續至今。「重感冒」、「五元錢」的暗示，意味深長。高曉聲聽到了「錢」的聲音，他的見地，不見得弱於趙樹理。

如果說高曉聲聽到的錢之聲，讓人又驚又喜，那麼，所謂「打工文學」、「底層文學」聽到的錢之聲，則讓人又怒又怨。在饑餓與

貧窮面前,「力」難以持久。「力」將竭未竭之時,「錢」來了,「力」的身分與地位隨之改變。如前文所說的,寫作人與知識人一直沒有冷落「力」,但吟唱的調門註定要發生變化。往日,「力」立下汗馬功勞,人們為之大唱頌歌,而今,「力」看上去備受欺負、受盡委屈,人們為之反覆申辯。功臣末世,悲歌不斷。

而今的「力」,就像長篇小說《四十一炮》(莫言)裏那個腹漲如鼓、嗜肉如命的孩子,終日「飽」痛,面對荒淫墮落,又一臉茫然,不知所以。沒有人能賦予「力」開朗清亮的眉眼,它始終活在混沌中。但寫作人與知識人為「力」尋找出路的動作卻一直沒有停止過,什麼樣的出路才能讓「力」擺脫悲劇意味?

寫作人與知識人想了許多辦法,為「力」申辯。申辯理由中,以生殖力與民俗心最為人稱道。像陳忠實的《白鹿原》、賈平凹的《秦腔》、莫言的《蛙》等,就憑藉對生殖力與民俗心的想像,較成功地把握了「力」的悲壯及衰微。為什麼他們的作品顯得更有「力」?實則是因為「城裏」的體面地方、整齊場所,缺乏讓生殖力與民俗心旺盛的能量,所以,這些「力」只能在藏污納垢處、雜草叢生處,在這些地方,生命可以奔跑、可以放肆、可以不規矩、可以重返蠻荒。而在城裏體面而乾淨的場所裏,身體失去直接的奔跑感,身體很難有直接的奔放感。最重要的,莫言等人的寫作選擇合乎中國人對血脈的信仰──生殖力與民俗心,最核心的精神,其實就在血脈(余華、閻連科等人對「血」的偏愛,從另一角度證明血氣、血脈等在中國何等重要)。很多時候,禁忌就是神聖,所謂現代神話,往往由禁忌想像而生。

但是,「力」之委身於生殖力與民俗心,取向仍然狹窄,它很容易導致城裏與鄉裏之二元對立的判斷。其實,「力」的處境,從本質上來講,並不是鄉村與城裏二元對立的命題。尤鳳偉的短篇小

說《隆冬》[10]，頗有意味。沒有出去打工的樹田，年前趕集買「吉利魚」時，碰到從城裏小富而歸的慶生，心裏堵得慌，當看到慶生老婆春枝沒跟著回家過年時，他猜慶生的媳婦跟人跑了，心裏又痛快了，回家向老婆邀功，「幸虧當初沒聽你的，要是進了城沒准你也和春枝一樣跑了人」，老婆成巧一通臭罵，「跟著你，倒八輩子的楣，大過年要賬的擠破門」，樹田頓時蔫了。「一文錢難倒英雄好漢」，樹田跑去找慶生借錢，慶生哭訴一番之後，塞給樹田一逞子百元鈔票，要樹田去幹掉拐走春枝的薛胖子。樹田揣著錢，不敢拿出來數，但又想知道一指厚的百元票究竟有多少錢，他找西美小姐、慶全老頭，就為了看他們數數一指厚的錢。「半萬」是錢，「一萬」是更多一些的錢。準備去殺薛胖子的樹田，在雪地裏狠摔了一跤之後，把所有的惡氣都轉到慶生身上，回過頭，樹田殺了慶生。小說有不著痕跡的幽默，想看數錢的環節尤有苦澀之反諷味。小說講了無能為力的事：作者寫樹田，不寫一臉苦相、惡相，而是真正由樣貌舉止進入樹田的內心，人間的惡在心裏藏起來，警察滅不了它；小說不縮手不團圓，樹田終於還是殺掉了慶生，怨恨與憤怒沖到你死我活的田地，也就一念之間的事，沖過了，大家平安，沖不過，就是殺戮毀滅、以惡證惡。再如閻連科的《受活》及《丁莊夢》、曹乃謙的《到黑夜想你沒辦法》等，反覆驗證了（有些甚至是違反作者本意的驗證），勞力與暴力之間，不可能完全撇清干係，苦難可能是一窮二白，但其秉性，又絕非一清二白，城裏或鄉裏，都不是絕對的罪惡之源。寫作人暗示，「力」在這個世道仍然無比衝動，但再多的刀槍也破不開這個世界的混沌，「力」找不到安身之所。

　　「力」的現代命題，其實也是一個「水滸傳」式的命題。「好漢」、勞力者與土地的感情越來越疏，好漢們的權利及義務被金錢

10　載天津《小說月報》，2009 年第 3 期。

抹去具體的個性，「力」如何流動？為數不少的當代小說為「力」
的不穩定焦慮不安、同情有加，但卻沒有辦法為好漢們再安置一個
可以快意恩仇、打家劫舍、殺婦剖女的梁山泊。現代之「力」，欲
在以女性身體為喻的土地中尋找安身之所，救世衝動正慢慢退潮，
中國寫作人與知識人，將長久面臨罪與責的兩難格局。古代聖人之
「語什麼」與「不語什麼」，仍值得今人反覆思考。

小說群治理想之榮衰

　　一開始，小說並不是改良群治的上上之選。小說地位由卑賤至顯達，歷時不短，曲折多多。有識之士的發現，經驗的選擇，改良人士的青睞，是小說最終顯要的促成因素。又尤其是維新人士之看重小說改良群治，更是極大地影響了現代中國小說的志趣及其評價──從某種意義上來講，人們熱衷談論的所謂「當代」，恐怕歸為「現代」更為合適。「『現代』所蘊含的是生存性的時間，帶有在體性（ontic）的意涵，表明生存品質和樣式的變化，與過去的生存品質和樣式構成緊張關係」[1]，在這裏，「現代中國小說」亦可涵蓋當下的小說，如此處理，並非著重「古代」與「現代」的時間區隔，而是在意兩者之間的「緊張關係」。

　　金人瑞聖歎氏，算是識小說重小說的先驅。聖歎氏曾「集才子書者」，其目曰：「《莊》也，《騷》也，馬之《史記》也，杜之律詩也，《水滸》也，《西廂》也已」，又因「忽於友人案頭見毛子所評《三國志》之稿，觀其筆墨之快，心思之靈，先得我心之同然，因稱快者再。而今而後，知第一才子書之目，又果在《三國》也」[2]。聖歎氏又稱《水滸》勝似《史記》，「《史記》是以文運事，《水滸》

---

[1]　劉小楓：《現代性社會理論緒論》，上海三聯書店，1998 年，頁 63。

[2]　〔明末清初〕金人瑞：《三國志演義·序》，見《中國歷代文論選》（第三冊），郭紹虞、王文生編，上海古籍出版社，2001 年，摘文據兩儀堂藏板《繡像第一才子書》首卷。

是因文生事」[3]。聖歎氏語人所不曾語，驚世駭俗，膽識過人，聖歎氏雖非獨尊小說，但為「因文生事」之筆性洗脫卑微低賤身分，有大貢獻。聖歎氏，於後來人對小說的牽強附會，更是句句批中，他稱「（施耐庵）只是飽暖無事，又值心閑，不免伸紙弄筆，尋個題目，寫出自家許多錦心繡口，故其是非皆不謬於聖人。後來人不知，卻於《水滸》上加忠義字，遂並比於史公發憤著書一例，正是使不得」[4]。為「因文生事」正名，為小說在詩文內部一競高低、正俗扶風，又貶「後來人」為小說妄加「忠義」字之事，等等，聖歎氏可謂有真見識、遠見識。

晚清梁任公選小說為改良群治的藥方，兼得夏曾佑諸公共同發力，小說終成改良群治的上上之選。借聖歎氏之語喻之，這一舉動，亦可並於「後來人於《水滸》上忠義字一例」，二者區別僅在於，一個講救國抱負，一個講臣服忠義，至於是否「使不得」，又非吾輩可妄加論斷。但到小說群治之想日趨高蹈之際，抱負與忠義實則又在小說中隱秘地合體，此為後話。

梁任公劍走偏鋒，選擇小說為思想突破口，實乃退而求其次的選擇。這是一種很難談得上高明的政治策略，但從語言層面入手的籲求，確確實實為華夏帶來了大轉變，至於這種轉變是好是壞，後人無須刻意下絕對判斷，歷史有因，現實為果，後人當有「瞭解之同情」的氣度。由〈論小說與群治之關係〉（1902）可知，任公之看重小說，不是因為小說有多麼多麼好，而是因為小說有支配人道之力，即包括熏、浸、刺、提四力，其用意，實有以新除舊之意。任公盡數小說之惡，直將國孱民弱歸罪於小說，「故今日欲改良群

---

[3]　〔明末清初〕金人瑞：《讀第五才子書法》，見《中國歷代文論選》（第三冊），選錄文據中華書局影印金聖歎批改貫華堂原本《水滸傳》卷一。

[4]　〔明末清初〕金人瑞：《讀第五才子書法》，見《中國歷代文論選》（第三冊），選錄文據中華書局影印金聖歎批改貫華堂原本《水滸傳》卷一。

治，必自小說界革命始；欲新民，必自新小說始」[5]。後人往往借梁任公倡「小說界革命」之舉動來極贊小說之高貴，以為梁任公獨喜小說，哪知任公對小說本身並無多少好感（任公對小說之「陷溺人群」的數落，堪稱句句中的），就如世人以為毛澤東喜愛新文學、左翼文學，誰知毛澤東的個人趣味對古典詩文情有獨鍾。

無論聖歎氏與梁任公之重小說的初衷如何，他們對小說發展前景的設想及對趣味取向的把握，都是有遠見的。尤其是梁任公文中所點到的「群治」二字，幾乎可以命中自現代以來中國小說創作及其評價最主要的走勢之一。

所謂「群」，暗合了後來人對「多數」、「大多數」、「絕大多數」的想像與追求。無論是改良抑或革命乃至反思，人們在小說乃至文藝身上所寄託的厚望，都是要激發起「大多數」的激情，以對付「少數人」的「落後」、「反動」等，從本質上來講，此一「群」字下的讀者期待跟文學史上所稱「通俗」、「大眾化」之讀者期待沒什麼特別大的區別。把小說跟群治拉扯在一起，也許是一部分文人精英對政治權貴的失望所致，也或許是文人精英自覺無能無力、苦無良策的反應。

所謂「治」，若作動詞解，可合統治、組織之意，若作形容詞解，可與「亂」相對，喻意天下太平。此「治」如若放到小說乃至文學裏，就包含了一個對人性教養的看法，即，小說既是能讓人變壞，那麼，小說也具備讓人變好的能量。任公曰：「此四力者（熏、浸、刺、提），可以盧牟一世，亭毒群倫，教主之所以能立教門，政治家所以能組織政黨，莫不賴是。文家能得其一，則為文豪，能兼其四，則為文聖。有此四力而用之於善，則可以福億兆人；有此

5　梁啟超：〈論小說與群治之關係〉，見《中國歷代文論選》（第四冊），郭紹虞、王文生編，上海古籍出版社，2001 年，文據中華書局排印本《飲冰室全集》論說文類。

四力而用之於惡，則可以毒萬千載。而此四力所最易寄者，惟小說。
可愛哉小說！可畏哉小說！」[6]任公口誅筆伐的佳人才子、妖巫狐
鬼之思想等，以及國民輕棄信義、輕薄無行等，林林總總，可「曰
惟小說之故」。雖歸罪於小說乃屬病急亂投醫之舉，但任公所列國
人之惡行劣跡，又句句屬實，所以，「小說界革命」雖屬權宜之計，
但仍有其極具說服力的一面。既然小說讓人變壞之看法能說得通，
那麼，寄望於小說讓天下變得太平、讓國民由壞變好，也自有其號
召力。

　　之後不過十來年的時間，胡適、陳獨秀等人就將小說的「群治」
理想推而廣之。胡適〈文學改良芻議〉倡文學改良「須從八事入手」。
陳獨秀〈文學革命論〉，高呼推倒貴族文學、古典文學、山林文學，
建設國民文學、寫實文學、社會文學，並「願拖四十二生的大炮，
為之前驅」。胡適、陳獨秀無不看重文學淺白通俗，因為只有淺白
通俗，才能對「多數」、「大多數」產生作用。不難看出，寄希望於
小說，降大任於小說，並非是詩文內部的一競高低，而是文人精英
所選擇的一種救國治國之路。

　　在這裏，我無意去勾勒小說在這條救國治國之路所扮演角色之
具體歷史。行文至此，我想強調的是，如果說聖歎氏一早已警覺後
來人將為小說添附許多額外價值，那麼，梁任公諸君則提出了改良
群治的方案，從而間接牽帶出，現代小說必然要面對的困境，亦即
上文所提到的兩個問題，也是可濃縮為「群治」二字的問題：一是
「多數」、「大多數」以至晚近的所謂「大眾」的問題；二是小說能
否讓人變好、變壞的問題，或者說小說家在小說中所表現出來的善
惡觀，以及評價體系如何看待小說的道德力量之問題，這一問題既
古老又新鮮。用所謂的文學術語來講，「群」的問題，可以說是文

---

[6]　梁啟超：〈論小說與群治之關係〉，見《中國歷代文論選》（第四冊）。

學的外部問題，當讀者與創作者、評論者在書面語言上的溝通基本
不存在多大問題的時候，寫作者如何應對喜新厭舊的大多數讀者對
淺顯易懂的要求，與此同時，寫作者還得面對諸多學院精英過分刻
板的考究與近乎無趣的挑剔。當古文轉身離去的時候，現代語言如
何重建一種理想美，亦將因為這個「群」字而發。相應地，「治」
所隱喻的對人性教養的看法，又堪稱是文學的內部問題，小說家解
決不了善惡是非問題，但小說將永遠受善折磨、經惡誘惑，大凡對
心靈及靈魂有要求的小說，總免不了在善惡面前左右為難。

　　應該說，一開「小說界革命」、「文學革命」先河的文人精英，
無緣將小說的「群治」之想付諸實踐。只有到了 20 世紀 30、40
年代，毛子「文武雙全」的思路逐日顯揚之後，小說的「群治」理
想才算落到實處。「筆桿子」著上戎裝，成為「槍桿子」中的一員，
讓語言藝術奔赴「戰場」，英勇抗敵，這是革命精英對小說乃至文
藝「群治」理想極為大膽、極具創意乃至極富激情的試驗。如果說，
奪取政權、顛倒所有制從社會結構層面改變了華夏的整體命運，那
麼，語言藝術的「普及」，就為包括不識字者在內的、真正的文化
弱勢者提供了一條通往文字的道路。相形之下，語言文字是更加隱
秘的、能阻隔階級交流的強大力量，每一樣可書寫的語言，都為人
類布下了天羅地網，從某種程度上來講，能書寫的語言就是社會規
則之一。對識字或識字多的人來講，書寫文字不是生活障礙；對不
識字或識字少的人來講，書寫文字則是巨大的生活障礙。既然語言
足以強大得讓「大多數」遠離權力核心[7]，那麼，語言也就具備顛
覆假想中之少數人統治的潛在能力。我想，文藝層面的「**翻身**」，
語言層面的「**翻身**」，其影響力，恐怕不會亞於改朝換代、顛倒所
有制，幾經渲染的苦難以及再三發掘的平等之想，一旦發作，一定

---

[7]　在毛子這裏，「大多數」一般是指占全國人口 90% 以上的工農兵。

是鋪天蓋地、不可收拾的。從文藝層面的「翻身」路徑亦可以看出，革命精英對文人精英雖有所拉攏，但往深層探究，革命精英對文人精英、特別是非革命出身的文人精英實有所疏遠。文藝的「翻身」意識，很難說不是發自對文人及知識精英的怨恨。

　　儘管革命精英與文人精英的文藝主張有所區別，但革命精英所發動的文藝「翻身」，卻並沒有走出任公所點到的「群治」二字。也許我們可以挑出一些關鍵字出來，以理解革命年代的小說及文藝「群治」理想[8]。一般認為，理解革命年代及後革命年代的文藝動向，毛澤東的一些文章及講話，是繞不過去的話題。其《新民主主義論》（1940 年）[9]，提出「民族的科學的大眾的文化」，為文化的未來定下基調。《在延安文藝座談會上的講話》（1942 年）[10]，則成為文藝政策最基本的依據。第一次「文代會」，周恩來、郭沫若、茅盾、周揚等人的報告，是對「解放區」文藝成果的總結、對「講話」的進一步闡釋、對文藝領導權的樂觀展望[11]，他們的報告，對理解 1949 年以後的中國文藝亦非常關鍵。從中，我們可以提取出「大眾的」、「人民群眾」、「普及」、「提高」這些出現頻率非常高的語詞出來分析。

　　「大眾的」、「人民群眾」之重點在「群」，也即前文所提到的，這裏面，有對「多數」、「大多數」、「絕大多數」的追求與爭取。如何實現「絕大多數」的文化「翻身」，如何讓「人民群眾」「喜聞樂見」，「普及」無疑是上上之選。周恩來《在中華全國文學藝術工作

8　「革命年代」在這裏，算是對時代的某種泛指，並不是一個嚴密的時間概念。

9　參《毛澤東選集》（第二卷），人民出版社，1965 年。

10　參毛澤東著：《在延安文藝座談會上的講話》，新華書店發行，1949 年 5 月再版。

11　諸文參見《中華全國文學藝術工作者代表大會紀念文集》，中華全國文學藝術工作者代表大會宣傳處編，新華書店發行，1950 年。

者代表大眾上的政治報告》（1949.7.6），強調了「普及與提高的問題」，周稱，「現在還是不是普及第一呢？還是普及第一。解放區作了一些普及工作，但是離開普及的需要還很遠。至於說現在產生的普及性的文藝作品還很粗糙，需要改進，還很低級，需要提高，這是事實，但是這並不是值得擔心的事情」。《呂梁英雄傳》（馬烽、西戎）、《李家莊變遷》（趙樹理）、《新兒女英雄傳》（袁靜、孔厥）、《地雷陣》（邵子南），等等，被認為是「比較成功」的作品，其中，趙樹理的《李有才板話》被周揚認為是「解放區文藝的代表之作」（《新的人民的文藝》）。這些小說，連同《王貴與李香香》、《白毛女》、《血淚仇》等詩歌、戲劇，都可以看成是「普及」的重要成果。像趙樹理、丁玲、周立波、孔厥、馬加、康濯、歐陽山、柳青這樣的小說家，創作時多多少少都有向「群」主動靠近的痕跡。正如周恩來所言，不必擔心「提高」之事，而應將「普及」放在第一。以常識來判斷，普及與提高並不是一對和諧的概念，一旦「提高」，「普及」可能就成為問題，「普及」時，定在「群」中，「提高」後，還在不在「群」中，就是未知數。毛澤東早在「講話」裏就反覆強調了，要找到普及和提高的正確關係。「普及」與「提高」，孰重孰輕，決策者未必不清楚。就像「大眾的」與「民族的」，也有衝突，很多時候，當人們追求「大眾的」，「民族的」往往就變成了「民俗的」，實際上「民族」與「民俗」基本上是兩碼事，但「民族」的號召力遠比「民俗」強大。普及與提高、大眾的與民族的，雖互有衝突，但因為都是「好」的，所以，擺放到一起，就很難讓人察覺其不和的一面。

　　「普及」既是對「群」的追求與爭取，那麼相應地，「普及」對寫作人及知識人也提出了要求。為了讓寫作人及知識人接受「群」的想法，政黨想出了一些辦法，比如讓他們去熟悉相對陌生且無法抗拒的對象──「工農兵群眾」，以打消知識人的驕傲念頭……對

知識人及寫作人，動筆當然不是什麼問題，但是動刀動槍動機器動鋤頭動感情，未必能夠高出在人數上占絕對優勢「工農兵群眾」的。淺顯直白的、容易動感情的物事，足以讓傷腦筋的邏輯、常識、理性、科學等基本失效。非革命出身的寫作人與知識人低下頭、彎下腰，真誠而努力地，邁向「群眾」。把高的拉低，把低的拉高，為「普及」而推行掃盲識字及再學習之舉，也暗合古人所稱「不患寡而患不均，不患貧而患不安」[12]。平均之想，體現在政治地位、經濟地位的分配上，也體現于文化地位的指派上。

看上去，「普及」比「提高」更能保證「群」的可靠度，同時，「普及」比「提高」更能保證「治」的有效性。「治」到了這裏，對小說乃至文藝有雙重的意義，一是組織意義上的，一個人性教養看法層面的。像左聯、中華全國文藝界抗敵協會（簡稱文協）、第一次「文代會」之後成立的文聯與作協等，又如批判《武訓傳》、批判俞平伯《紅樓夢》研究、批判胡風「集團」等運動，實際上都體現了組織的存在及力量。關於人性教養看法層面，亦饒有趣味，實際上，「治」之組織意義的終極理想，無外乎是人性教養層的完善乃至完美，「群」與「治」不能截然分開。小說在承擔「治」這一理想方面，起到重大作用，相比戲劇、詩歌，小說在打造人性完美層面，似乎更有優勢。尋找領袖、完人、英雄、好人，歌頌光明、正面、高尚、進步，暴露為歌頌讓步，這些，幾乎都在小說創作中得到了體現。許多小說裏反覆歌頌的幹部，許多小說尾聲出現的致敬語，許多小說所刻畫的偉大的工農兵形象，等等，無須多舉。正因為有「群」的保證，人性之「治」才能讓人虔誠相信。「群治」之想，意味著「忠義」之想，並不太遙遠。

---

[12] 見《論語·季氏》。

在不短的時期內，因為有階級立場的強硬支撐，小說之「群治」理想，有限地實現了。直至 20 世紀 90 年代以後，強硬的階級立場被隱去（或者說，斬釘截鐵的階級立場不再是解釋世道的有效方式），文藝格局才出現重大變化。長篇小說成為最強勢的文學體裁，「群治」二字的內涵發生轉向，「群」成為一種常態，「治」則變成一種追問。

「群」作為讀的常態，大致可以追溯到晚清，譴責小說、舊派言情小說、武俠小說等淺白易明的文學，借助報刊業，流行於市民階層，現代意義上的為「群」寫作以及「群」讀現象出現。直至後來，忠義與群治為小說附意，「群」讀現象表現出其非常態的一面。而當組織力量有條件地退隱文藝江湖時，「群」再度成為讀的常態。今日的官場小說、職場小說、青春小說等，與往日的黑幕小說、鴛鴦蝴蝶派小說等，從「群」讀趣味來講，實屬一脈相承。

與「群」讀保持密切關係的寫作，一般來講，讀者對它們的熱情不會超過一年，如果是系列叢書，喜新厭舊的讀者，保持追捧熱情的唯一理由，就是期待其續集，期待其結局之外的結局，一旦「結局」了，讀者又會帶著心滿意足的表情去追逐另一種結局。暢銷書在印刷數量上會不斷攀高，但其單部小說則很難讓人反覆讀上多遍，所以，暢銷書作家出書的頻率一般都非常高，或者說，不得不提高出書頻率。尤其是一些以寫青春題材的小說寫手，很容易在銷量方面創造奇跡，因為追捧他們的「群」──中國大陸的青少年群[13]，人事懵懂，但憑一腔熱血行事，給一點點甜頭，就想兩脅插刀，又正值情痘（寶）初開，嘗一點點苦頭，便要生要死，生活封閉，除了學校家庭就是網路，枯燥、教條、冷酷的學校作息時間表計劃了他們的大部分時間與大部分生活熱情，有限的時間決定了，

---

[13] 在這裏並不涵蓋所有的青少年，僅僅是指狂熱追捧偶像小說家的青少年群。

他們需要容易引起衝動的閱讀題材。「群」的閱讀現象，又往往容易發生在終日勞碌、朝九晚五的藍領、白領、金領們中，或者是生活比小說沉重，又或者是人們無暇深刻，娛樂、消遣漸漸成為成年職業群的閱讀需求，如婚事、房事、婚外事、獵奇事、陰謀事等，是以能長久吸引本國閱讀者，官場小說、職場小說、床第小說、言情小說、軍旅小說等題材，是沉重生活之餘的另一類輕鬆。「群」的閱讀現象，很少發生在老年人階段，一則，激情難再；二則，趣味歷經生活洗禮，基本已成定勢，閱讀很難再大規模合「群」。各年齡段的閱讀「群」效應，既是平民天下的閱讀特點，也符合消費社會對不同消費人群的定位原則。人們對時間的流逝有惶恐，所以，每一年都至少需要一個潮流、一種流行，留住時間有很多種方式，求新、加速、簡化是其中最便捷的方式，平民天下的時代，每一個潮流、每一種流行都會捲走一大批人的注意力，小說所掀起的潮流與流行亦不例外，每一年各界共同製造出來的暢銷小說及其盛況，亦無須筆者在這裏一一列舉。

小說與電視連續劇的趣味越來越同質化，「群」趣味無疑正在作怪，對此趨勢，我們似乎無能為力。唯一值得慶幸的是，閱讀意義上的「群」與組織意義上的「治」不再親密無間，但這樣一來，對「群」的精神崇拜就轉變為對「群」的心理疑懼，每一種流行與潮流後面，恐怕都隱藏著某種對失控的不安。

至於「治」，也正從政黨、組織、集體這些名詞中脫身而出，政黨意義上的小說「群治」理想，尚有餘溫，但不再榮光。組織意義上的「群治」理想，雖日趨式微，但是，小說能讓人變好或變壞的歡欣與恐懼仍在，這種心理比改良群治的想法更古老更長久。蘇格拉底的憂心忡忡，改變不了荷馬史詩世代傳唱的現實，所有的心靈，既要面對所謂的好，也要面對所謂的壞。也許，這才是人性的本質性存在。如前文所說，小說將受善折磨、經惡誘惑，但小說會

意義的負重

　　語言文字由表達意思到追求意義，大概有來自「史」的記載需要。當然，如果將其歸於神旨天意，那麼，「史」記[1]亦只不過是赫爾墨斯式的宣讀、轉述、闡釋、雄辯，「史」記受「絕對」、「無限」、「永恆」的命令而來。但無論你是認同神旨天意、還是唯信人之意志，「史」記的衝動乃至自覺，終究離不開人的存在，「史」記追求意義，但意義來自人本身，來自人與天地、上帝的神秘聯繫。

　　創傷、疾病、生離死別，等等，讓人感知幸與不幸，促使人類向意義靠近，隨之出現的理性、宗教、祭祀儀式等，不外是人類求救與自證的心靈資訊與意義符號。意義來路不明，但求證意義符合人的情感特徵。意義也可能是某種救贖性的啟示，人類對「記載」與「保存」的偏愛，如「史」記、「史」存等，說明，人類不得不安於不可規避的宿命，但希望能以某種超驗或想像的方式延續生命資訊，這信念，大致也須意義的指引才能達成。時辰、時間，以它無所不在的精神，提醒人類，「過去」可能消失，「未來」難保永遠。人類總有無法自己作主的地方，「新」催生他／她的好奇心，「舊」填充他／她的記憶腦，人類囿溺於現世勞逸，甘為永恆及意義充當僕郎射手。

　　與人類活動如影相隨的「史」記，儘量避免呈現其追求意義的一面，但它們所不得不倚重的語詞，很難完全逃脫意義的圍繞。湯

---

[1] 本文「『史』記」通指對史之記存。

因比的《歷史研究》，常用「文明」、「社會」等等[2]，史家採用這些詞，雖然沒有非常明確的價值判斷，但也無疑含有對人類之創造能力與組織能力的肯定。各大百科全書對「文明」、「社會」等詞解釋有別，但基本上都認同這些語詞乃對人類生存形態的歸納與概指。這些語詞的內在邏輯裏，有沒有對「野蠻」、「落後」、「不文明」狀態的稍稍暗示及反撥呢？如果有，那「文明」、「社會」這些語詞就一定有其意義期待，至少，它們把人類置於萬物之上。再如司馬遷《史記》之本紀、表、書、世家、列傳分類，不僅僅為盡可能忠實地記錄事實，更為尊從等級、禮儀等內在社會規矩，其體例分類並沒有完全脫離秩序意義。古代文獻主要用干支紀時法、歲星紀年法、王位紀年法、年號紀年法等，《資治通鑒》等史籍的體例實得法於其中。這些紀年月日法，尤其干支紀時法[3]，講究周而復始，深考之，編年紀事、順延講史，亦望人脈循環不斷、即斷但續，有求無窮無盡之意。單看史籍體例結構，已知「史」記不可能全然拒絕意義的誘惑。

　　史籍尚且有意義期待與意義預設，其他書寫記載活動則自不待言。人之存在，很難擺脫意義的糾纏，即便是所謂的無意義、虛無、幻覺等，也是來自意義的壓抑，或者說，是追求意義的產物。追求意義，於情於理，無可厚非。但意義本身也需要區分辨識，意義可以被分解為價值、精神、作用、地位、道德要求等等，不同人群、不同個體，相應地，對意義就有所取捨。語言文字也並不是一步就跨到意義層面，語言文字追求意義有一個前提，即表達意思，它偏屬技能層面。在這裏，表達意思所指比較寬泛，可以理解為摹仿、說明、描述、敘述、想像、定義等，它更像是語言的自然屬性、初

---

[2]　據中文譯法。
[3]　一般認為，干支紀年，前漢、新、後漢以降，採用漸廣。干支紀日，則可追溯至殷商乃至以前。

始功能。它首先要接近的，是事物的原型，而非所謂的真相，這裏的原型，包括看得見與看不見的原型、虛擬與非虛擬的原型、經驗與超驗的原型。就好比人，除了精神的定義，還有肉體、女性、男性等定義，世間萬物，基本上都各自有「型」，書寫記載活動不能忽視這一幾乎算是自然性的本質存在特徵。

小說創作、文學評價[4]，說到底，也是書寫記載活動。如此定位，並非要否定小說創作及評價的想像力與創造性。語言文字本身就是人類精神的產物，但此「物」首先是書寫記載的工具，然後才是包括意義在內的其他，今人說現實與虛擬之別，但「虛擬」即真實，它沒有改變語言文字書寫記載的功能，「虛擬」也須被描述才能成其為「虛擬」。「詞是原現象。詞是意義前提，因而同時也是有關一切可能的『歷史』的所有認識的固定資產——這裏所說的『歷史』完全不同於時間上的、客觀的事件順序，而是存在和事件的、被詞從本質上設計好了的過程的意識連續性和意義連續性。正是因為詞設計了一切『歷史』，所以詞本身就無任何『歷史』可言。沒有任何一座『橋樑』，沒有任何一種『過渡』從這種歷史通往所謂自然史」（舍勒）[5]。儘管現象與意義很難絕然分開，但沒有語言文字這種「固定資產」，所謂的「意識連續性」、「意義連續性」則無從談起。

既然是書寫記載活動，小說創作、文學評價亦要面對認識與記載的對象。對象一詞在今天已顯得陳舊、鮮被人提及，但對象的「在」卻是一個永不會消逝的問題。基於這一前提，寫作者只要一提筆，就很難繞過對象的型或形，無論寫作者有沒有將其清楚明瞭地道出，也無論寫作者有沒有能力把握它們，它們都在，它們或臣服於

---

[4]　文學史、文學評論等，都當歸入文學評價體系。

[5]　〔德〕舍勒：《舍勒選集》（下卷），劉小楓選編，上海三聯書店，1999 年，頁 1293。

寫作者的筆力，或游離於寫作者的心神之外，但是始終「在」。對此「在」的講述及表現，就是意義的前提。但許多的文學評價、小說創作，直奔意義而去，忘記了意義的前提。同為認識與記載活動，「史」記給小說創作、文學評價的啟示是，雖然它無法擺脫連續性意義的圍繞，但它時刻沒有忘記意義的前提。比之「史」記，小說創作與文學評價，有其獨特處，即容納經驗、張揚感覺，但也許正是這一性格，縱容了小說創作及文學評價對意義無節制的追逐，意義的前提也因此經常被拋諸腦後。相形之下，詩歌創作因為注重吶喊及形式、忙於表達憤怒，追逐意義方面，反而略微收斂些，當然，詩歌評論又另當別論。

　　但凡偉大的作品，必蘊藏豐富廣博的意義。這一結果，是作者看重意義前提之所得，而非放棄前提直奔意義所得。無論作者偏屬於哪個主義、哪種流派，無論作者善用再現還是表現，都沒有辦法繞過柏拉圖有關洞穴囚徒的喻言，作者必須要面對那個「火光」。無論你看到的是真實的「火光」還是投射的「火光」，它都有一個影子在、原型在，哲學王與終身囚徒，都要去面對「火光」，並飽受「真實」折磨。儘管「火光」只是喻言，但是蘇格拉底與柏拉圖還是首先把光、洞穴、囚徒的情狀給實實在在地描繪出來了，之後再論理性與哲學王，這些概念性的語詞並不是憑空跳出來的，論辯的邏輯過程、描述的遞進過程，保證了這些語詞最終實現意思與意義的契合。

　　人們常常談及卡夫卡的現代意義，但他寫《變形記》[6]，也離不了「形」，格里高爾・薩姆沙一大早醒來，「發現自己躺在床上變成了一隻巨大的甲蟲」，人確實是變形了，但是甲蟲的原型還在，對格里高爾・薩姆沙變成甲蟲之後的形狀與行為，卡夫卡的描繪不

---

[6]　卡夫卡《變形記》寫於 1912 年，1915 年發表於《白色書頁》10 月號。

可謂不細緻，沒有這些準確到位的描繪與揣摩，先談什麼人的異化、孤獨、隔絕，那就是虛妄。莎士比亞的戲劇，鮮有直接高呼意義的舉動，他的很多劇作，比如《威尼斯商人》、《錯中錯》等，都涉及到契約、借據、婚約等，這些多是人際和解或衝突的現實基準，但誰又能說這些現實契約裏沒有包含宗教、思想、人生大意義呢？就像尼采分析的那樣，正是在契約關係裏，「讓許諾者記住諾言」，「也正是在這裏發現了冷酷、殘忍、疼痛」[7]，「罪惡感和個人責任感起源於最古老、最原始的人際關係中，起源於買主和賣主的關係，債權人和債務人的關係中，在這種關係中第一次產生了人反對人的現象，第一次出現了人和人較量的現象」[8]。而又特別是《威尼斯商人》裏的割肉情節，喜感得來又意義重大。

又如約瑟夫・赫勒[9]所著《第二十二條軍規》，此作被認為是荒誕及黑色幽默派的代表作，小說人物、情節無不虛構，但作者所寫包括病房等各種場景，鮮活真實，功力不亞於現實主義大師的手筆。尤索林遭遇的第二十二條軍規確實荒誕不經，但誰能說現實生活中全無這套規則？

杜思妥耶夫斯基的《罪與罰》、《卡拉馬佐夫兄弟》等作品，被為數不少的哲學家、思想家視為極具宗教意味的小說，《卡拉馬佐夫兄弟》中宗教大法官的寓言更被學者視為人類思想史上最重要的寓言之一，他的著作，集美學與神學於大成。杜思妥耶夫斯基筆下上帝的光澤從哪裡來？就從那些卑微俗賤、讓人透不過氣的生活裏來。《罪與罰》開篇寫「這個青年」，「貧困逼他透不過氣來」，他租住的所謂「房間」，倒像是一口櫥櫃，每次經過女房東的廚房，他都覺得「又痛苦又膽怯」。《卡拉馬佐夫兄弟》以費多爾・巴夫洛維

---

[7]　〔德〕尼采：《論道德的譜系》，周紅譯，北京：三聯書店，1992 年，頁 44。

[8]　〔德〕尼采：《論道德的譜系》，頁 49。

[9]　亦譯作約瑟夫・海勒。

奇・卡拉馬佐夫入筆，他身上聚集了多少人性的惡，比如狡詐、貪婪、無恥等等，但好幾次，他在神父面前說話的時間最長，上帝使者、上帝之子在人間沉默不語，他們要留足夠的時間讓「惡」盡情地訴說內心的委曲、無奈、張狂。債務糾纏、遺產紛爭、房租生計，爾虞我詐、損人利己，愛與恨，等等，都是意義的前提，沒有這些產生於生活事實中的承諾與懷疑，小說中上帝的光澤、仁慈、寬大是不成立的；有了意義的前提，小說中的上帝形象，才能與奧古斯丁、斯賓諾莎等人論述並信仰的絕對上帝疊合。愷撒的世界與上帝的世界，各行其是，在衝突中互相印證，缺一不成世界。

也許還有人直接從哲學與宗教層面來說明意義無需前提。但哲學王對世界與靈魂最早的認識及定義，即從水、火、土、氣等可視可感的基本自然元素開始，也沒有哪一個哲學王，會漠視論辯乃至詭辯的過程而直指意義。神聖如《聖經》，主所講所用的，也多為世間尋常事、平常語，不深奧，且易於誦讀、吟唱。世人頌《聖經》，必從上帝造萬物、創世紀開始，無有造萬物、創世紀，生靈何來意義。同樣的道理，理順了對象，在對象身上花的功夫到位準確，小說創作及文學評價所隱含或聲稱的意義才有可能成立。可惜的是，我們常常要面對這般的評寫情狀：不少的寫作者、評論及研究者，全然略過「光」影與枷鎖，下筆即高呼理性、救贖、至善、知識、正義、烏有等等，讀之華麗麗、森森然，文字與知識的優越感十足，其他的，倒是通通欠奉。當某天我們驚覺，同一時期內，小說家的小說論比小說宏大壯闊，評論家的評論似乎要比小說好看，創作與評論陷入意義負重的怪圈，創作趨於平庸，評論與研究過於霸氣——不得不說，這肯定不是什麼好現象。

很多時候，是意義的前提而非其他，教會我們去識別，作品哪些部分糟糕，作品哪些部分出色，哪些作者胡編亂寫，哪些作者愛惜筆墨。

　　長篇小說《兄弟》（余華）是近年爭議較大的小說，歸納其意義並不困難，每一樣抒情都能引申出宏大動人的意義，意義應有盡有。但衡量小說好不好，還有意義之前提這一把尺子。不同於邊地的乾燥缺水、信仰所限，以江南的潮雨濕氣，女子七年不洗頭，可能性不是沒有，但會成什麼樣子呢？也許七年不說話更可信些，但又不如前者情態動人、撕心裂肺，在可信與動人之間，作者作出了自己的選擇。可不可信、真不真實當然不足以成為今日衡量小說是否出色的充要理由，但至少看得出作者的寫作重心在哪一頭，以及，作者傾向於哪種層面的認可。又如長篇小說《山河入夢》（格非），我們可以試著畫一張地圖，以推測譚功達在小說尾聲裏所走過的路線，再由這張地圖之山河的成形與否，便可基本推斷出，作者的敘述在實有與烏有之間是否取捨得當。無論寫作者布下多少九宮八卦陣，只要讀者有心，進入一部小說，總能找到一些實實在在的路徑。

　　還有一些當代作家，他們的小說，越寫越合乎修辭學術語的歸納與定義[10]，如隱喻、象徵、意象、誇張等，都可以在小說中找到實例，甚至巴赫金針對杜思妥耶夫斯基小說而論的複調說，都能夠經常性地，被受過專業訓練的文學研究者以「比較文學」的「慧眼」「發現」。作家的作品，如果太適合用既定的文學研究術語去比附形容，實非幸事。修辭術與情感及意義之間的關係，危險又微妙，不難發現，不少的作家，一旦過度倚重修辭術，情感及意義便鋪天蓋地而來——意義或由作者前言後記表白補充或經評論研究者歸納總結。寫作者常常自覺不自覺地，要惹哭讀者。死一個人不夠震憾，就死一群人。應聲倒下不過癮，那身體就搖晃著幾天死而不去。槍殺不夠殘忍，就凌遲酷刑。自虐不夠刺激，就自宮。萬人面前擁

---

[10]　此處所指修辭術，更多是從語文的藝術手法來談，與古代的演講術有別。

抱不夠浪漫,就縱情山野。一個人的血淚不夠煽情,那就「悲傷逆流成河」。一個人的朗誦不夠大聲,那就來一個民族的合唱。諸如此類。總之,過度修辭的小說作品,通常能讓讀者淚流滿面,感動而哭、痛苦而哭、委屈而哭、激動而哭,一路嚎哭下去,小說讀者與電視觀眾也就越來越同質化。青少年為某些青春小說神魂顛倒,其源由大致在此,人年輕的時候,感官感覺最敏銳,也需要最直覺最淺層的衝擊與感受,情感總是上上之選。但大概真如某些哲人所說的,現代人失去了信仰與上帝的關愛,就不得不反覆抒情,以安撫自己。鬱結於五內,纏綿難暢通,現代的傷感病與浪漫症,大致就是從抒情病開始的,但這樣一來,書寫與記載活動往往就忘卻了語言文字的樸實與本分。

將直奔意義視為名利道德取捨,太過簡單粗糙,「利益說」在這裏可以降到最低限度乃至忽略不計。每一樣果,都有前因。舍卻前提,直奔意義而去,畢竟情有可原。

人類很難擺脫對意義的追問,連「史」記都無法擺脫連續性意義的捆綁,更不用說視感覺與靈感為重要源泉的文學書寫活動了。無論是摹仿還是創造,其前路總是有某個更高甚至是最高的物事懸掛著,也許是所謂的「修身、齊家、治國、平天下」[11],也許是智慧與幸福,也許是超脫、逍遙、得救,也許是自由與理性,等等,只要有思維在,人們就會對高懸於上空的「不定」、「絕對」、「永恆」提出追問——相信它或者懷疑它,並為之恐懼或顫慄。就好比時下的各式文學獎,儘管魚龍混雜,但它們的形式已說明,文學活動需要有更高甚至最高的價值及意義來鑒賞(而非簡單的榮譽)。女性寫作者,之所以被女性主義研究一網打盡,就是因為性別平等的政治意義在激發憤怒、勇氣。沈從文、錢鍾書、梁實秋、張愛玲、無

---

[11] 《禮記・大學》。

名氏、鹿橋、劉以鬯、倪匡、徐訏等人的作品，錢穆、張君勱、嚴耕望等人的成就，之所以長期被大陸文史所忽略，那是因為大陸文史界在某個時期段折服於「解放」與「正義」的意義觀，相應地，痛恨「壓迫階級」及排斥「非我」族類也就不難理解。「底層文學」、「苦難寫作」、「鄉土小說」等命名，更是意義的負重式命名，這其中，有從道德倫理裏生發出來的內疚與痛苦，也有對幸福權利的伸張。人要證明令自己驕傲的與眾不同，就不得不向更高或者最高的意義靠近；人要追求幸福與責任，就不得不承受苦痛與孤獨的折磨；人要反叛，就必得證明此在事物及意義的壓抑。受囿於意義，更像是書寫記載活動的命運式遭遇。

相形之下，文學評論及文藝理論，比小說及文藝創作更容易直奔意義。無論是印象式點評還是純學理式研究，都逃脫不了歸納、提煉、轉說、闡釋、正說、反證、例證等手法，科學化的語言大面積地奴役了評論及研究用語，語言的面貌變得嚴肅又滑稽。科學化的語言，也催發了人們求新之慾望，是翻譯而不是其他，滿足了人們「製造」新詞、突破古舊的願望，與其說後現代等熱潮是照搬西方理論的結果（照搬不是壞事，壞的是照搬都搬走了樣），倒不如說是詞語本身對「新」的欲求。人們只記得康德式的理性邏輯，而忘了柏拉圖式的對話論辯。異化的語言方式、邏輯佈局，決定了，結論性的東西更易於被表達。

小說創作直奔意義，也有其不得已的緣由。國語及後來的普通話之語言格式，在現代化的過程中，選擇了現代語法，與對仗等格律及字面的規矩體面分手，但也因此，現代白話文變得零散、瑣碎，尤其難以背誦。可以說，唐詩宋詞不難背，皇帝詔令不難背，狀元答卷不難背，但讓人去背誦《追憶逝水年華》、《笨花》、《平凡的世界》等整部小說，那多數是不厚道的要求了。有時候，記憶能見證作品的乖張與魅力。某些紅色經典雖因其意識形態而為人詬病，但

也可以說，塑造正面典型、突出英雄人物，精心剪輯、小心粘貼，從小說創作形式來看，倒也算是克服遺忘、加強記憶的表現方式，像《紅岩》裏的「雙槍老太婆」與江姐，到今天仍是高大全的英勇形象，而甫志高則繼續「壞蛋」，連髮型改一下都失真，由此，你不可不感歎語言文字之造型魔力。語言規則劇烈變化，世俗生活創造新字詞的能力大大降低，只有助於「研討」，無助於記憶，更不適合朗誦，這對作品尤其是小說的流傳來講，自是大大的悲劇。失去精緻的格式，本可以生長出靈氣與更自由的心靈，可惜的是，在書寫記載活動最需要重新發掘便於記憶背誦傳唱之內容的時刻，許多寫作者選擇了直奔意義。人們總需要一個出口，以證明現在與過去多麼地不同，只有意義與價值，最靠近頒獎台。

因為意義的負重，小說評論及研究失去了對結構、語言、表現手法、故事、境界、氣質等要素的讚賞激情，寫作者喪失了對實在生活細緻考究的耐心，表現才力日見欠佳。當評論與研究過分倚重意義時，定力不夠的作家，也會不自覺地在是非、對錯、善惡、愛恨等問題上表態，急於得出結論、解決問題。被捲入大學體制的評論與研究，更不得不面臨一個歸納、歸類的問題，如果意識形態介入其中的話，還存在一個正確不正確、健康不健康的問題，這些，大大影響了它的識別力與心胸。等等，數不勝數。直奔意義縱有它千般的理由，亦有它諸多的不是。

但意義宣告終歸是比較討巧、不容易出錯的表現方式，所以，不難得到眾人的青睞。除非你看到意義背後的殘忍、意義之間的衝突、背義欠下的罪債，否則你不能說「意義」的任何不是，在一個習慣於接受結論、無暇論證的國度，「意義」更是不容置疑。評論者、研究者直接用意義去比附、審定作品，寫作者不自覺迎合某些意義標準。人性、苦難、心靈等，這些原本有豐富內涵且記憶體不和的詞語，淪為不被分辨的陳詞濫調。我們隔三岔五地，被告知，

偉大之作降臨於塵世。也許只有讚美式的善意詞藻才能掩蓋寫作的
虛弱與不自信，但那裏面，有祈禱般的哀傷。意義的負重，是寫作
繁榮之幻覺的重要成因。

論同情

　　我們願意把同情看成是人的天賦、本性。孟子曾談人之四端四體，將不忍之心（相當於今天所說的同情，也即惻隱之心等）放在首位，稱其為天生普遍之情感，「人皆有不忍人之心」，「惻隱之心，仁之端也；羞惡之心，義之端也；辭讓之心，禮之端也；是非之心，智之端也」，缺此四心，皆「非人也」[1]。確實，我們不希望自己在對待他人命運時表現得毫無反應，也害怕人們在面對別人不幸遭遇時無動於衷。在這一點上，如果自己表現得跟別人不一樣，或者看到別人表現得跟自己不一樣，都多少會感到不安，有時候甚至會憤怒。儘管面向災難的同情心往往會加重當事人的痛苦與難過，令他／她反覆回想起不幸的場景，在長時間內無法從悲痛中抽身而出，但同情心如果轉化為具體的慈善行動，會切實幫助當事人渡過生活的難關，同時，同情心也會讓施與者感到安慰與高尚，亦讓施與者心生憐憫、寬恕，從而檢視自己的生活。無論同情的哪一方，都能證明同情之存在的自然而然與必要性。

　　同情是人之良心體系裏最動人最高尚的情感之一，也似乎是文學倫理裏最不需要去辨別的其中一環。但如果換一個角度來看待同情，我們幾乎可以作出這樣的判斷：與其說它是人性裏的天然善因，倒不如說是人們設身處地式的想像，喚起了自己心目中類似的情感，或者可以這樣說，只有想像他人的痛苦發生在自己的身上

---

[1]　見《孟子・公孫丑上》。

時，才能迅速引發感同身受的激情與恐懼，感官的靈性與悟性，讓人除了緊張自己的命運，也關心他人的不同境遇。感官的基本取向乃求舒適避痛苦，人們對痛苦的感覺似乎比對幸福的感覺更為敏銳。我們讚歎同情對自我性情的安撫與約束，也忽略同情對他人心性的不自覺強迫與善意干預。但是，無論我們認為同情的來源是天賜還是感官感應，同情對他人的愛與憐，都是真誠的情感，同情在客觀上能讓人自愛，但因為它不計回報的慷慨表現，使它不至於令人背上自私的惡劣名聲。

不幸的事、災難性的事，幾乎稱得上是不容分辨、無須證明、絕對優先的同情對象。有的哲學家認為不幸在本質上是消極的，也有哲學家持相反的看法，比如叔本華，他就認為不幸在本質上是積極的，「它使人們能夠感到它的存在」，「可以說，除非痛苦是生活直接孕育的對象，否則我們的生存完全沒有目的。舉不勝舉的痛苦滲入世界的每一個角落，與生命本身不可分離；如果把這些痛苦看做是沒有任何目的的且只是偶然的結果，那是很荒謬的。每一個不幸降臨時，都是例外的。但從一般意義上講，不幸卻是必然的」，叔本華因而得出如下結論，「幸運才是消極的。換句話說，幸福和滿足隱含著某種慾望的實現，即某種痛苦結束的狀態」[2]，我們先不論叔本華的消極悲觀論是否全然有理，但由此我們可以略看到，不幸在道德倫理考慮中優先於幸運或幸福的地位。

為命運中的不幸寫下恰當的注腳，光大人類愛自己與愛他人之心，是文學不能推卸的道義。

魯迅對不幸理解得深刻，亦對同情看得透徹。〈祝福〉裏的祥林嫂[3]，先是做了寡婦，好不容易在魯鎮找到了討生活的方式，又

---

[2]　本段引文見叔本華文集選本，《風景中的人類》，楊濤譯，喀什維吾爾文出版社，2004 年，頁 120。

[3]　本文所引〈祝福〉見魯迅著《祝福》，北京：中國青年出版社，2003 年。

被婆婆家的人找到，被換成彩禮，硬塞進花轎，雖一路嚎罵，還是被嫁進了賀家墺，男人有的是力氣，房子也是自家的，年底還生了個兒子，按說交了好運，可是「天有不測風雲」，丈夫斷送在傷寒上，兒子被狼銜去，才幾年的時間，祥林嫂就又成了個光身，只好又回到魯鎮做女工，和人家講自己日夜不忘的故事，又因害怕死了之後閻羅王鋸成兩半，巴巴地拿著一年積到頭的工錢去土地廟捐了條門檻，可這也沒改變祥林嫂的悲慘命運。祥林嫂死於祝福之夜，死之前還秘密而切切地問「我」，究竟人死後有沒有魂靈，有沒有地獄，可不可以與一家人見面，等等，魯四老爺惱她死得不是時候，恨聲不已，「不早不遲，偏偏要在這時候，——這就可見是一個謬種！」短工說，「怎麼死的？——還不是窮死的！」再醮、喪夫、失子、窮死，沒有哪一樣不值得同情，只要想像一樣發生自己或熟識之人的身上，就會感觸良多、生不忍之心，甚至也會去想，如果事情發生在自己身上怎麼辦，作者寫那些漸漸失去同情耐心的人，既為喚起更深切的同情，讓人看到祥林嫂被生活與人心一點點輾碎的希望，同時，也讓你我看到自己的旁觀之罪。同情為什麼會變得不耐煩？同情為什麼也有為難之處？反覆描寫肉體不幸固然會讓讀者心生同情，但是，肉體之上、需要想像的更大不幸，才有可能激起更持久而強烈的同情，祥林嫂之死，加重了旁觀之罪，旁觀之罪，反過來更襯出祥林嫂的不幸無依，沒有哪一隻手伸出來，稍稍幫祥林嫂改變命運、克服恐懼，「我」對魂靈、地獄的含混其辭，可能推了祥林嫂一把，她加快速度，拼盡最後一點力氣，奔向未知的魂靈……地獄。《祝福》裏除了祥林嫂，沒有其他人追問未知的魂靈。祥林嫂要去捐一條門檻，不留著錢去買食物，不正是為了內心那一點點的尊嚴與希望？孤獨死去者該同情，麻木不自知者該不該同情？對同情與不幸之悖論關係的看法，魯迅之深邃與自責，遠在多數當代作家之上。

　　我們也可以舉出不少的當代文學作品，以證寫作對不幸事件的關注與自白。蘇童在《妻妾成群》裏寫女人不能自主的悲慘命運：三太梅珊被扔到井裏，頌蓮嚇瘋了，「頌蓮說她不跳井」，陳佐千隔年就娶了第五位太太文竹，《妻妾成群》裏的那口井很深，裏面盛著足以亂人心性、奪人性命的制度、習俗、觀念[4]，小說對意象的運用、對女性之懂得，堪稱出色。

　　當然，也有更極端的表現手法。余華在《許三觀賣血記》[5]裏寫了許三觀的悲戚與無助，許三觀不再缺錢時，為了吃炒豬肝喝黃酒去賣血，可是血頭嫌他的血「老」，說只有油漆匠才會要他的血，許三觀當街大哭，「四十年來，每次家裏遇上災禍時，他都是靠賣血度過去的，以後他的血沒人要了，家裏再有災禍怎麼辦」，通過賣血，建立自己的人生依託，當生活不再需要賣血時，意義卻所存無幾。余華的《活著》[6]，寫了一連串的變故，福貴的親人，連接著死去，先是有慶，然後是鳳霞，再是家珍，接著是二喜，然後是苦根，福貴救不了、留不住身邊的親人，最後救下一頭牛，與之餘生相伴，作者在小說中反覆寫了肉體的最大不幸，並試圖從中獲得「活著」之不可辯駁的厚實理由，這種處理手法，使活著成為一種耐磨的虛幻歲月，也使「人」的力量漸行漸弱，因此，余華筆下的「活著」之悲，停留於意外變故的偶然性，還到不了不幸之「一般意義」，或者說，作者在福貴身上，找到與牛等畜類無差別的一般意義。對肉體不幸的書寫，也不得不提莫言的《檀香刑》[7]，肉體的最大不幸是死亡，作者將這一過程無限地細緻化精確化，檀香刑的血腥狂暴中透著噬血的狂歡，貓腔的盪氣迴腸、高低吟唱，更為

　蘇童：《妻妾成群》，原載上海《收穫》1989 年第 6 期。
[5]　余華：《許三觀賣血記》，上海文藝出版社，2004 年。
[6]　余華：《活著》，上海文藝出版社，2004 年。
[7]　莫言：《檀香刑》，北京：作家出版社，2001 年。

這一過程增添了「藝術」的節奏感，施刑者將手藝活兒發揮到極致，受刑者將皮肉痛苦演繹到極致，只有技術最好、最得最高統治者信任的劊子手才有資格施這個刑，也只有到一定地位、具備一定影響力的人，才有資格「享受」這一過程，刑罰竟然成為最高「待遇」、最高「榮譽」的溢美性象徵符號。

以我看，肉體的最大不幸後面，是精神的最大不幸。孟子的話，放在這裏，大概是有些不合適的，因為他不夠現代，也因為他與儒家關係重大，現代人難免對之敬而遠之，但我還是願意稍作說明，孟子強調人皆有不忍之心、惻隱之心，至於人究竟要不忍「什麼」、惻隱「什麼」，卻總是隱去不談──這「什麼」是大家心知肚明之「什麼」，是不必說明、道破的「什麼」，也是要盡最大同情心去憐憫、扶助、體貼的「什麼」，當古典詞語發展到現代，作家們已毫不在意這些動賓禁忌，而肆意書寫不忍之對象、惻隱之對象，我以為，作家們極大程度地突出了不忍、惻隱後面的「什麼」（對象），而放下了不忍之心、惻隱之心。魯迅寫祥林嫂，下筆最重的，也不過是祥林嫂的樣貌，「五年前的花白的頭髮，即今已經全白，全不像四十上下的人；臉上瘦削不堪，黃中帶黑，而且消盡了先前悲哀的神色，彷彿是木刻似的；只有那眼珠間或一輪，還可以表示她是一個活物。她一手提著竹籃，內中一個空碗，空的；一手拄著一支比她更長的竹竿，下端開了裂；她分明已經純乎是一個乞丐了」，作者對比祥林嫂的前後樣貌，書寫出那光彩漸趨暗淡、生命力量日趨熄滅的過程，小說中的「我」，面對這一過程，內心不安、無能為力。有選擇的寫與不寫，就是不忍之心、惻隱之心，後人學會了魯迅的言詞鋒利，卻不願意看到魯迅作品裏內含的不安、悔責、痛苦、分裂、自我折磨。劉再復先生近年多次倡說重回古典，他認為中國古典的詞語本來優雅、仁慈、厚道、豐美，現代人卻為這些詞語添附了太多的野蠻、暴虐、粗魯之氣。我對此說深以為然，古典

詞語的隱喻、暗示、委婉、對稱、不直白，往往藏著對人的深切同情，它深知人的哪些部分可以袒露，哪些部位需要遮掩，哪些傷痛可以說應該說，哪些大悲不能言無法言，哪些人需要撞擊，哪些人需要撫摸，哪一種死亡有人的尊嚴，哪一種死亡全無人的尊嚴──對人的尊重，就起始於這些細節，大處得自小處，如果說人生真有幸福與光亮，它也就在這些細小微見、生活低凹處。

最野蠻最持久的侵害，必落實於肉體之受難，世間毫無疑問存有這樣的「文化」，作家們在沉痛絕望中激情放任、在受害疑想中盡情控訴，其情其狀也可以理解。一些作家把肉體切割鋪設成示眾景觀，在肉體受難暗藏歡娛抒情，人們卻為之百般辯解、添加榮譽，人們贊同對肉體受難的詳盡書寫，也許是害怕承擔沒有同情心的不義名聲。

但是，當我們回到同情的多重旨義，就可以作出這樣的解釋分析，我們都不曾否認、也不可能否認不幸的事情有道義上的優先救助權，我們也應該首先去關注飢餓、貧窮、疾病、死亡這些最基本、最避無可避的肉體不幸，但絕對優先並不意味著可以抹殺其他可同情的對象，正如我們不能因為首先要同情人，就抹殺同情動物等其他生命的必要性，從權利角度看，人必須優先得到救治，但從理智角度看，把人救治完了之後再救治其他生命這一假設是不成立的，因為既然人之不幸有偶然有必然，這一過程就將永無休止、永無完結，如果只講求人的救治，那麼，其他的生命要等到什麼時候才能夠得到救治呢？如果我們放下偏執無理的情緒，瞭解同情有優先的對象但無絕對性之道理，我們就會明白，人的世界裏，還有許許多多的、並不能一目了然的同情對象。對此，亞當‧斯密曾經有了不起的論述，我留意到，他把幸福列入同情的對象，他認為同情是人的本性之一，「這些本性使他關心別人的命運，把別人的幸福看成是自己的事情，雖然他除了看到別人幸福而感到高興以外，一無所

得」，同時，他認為，對幸福的同情比對苦難的同情來得更自然，「我
們為自己關心的悲劇或羅曼史中的英雄們獲釋而感到的高興，同對
他們的困苦感到的悲傷一樣純真，但是我們對他們的不幸抱有的同
情不比對他們的幸福抱有的同情更真摯」[8]。事實上，除非他人的
幸福干擾了你的幸福，或者你妒忌他人的幸福，你才會覺得不愉快
甚至是存心破壞，否則，你會自然而然地替他人開心，而不會去想
著要得到什麼。再往壞處設想，也不排除有損人不利己之行為去破
壞這種情感，但無論如何，同情別人的幸福總是真摯自然的。中國
人之喜歡大團圓的結局，固然是因為缺乏悲劇意識所致，但我想，
這也符合同情的天性，看到相愛、團聚、成功等場面，會不由自主
地歡欣，心安，不妒忌。如何看到互相同情的愉快，借用陳寅恪先
生的話，實際上也就是對人對事，須有「瞭解之同情」。如果文學
及批評有這種「瞭解之同情」，就不會作出過於偏頗的寫作選擇、
價值判斷，比如說，有些評論認為只有反映了底層、寫了死亡貧窮、
寫了鄉村苦難、寫了肉體受難的文學，才是有意義價值的好文學，
許多寫作者因為這些標準的暗示，盡力往黑處、狠處、壞處、惡處、
髒處寫──這恰恰是寫作者缺乏健全同情觀的反應。我無意評說這
些文學及批評的好與壞，但我們須看到，某些題材，對寫作者及批
評者有著更直接的誘惑力，面對誘惑，寫作者欠缺克制之心。魯迅
心中也許有我們想像不到的仇與恨，但他能克制，〈祝福〉另一個相
當出色的地方，就在於他既寫出了旁觀者之罪，也寫出了旁觀者之
不耐煩。從理智上來講，同情不幸可能含有違背當事人意願的成分，
不幸在本質上也是有損人類尊嚴的，當不幸來臨，當事人如果長時
間持續歇斯底里的咆哮狀態、嘮叨狀態，你很難要求旁觀者長時間

8　〈論同情〉一文，所涉亞當‧斯密觀念及論述，均出自亞當‧斯密著《道
　　德情操論》，蔣自強等譯，北京：商務印書館，2004 年。

保持同情姿態，相反，如果當事人克制，把悲傷與憤怒寫在眼裏、藏在心裏，理智行動，更讓人尊敬。這一經驗對照，放在文學的寫作中，同樣有效，寫作者當然可以反覆、長時間地精確計算肉體的痛苦，為肉體釘上恥辱的印記，但是，其代價是人之尊嚴的喪失。

　　亞當・斯密論道德情操中的同情，對文學創作及批評有大的啟發，他的如下判斷，無論從經驗層面還是從理性認識層面，都是準確的——「失去一條腿同失去一個情人相比，通常會被認為是一種更為真實的災難。但是，以前一種損失為結局的悲劇卻是荒唐。後一種不幸，不論它可能顯得怎樣微不足道，卻構成了許多出色的悲劇。」我們可以試著舉羅密歐與茱麗葉的例子，來看清楚這一論斷的合宜性。羅密歐與茱麗葉的大不幸，不是失去了生命，而是一開始就活在難以排解的宿怨之下，仇恨犧牲了愛，親王對著凱普萊特、蒙太古陳述悲劇，「瞧你們的仇恨已經受到了多大的懲罰，上天借手於愛情，奪去了你們心愛的人；我為了忽視你們的爭執，也已經喪失了一對親戚，大家都受到懲罰了」，不幸也許真的是必然的，但恰恰說明幸運得來須有代價，兩大仇家和解後，親王發出歎息，「清晨帶來了淒涼的和解，太陽也慘得在雲中躲閃。大家先回去發幾聲感慨，該恕的、該罰的再聽宣判。古往今來多少離合悲歡，誰曾見這樣的哀怨辛酸」[9]，這齣戲所引發的最大同情，是同情羅密歐與茱麗葉的愛，是同情肉體後面的動人生命訊息。愛、溫情、幸福，這些生命的力量被毀滅被取締，就是最大的悲劇；也只有這些悲劇發生後，才有可能產生救贖的力量。愛如果不被犧牲，凱普萊特、蒙太古不會和解，愛是救贖的力量，它真正能燭照人心，悲劇的深層意義在於提醒人們珍重人世的高貴本然、反省人世的低賤卑劣。

9　〔英〕莎士比亞：《羅密歐與茱麗葉》（第五幕），朱生豪譯，北京：中國國際廣播出版社，2001 年。

　　人之健全完整，不僅來自苦難的證明，更來自幸福、幸運等人間證詞。但也因為同情幸福之自然真摯，我們往往視其為理所當然，進而矮化甚至是忘記它的存在及力量。你可以把幸福看成是救贖的力量，如孔子強調此世的情感歸宿，《論語》開篇即論「樂」——「子曰：『學而時習之，不亦說乎？有朋自遠方來，不亦樂乎？人不知，而不慍，不亦君子乎？』」（《論語・學而》）你也可以把幸福當成是罪惡之源、欲望之源，「一切罪惡之原，人之惰性與空間之攝聚性相結合一原始貪欲。己見智慧知道善惡之辯後而貪求幸福才成真正的罪惡」（唐君毅）[10]。我傾向於這樣看，人們對幸福的同情，是更值得珍重的力量。傳說中的上帝為什麼要造諾亞方舟，為世間留存生命、延續血脈？就是因為，那萬能的造物主珍重人世、愛惜人類，也望人類自愛。傳說的女媧何以煉五色石以補蒼天？「蒼天補，四極正，淫水涸，冀州平，狡蟲死，顓民生」[11]，她的慈悲心還是在民生。彼岸確實引人「超驗」、「形而上」，但沒有哪一種有教養的彼岸說全然否定此岸悲歡，也沒有哪一種對人間有愛的彼岸說要把人類全體渡成信徒，彼岸與此岸有互為肯定式的精神聯繫。

　　同情幸福，由更普遍的必然苦難而生。人之可貴，就在於能從那麼深重那麼多的此岸苦難中，獲取幸福與自愛的堅定力量。無論是自救還是得救，救贖都是文學與人生的大主題。救贖的力量首先從哪里來？就從此間的幸福感而來。為什麼要同情幸福，因為它的處境不幸，生與死是永久的，但幸福卻是短暫的，所以，幸福值得同情，它雖微薄渺小，它的努力也徒勞，但它卻從未放棄過對人世的珍重，它就是巨石下薛西弗斯的身影。我始終相信，健全的同情觀及文學創作，既同情苦難，也同情幸福，前者是人之不幸，後者有人的尊嚴。

---

[10]　唐君毅：《人生三書》，北京：中國社會科學出版社，2004 年，頁 131。
[11]　見《淮南子・覽冥》。

論情愛激情

　　情愛這種激情發自感官，發自肉體，人們通過或低落或亢奮等難以自製的方式接近幸福感、愉快感，現代人出於對「人性解放」等字眼的偏愛，願意把情愛解釋為兩情相悅，但事實上，情愛的內涵遠不止此。情愛的指向可能是人（戀人、親人、朋友、偶像等），也可能是物，更可能是潛在的體制秩序。婚姻制度、政經體制、思想體系、教育體系、飲食勸導等方面對情愛的態度與反應，足以看出它們對情愛激情、尤其是面向個人的情愛激情之可能後果都抱有戒心，雖然避免情愛介入的結果通常是事與願違、適得其反。

　　情愛激情既然發自肉體，它所表現出來的「症狀」，必然與肉體有關，自顧自，不顧他人目光中的狐疑不安，任由欲望放縱、妒忌、多疑、獨佔、自私、無理，去到極致、不分場合的情愛，面部表情扭曲，慾望眼神駭人，身體難以淡定，自己混然不知，但在他人的眼裏，這未必是讓人愉快的情形，有輕度強迫症的人，甚至可能產生不安情緒，道學氣的說法掩蓋了產生這種不安的深層原因。

　　對激情的羞恥心有可能產生於宗教對罪的暗示，也可能產生於人類對自己身體的逐漸認知。就如亞當·斯密分析的那樣，情愛激情不適合在公眾面前過分地表現，「造物主使得兩性結合起來的情欲也是如此。雖然這是天生最熾熱的激情，但是它在任何場合都強烈地表現出來卻是不適當的，即使是在人和神的一切法律都認為盡

情放縱是絕對無罪的兩個人之間也是如此」[1]。情愛激情的可能後果之一,「據一些古代哲學家說,這些是我們和野獸共有的激情,由於它們和人類天性中獨特的品質沒有聯繫,因而有損於人類的尊嚴」[2],我們不難從生活觀察到這一現象,指責人之最惡劣行為,最激烈的,莫過於以「獸性」、「禽獸不如」等字眼斥之,斥責者通過轉嫁罪過,以撇清人性與獸性的干係。如《禮記・曲禮上》有曰:「人而無禮,雖能言,不亦禽獸之心乎?」中國人所說的「沐猴而冠」,講的是猴性小氣、不足以成人,項王聽了這話,當然暴跳如雷[3]。《西遊記》悟空最執著的追求是「做人」,但尾巴難甩、猴性難改,出世為猴、終生為猴,《西遊記》裏以劫數論資排輩,遇劫最多的是「人」這一物種,所以碌碌無為的玉帝最尊、手無縛雞之力的唐僧為師——他們以人形位列仙班。《聊齋志異》裏的狐精,總須幻化成人形,方可與書生交合,或投胎到好人家,下世為人,方可成禮聘大事,人之野性被壓抑的後面,作者也暗示了,獸性對身體、尤其是男子身體的有害無益。《封神榜》須把妲己打入狐類、將紂王陷於酒池肉林,方好舉正義討伐大旗。西人首先從面容體形上與禽獸作出區別,他們以擁有與神一樣的面容體形為榮;西人認為理性只有人才具備,禽獸不具備理性。等等。從各種急急撇清的徒勞舉動中,我們也不難發現,人們對想像化之後的獸性,避之不及、深深恐懼。人類一直在想盡辦法證明人類這一物種的高貴,並非沒有緣由。

---

1 〔英〕亞當・斯密:《道德情操論》,蔣自強、欽北愚、朱鐘棣、沈凱璋譯,胡企林校,上海:商務印書館,1997 年,頁 29。

2 〔英〕亞當・斯密:《道德情操論》,頁 30。

3 見《史記・項羽本紀》——人或說項王曰:「關中阻山河四塞,地肥饒,可都以霸。」項王見秦宮皆以燒殘破,又心懷思,欲東歸,曰:「富貴不歸故鄉,如衣繡夜行,誰知之者!」說者曰:「人言楚人沐猴而冠耳,果然。」項王聞之,烹說者。

　　如果情愛激情去到無所顧忌、不分場合時，就可能顯示出人性與獸性的共性，無論這種情愛多麼合理正當、多麼情不自禁，對置身事外的他人來講，它始終是有爭議的，儘管情愛激情所帶引出來的，不盡是令人不安的情感——也有令人安慰的踏實情感。不可否認，人類一直在為情愛激情尋找自認為更合適的去處，一直在為情愛激情尋找高一點、更高一點的寄託，以求讓分散情愛激情對肉體好處的注意力，並儘量避免情愛激情在公眾場合去到極致。中國人想了許多辦法，經過長時間的摸索，把人安置在上下禮儀、家國秩序中，壓縮情愛激情在個體、自我身上的展現機會，逐步實施對人的強制性設計[4]，晚清以前，這種設計幾乎是成功的。不能說這些辦法的初衷就是為了分散情愛激情的注意力，但至少，這些辦法在客觀上免卻了情愛激情單向度釋放的可能。按一般的、富有激情的說法，這些辦法壓抑了情愛，這一說法偏頗了些，準確地講，這些辦法確實壓抑了個體、面向自我的情愛，但與此同時，又拓展了對個體之外的事物之執著熱愛，原本該愛自己、愛人的情感，被迫轉移了方向。對人的設計，既顯示出擁有知識之群體謹慎建構人倫家國、社稷江山的意願，又顯示出擁有知識之群體對個體、面向自我的情愛激情的不信任，他們一定要為情愛激情尋找更高一點的寄託，至少，應該把這種激情限制在人倫要求、家國意志所能控制的範圍以內。

　　文學是有些任性的，它與情愛激情的關係重大。

　　好的文學也對情愛激情、血氣衝動感到不安，好的文學知道哪些可說，哪些不可說，哪些需要婉轉地說——並不完全是審查制度讓它懂得說話的尺度、語言的分寸。我相信，流傳已久的修辭術，

---

[4]　劉再復、林崗曾在《傳統與中國人》一書中，認為傳統文化對中國人的設計，導致主奴根性。相關論述見《傳統與中國人》，劉再復、林崗著，合肥：安徽文藝出版社，1999 年。

比喻、擬人、借代、誇張、對偶、排比、設問、反問、對比、引用，等等，並不單純作為工具性文字技術而出現，很可能，它們也因迴避情愛等激情而產生，至少，克制血氣是原因之一。以〈關雎〉為例，它的意指，學術界的爭議很大，難以定論，我傾向於〈關雎〉的禮儀說，但如果這首詩真的與男女愛戀有關，那麼，詩作者為何選擇婉轉的、禮節的、情義的、左顧右盼的方式，用賦比興的手法，抒寫「窈窕淑女，君子好逑」，男女愛戀為什麼要「寤寐」、「輾轉」、「琴瑟」、「鐘鼓」，而不是直截了當的赤膊上陣，撇開美感說不論，實現本能，必然伴隨著暴力性因素，暴力性本能、掠奪性本能，從行為舉止來看，有損人的尊嚴。小說為什麼強調敘事的基本職能，是因為敘事不僅要論證人的肉體，也要論證人的靈魂。人的有限，使語言摹仿而不得；人的自愛，讓語言看到但不點破。文學有沒有悟性，怕是要想想這其中的道理。

在情愛激情往高處走的過程中，文學擔任了含混不清、前後矛盾的角色，一方面，它贊同情愛激情，它難以抵抗情愛激情之美味甘怡的誘惑，但它又得小心翼翼地順從各種體制的誘導勸誡，適時地表現出仕宦得志的意氣奮發、求仕不得的鬱鬱寡歡，縱斷腸於青樓，也不忘心繫玉宇瓊樓、宗廟社稷，中國古典文學免不了有諸如「窮則獨善其身，達則兼濟天下」（《孟子·盡心上》）之進可攻、退可守的情志抱負，文學的評價體系顯然也對文學這種得體的反應投去了讚許的目光，面向自我、面向個體的愛戀抒寫並不是沒有，但它很難得到很高的肯定。面向自我、面向個體的情愛激情如何成功被宗族意志、政治大統摧毀；惻隱之心、羞惡之心、恭敬之心、是非之心如何成功被納入仁、義、禮、智的教化體系[5]，變成所謂

5　孟子持人性本善論，稱「仁、義、禮、智，非由外爍我也，我固有之也」，見《孟子·告子上》。

的人之常情；老莊如何主張捨掉自我，淡泊世俗，取消欲求，冷卻激情，加重情愛的罪惡感。這些，都是龐大的話題，在這裏無法展開，本文接著要探討的，是由這些重大傳統衍生出來的極端表現——自 20 世紀 40 年代左右至今，情愛激情的去向雖趨多元化，並呈現出與古典文藝不同的見識，但它的文學表達仍不可避免地出現了極端化傾向。

「對人的設計」之後，「對人的改造」讓人印象深刻。20 世紀 40 年代至 70 年代，對「私」的厭惡感、罪惡感，逐步被強調。讓人去除「私」的情與愛，以「公」的方式共同走向美好的明天，曾經是中國革命人的光榮夢想。土改、整風、公私合營、變私有為國有、人民公社、大躍進、文化革命，無不隱含著由私變公、去除私欲的純潔公趣。小說記錄了這些理想與罪感。

《太陽照在桑乾河上》（丁玲）所寫的土改，落實社會資源的產權轉移、再分配，這種分配方式成功轉移了農民的情感去向，作者強調了農民的「苦」、惡霸的罪，分田產因此具有正當性，是誰給予了這種正當性？誰解救了農民的「苦」？翻身樂的農民，感激之情、熱愛之情不會落在張裕民、李昌身上，也不會落在家人身上，小說的尾聲，農民以鞠躬的虔誠形式對眾所周知的施恩者表達了自己的感恩心。另一個重要且頗有成就的作家，趙樹理，他對民間趣味的表現，於同時代而言，幾乎無人能及，周揚曾譽之為「毛澤東文藝思想在創作上實踐的一個勝利」[6]，1947 年其創作甚至被確定為「趙樹理方向」。《小二黑結婚》用的是戀愛＋批判的模式，小說的重點不在戀愛之甜蜜自由，而在批判舊的習俗，新人與舊人幾乎是以對質的鬥爭方式各自為新與舊辯護，最後，是失效的「舊」敗下陣來，新人對新時代充滿了感激，長輩對晚輩複雜的愛、人倫緊

---

[6]　周揚：〈論趙樹理的創作〉，《解放日報》1946 年 8 月 26 日。

張之情，基本被掩蓋，戀愛成為宣揚主義的道具。[7]周立波寫過《暴風聚雨》、《鐵水奔流》、《山鄉巨變》，其小說雖然也有戀人互相表白的鏡頭，但作者更宏大的意願在解決社會問題、體現集體主義的偉大。時間再往後一些，我們可以看一看浩然的《豔陽天》，浩然對農民的「私」心作了相當精到的描繪，小到農具、牲口，大到坑上的媳婦，當農民得到之後又「失去」，心情複雜，但靈魂畢竟經歷了「洗滌」，小說第一卷提到馬立本向漂亮的焦淑紅示愛，焦淑紅提醒他的階級出身、要他劃清界限，馬立本「從各方面觀察，焦淑紅對自己也有意思；可是不知為什麼，總是不能往深裏發展」[8]，可見戀愛中激情居次、其他階級因素為主，小說意在宣揚集體主義在克服困難方面的無往不利、「什麼都不怕」的戰鬥精神、「一心奔社會主義」的熱誠，以及「千萬不要忘記階級鬥爭」的政治警惕。柳青的《創業史》也值得一提，整個運動中，對剝離生活之私有成分，幹部與農民有巨大的決心、正當的理由、勝利在望的信心、持續不斷的激情，但相應地，我們也可以看到生活中私有成分被剝離時的尖銳衝突，組織上顯然希望人們能夠忘我、忘欲、無私，並把對私有成分的生活激情投入到先進的公有事物、集體事業上來。土改、合作社、擴大化的合作社就是重要的可行手段，土改建構起農民的感激之情，合作社等集體主義道路，又使農民對土地的人身依附關係發生改變，土地、私產一旦參與到免費供應制的分配體系中，農民所依賴的對象，就不再是土地，而是擁有土地的統一體——它接過了所有的義務，它成為依賴的主體，它可能也相應地廢掉了農民的某些權利，但激情中的農民，混然不覺。禁慾主義與躍進主義能夠同時並存，我想，就是主謂關係的顛倒，人們可以追求物質利

7　革命如何清除民間的趣味，是後話。

8　浩然：《豔陽天》（第一卷），北京：人民文學出版社 1964 年，頁 50。

益原則，但是必須以集體名義而非個人名義追求，必須由統一體分配，而不得由個人來定義，人們以為這樣可以克服剝削的罪惡。

我舉以上作品例子，不是想說明哪些題材重要、哪些題材不重要、哪些題材該寫、哪些題材不該寫，而是想說明，情愛激情走到這裏，走到這些小說中，明顯發生了轉移，情愛激情與個人、自我、凡人世界的關係日趨淡薄，人們對「高瞻遠矚」的集體事業投入了情愛般的激情。也有寫作異數，如蕭也牧的《我們夫婦之間》、路翎的《窪地上的「戰役」》、宗璞的《紅豆》等作品，對個體的愛情處境、選擇兩難表示了適度的同情，但他們無一例外地，被批判、不獲主流評判標準肯定。

有學人留意到，「讀者只要留心觀察，就不難發現，尤其是延安時代以來的革命，對性愛不是有一種天然的排斥傾向，就是有一種有始無終的夭折傾向。這種特點是耐人尋味的。也許是因為戀愛追求的私情和個人幸福，和英雄的道德形象與階級較量的概念是格格不入的」[9]在《太陽照在桑乾河上》等看重階級鬥爭、強調站隊正確的作品裏，情感激情的寄託實際上發生了重大的變化，親愛的程度不由本能來決定、不由家族血脈關係的親疏來斷定，而是按階級的異同來斷定。如果說「對人的設計」尚有人倫之愛，「對人的改造」則有更高的志願，它希望人們放下人倫宗族之愛、以獲救的欣喜之情，向更高更普泛的國家、階級、全人類示愛，後者是否能做到，無法從實效上加以檢驗，但放棄人倫之愛，在講求奉獻的召喚下，至少能階段性地做到。兩千多年相似的政制、近百年綿延不絕的外敵侮辱——任何一樣，都足以輕而易舉地激發厭惡感、受難感，純潔的志願，可能就源於此。其內在邏輯的論證手法，在於描黑舊的，歌頌新的，最後讓人們在情感上作一個了斷。不能改

9　劉再復、林崗：《罪與文學》，香港：牛津大學出版社，2002 年，頁 323。

變情愛激情發自肉體這一基本事實，但可以改變情愛激情的去向，可以讓情愛激情更高一點、更脫凡俗一點。脫離私人生活的激情愛上了什麼、在何時達到頂峰、達到一種什麼樣的頂峰，無須我在這裏贅述。

　　但是，人終歸要回到凡人世界來，人的本能讓他／她依戀最直接、最容易得到的快樂感。

　　「對人的改造」之後，我相信，「對人的計算」是影響情愛激情及其書寫的另一重要傾向。「對人的改造」以理想、出身、立場等因素衡量人的價值、決定人的前途，80 年代以後，貨幣強力介入中國人的生活，貨幣也成為衡量人之價值的標準，買賣關係與人們的私人生活，一道成長，「對人的計算」讓人放下矜持的身段。德國西美爾對現代貨幣經濟的基本感覺有天才的發現，他認為「貨幣為所有的人創造出一種廣泛的共同利益水準，在自然經濟時代絕對達不到這種水平」[10]，「現代一方面使個性（Personlichheit）本身獨立，給予它一種無與倫比的內在和外在的活動自由。另一方面，它又賦予實際的生活內容一種同樣無可比擬的客觀性：在技術上、在各種組織中、在企業和職業內，事物自身的規律越來越取得統治地位，並擺脫了個別人身的色彩」[11]，現代讓主體與客體分別找到了自己的道路。主體可以感情用事，客體則謝絕感情用事──不是出於對激情的戒心，而是出於客體的理智與規律。

　　如人性解放論者所願，情愛激情毫無意外地回歸主體、個體。情愛激情離開家、國、禁欲要求的絕對管制，重新從肉體感官出發，她們有可選擇的目的地──自我、他人、金錢、精微的物質。但這種轉變能否讓自我與愛人之心更為健全，還是未知數。古代哲學家

---

[10]　〔德〕西美爾：《金錢、性別、現代生活風格》，劉小楓編，顧仁明譯，上海：學林出版社，2000 年，頁 5。
[11]　〔德〕西美爾：《金錢、性別、現代生活風格》，頁 1。

憂心忡忡的人獸共性，很少被平等主義者、人性解放論者提及，辨析人性中接近獸性的品質，變得不那麼合理，這種戒心很容易被冠上背離時尚、違反人性、侵犯人權等罪名。金錢夷平高下、認可凡俗的同時，情愛激情擁有了平等的權利，但也失去了高貴，在「對人的計算」之社會框架裏，情愛激情仍然是被損害之物。

　　20世紀90年代、21世紀初，中國出現了一批張揚性別、個性、青春、物質的作品，其中，又以60年代、70年代、80年代出生之作家所創作的作品尤為突出——以年齡段來劃分作家群不算妥當，但在未找到更合適的描述方法之前，姑且沿用這種說法。情愛激情現代分化之表狀、金錢對生活無孔不入的滲透，在他們的筆下基本上沒走樣。

　　朱文的中篇小說《我愛美元》，有議論的空間。《我愛美元》屬於宣洩型的言語集結，沒有多少章法，敘事混亂，語無倫次，情緒失控，談不上出色，但它確實意味深長。《我愛美元》中的父子平等（沒有人倫之別），女子肉體無實質分別（金錢可以買到性次數、性高潮），「我」的激情只在美元，因為美元可以兌換成快樂可以消除悲傷——對美元的虔誠投入，其情其狀，大概只有「戀愛中」的人才能做得到。「我」愛美元，「我」要快樂，靠近肉體，得到快感，四者的內涵及次序都可以互換，這也是為什麼說人深陷於計算之中、可換算的金錢幾乎能夷平所有高低之原因所在。《單眼皮，單眼皮》（朱文）、《弟弟你好》（何頓）、《都市新人類》（邱華棟）等作品，均對物質力量的張狂有較為細緻的描繪。還有一些女性作者，喜歡假設一些類同的道具、情節，如房間、酒吧、派對等，她們常幽怨於母親的刻薄、男友的反覆無常，誇大被折磨、被拋棄、被抽空的感覺，纏綿於與物質的交融，比如《上海寶貝》（衛慧），讀者大可以把小說中的「馬克」看成是鈔票，經過兌換，貨幣有能力變幻出跨越任何國度的性愛，人被估價被貶值的可能性也因而變

得無窮大。到了某些男性作者那裏（小說家、詩人），語言就淪為展示性具的器皿，憑藉對女性身體的冒犯，他們表達對意識形態的憤怒、對公共情志的怨恨，他們大概忽略了，「性」與「非性」在價值認可上各自均有獨立性。再年輕一點的寫作者，非常強調所謂的個性，他們有兩種較突出的走向，一是叛逆，二是煽情，前者屬於攻擊型，後者屬於自守型，前者基本不認同激情對他人的價值，後者善於運用感官效果，眼淚、笑容，俊男靚女，抒情，血腥得來，又要唯美。他們分別代表貨幣經濟下的冷熱人生，之所以說其「冷」，是因為人們的心靈趨冷、彼此漠不關心（現代競爭把人際關係重新置於爭奪食物鏈的關係網中），價值趨同，意義則失效；說其「熱」，是指人們為太容易到手、太容易產生共鳴的快樂而熱，「我」要為快樂努力，美元、歐幣、港紙，可幫「我」達成心願。神秘消失，禁忌不起威懾作用。肉感的生活距離快感最近，不需要迂迴周折，能迅速得到回報。任性的文學，多少有些失態。

當代的文學評價體系有一個悖論，它嘉許關心國家命運、個人處境、時代巨變的精神境界，對意義的共識，又讓他們放下對人獸共性的顧慮不安。《廢都》、《秦腔》、《豐乳肥臀》、《兄弟》等眾多作品裏不算妥當的情愛激情，能轉換成為學術語境裏的意象、隱喻，而拋棄意義、捕捉激情、走近肉體、放任憤怒的作品卻難獲文學評論的青睞與原諒，為什麼？也許對鄉村原罪式的內疚，讓人們普遍忽略了現代貨幣經濟下的人際隔膜、自我走失。

貨幣改變了人身依附的關係，基本消除了家、國、社會理想對個人的絕對強制性，也減輕了人獸共性的心理顧慮。在現代貨幣經濟下，婚可以離、工可以換、不喜歡她可以喜歡他、不喜歡待在這裏可以去那裏、不愛追星可以愛寵物，總會有替代品讓你接近貨幣，總有力量讓你的情愛激情找到方位，貨幣極大地拓寬了生活的精微度與自由度，道德的尋根問底、獎懲功用在貨幣面前節節敗

退，貨幣損害了人倫道德中最有價值的部位，貨幣拆卸了通向肉體快樂感的種種障礙，如劉小楓論說的那樣，在西美爾那裏，「金錢就是現代生活的語法形式」[12]。

這一語法形式對拔高情愛激情毫無興趣，也不再視人獸之分野為多麼重要的問題，貨幣讓平等主義佔據上風，抹平人事之高低、個別之差異，努力把人變成可計算的人。可計算的人，也就是可買賣、無差別的人。人在哪裡？最獨特的人在哪裡？實際上，我們要追問的問題及意義，隱藏得更深了。

「對人的設計」、「對人的改造」、「對人的計算」，不是單線條發生，也不具時代之唯一性，更不足以去概括哪個時代的文學。只是，它們確實分別以外在的力量，深刻影響了內在的世界，情愛激情不是一目了然的快樂，它的變化，幫助我們去思考亙古已有的物種困境，如靈肉混淆、人獸共性等。為情愛激情尋找高一點的寄託是否必要，對社會的凡俗化該不該持有一定的批判立場，語言是不是該去保住我們內心最有價值的本質成分，這些無法解決的問題，不僅是文學的，更是文化的。

---

[12] 劉小楓：《金錢　性別　生活感覺》，見〔德〕西美爾：《金錢、性別、現代生活風格》。

性饒舌的困與罪

　　每看到當下作家的性饒舌，我會不由自主地想起聰明人米歇爾・福柯，他有一個相當有趣的提法，「饒舌的性是我們社會的眾多標誌之一。性既受到約束，又急於表白，一旦我們碰上它和拷問它，它的回答就會滔滔不絕。終於有一天，一種有著美妙隱身法的機制逮住了這個多嘴多舌的性。它讓性在快感與強制、贊同與審查的混同中說出了自我和他人的真相」[1]。饒舌之物讓人厭煩，沉默之事卻惹人同情，人本身就不是耐煩之物，有如此的反應，純屬天性，只有極少數人才能沒有厭倦地理解喋喋不休，比如說上帝的獨生子、神父等。我更想弄明白，性為什麼成為小說嘮叨之器？尤其是 20 世紀 80 年代以後，這一饒舌的毛病為什麼越發嚴重了？儘管我們有無時不在的審查──來自道德、機制等的憤怒與權力，但顯然，審查並不具備對創口的修復功能，即便它本身，也是傷痕意識、潔癖精神、拯救理想的產物，如果審查真的能成為一種制度，這一名詞本身就無所謂好壞，比較理想的審查制度當然是一種契約型的約束精神，只要世上還有未成年人，審查制度就有存在的必要性。事實上，到了今天，審查也談不上異常嚴厲，性饒舌的巨大噴發量早已使審查方的尺度略微放寬，中國每年出版的小說中、每樣文學雜誌刊發的新作中，寫及性事的，估計是不計其數，網路男女性事，

---

[1]　〔法〕米歇爾・福柯：《性經驗史》，余碧平譯，上海人民出版社，2002 年，頁 57。

更是數不勝數、刪之不絕，有多少更細節更狂放的描述文字是按而不發的，我們不得而知[2]。按邏輯來論，既然我們的審查精神也是沿著「解放」的思路一路走過來的，它也就沒有理由完全否決以「解放」名義而來的「人性」反應，至於世上有無真的「解放」，又另當別論[3]。不需要舉太多的寫作實例，也無須重述作家們如何粗野、哀怨、惡氣、快意甚至是下流地書寫性事，我們已經可以看到，時至今天，「性」在小說乃至詩歌中的表白確實稱得上滔滔不絕了。對如此普遍、又大大異於「乾淨」年代的寫作現象，評論界的習以為常或漠不關心，倒是讓我多少有些吃驚。我無意指責性饒舌的寫作現象，但我承認這一現象在當下的普遍存在，也認為有必要對此現象作出多層面的分析。說它令人厭煩，是對寫作者的提醒。按一般的心理習慣，饒舌與最高的審美背道而馳，饒舌所含的暴戾情緒容易讓人忽視，饒舌時的表情同樣有損人的尊嚴與高貴。當然，放縱有放縱的巨大空虛，節制有節制的巨大痛苦，不得不說，現代人更喜歡以前者的方式來表白自己，視創新如命的現代人，早已把古代人的詞源與詞性篡改得面目全非，現代人的創新往往是在忘記中完成的。儘管詩人可以在詩中盡情哀號、寫作者可以在小說裏盡情

---

[2]　據上海一位看過《上海寶貝》原稿的出版人向筆者介紹，出版後的《上海寶貝》已經是相對「乾淨」的版本（此處隱去出版人的姓名）。事情的真相如何，須作者原稿方能證實，此處無意妄推，但這一說法至少可以說明，審查方存在其力所能及的剪裁功能。

[3]　弗蘭克談論過「解放」，「大多數這樣的俄羅斯人深信：只要以革命的方式打破舊秩序，建立新的、民主主義的和社會主義的秩序，就能立即並永久性地達到這個生活目標。……當目標已達到、舊的秩序被推翻後，卻發現不僅世界未得到拯救、不僅生活未變得有意義，反而代之而起的是完完全全毫無意義的生活，而以前的生活儘管從絕對的角度看是毫無意義的，卻相對而言井然有序，至少還有可能尋找更好的生活」。見〔俄〕С・謝・弗蘭克著《社會的精神基礎》，王永譯，北京：三聯書店，2003 年，頁 201～202。

挪揄恥笑人類的弱點，但有時候，我們是不是也要停下來想一想，
能否減輕身體的苦痛表情以喚起人們對心靈的憐憫，就像雕塑家要
表現不哀號的拉奧孔那樣，不讓拉奧孔露出黑洞、平復他面部的扭
曲，只為守住美這一「造形藝術的最高法律」[4]。就我的個人立場
來看，我更欣賞懂得節制這一美德的寫作，節制雖苦，但它對快樂
愉悅有警覺省察。雖然我們沒有任何權利和理由指責饒舌，但在習
慣經驗裏，它仍然是令人厭煩的，這就是今天的寫作為什麼還是要
強調節制這一美德的原因所在。

　　性饒舌如此明顯，那麼，我們該把這種寫作現象放在哪一個領
域裏呢？

　　每一種嘮叨的習慣，都是想表白，甚至是想發號施令，想通過
自己的感覺控制他人的感覺。既然你無法讓它閉嘴，你就要試著去
理解它的喋喋不休，它的嘮叨一定有其自身無法解決的困擾。將這
種性饒舌的寫作現象歸之於作者為迎合市場讀者、歸之於消費社會
的欲望奔騰，表面上說得過去、易為人接受，但這些觀念終歸浮泛
了些，它們除了把人們引向指責、抱怨、斥罵等彼此不堪的地步，
還有什麼好處呢？假如願意撇開道德感、潔癖說、權力觀、欲望論
等常見易解的觀念去觀察這一寫作現象，我們是不是能看到，令人
厭煩之處境的後面，亦有人生的巨大悲哀。嘮叨是對外喧囂，沉默
是內裏動盪，它們的表達方式不同，但它們總有一處會是空的，裏
面是空的，就須用外面去填充，外面是空的，就得讓裏面滿滿的，
你聽著那嘮叨覺得吵鬧，但那沉默裏又何嘗安靜，嘮叨與沉默，有
哪一樣不是讓心忙碌著、不停下？有哪一樣不是困苦？有哪一樣不
值得同情？嘮叨與沉默各自有什麼樣的空？這些更接近「性」之本
性的問題，是不是更值得我們追問？正因為「性」如此饒舌、語無

---

[4]　萊辛認為在古希臘人的眼中，美是造形藝術的最高法律。相關觀點參見〔德〕
　　萊辛：《拉奧孔》，朱光潛譯，北京：人民文學出版社，1979 年，頁 14。

倫次、全無儀態，它就一定還有它無法說出口、沒有辦法表達出來、不可以說出口的內容。我們可以舉出許多不止性饒舌的饒舌例子。魯迅筆下的祥林嫂為什麼反覆說、不停說？就是因為她有更多的悲痛說不出口、說不上來。《祝福》裏的婆子們為什麼反覆問、不停問？就是因為她們有更多的問題問不出口、需要隱藏，她們也需要安慰、需要安心。郁達夫的性自白，為什麼節奏慢不下來、語言收不住？就是因為他想像了許許多多的壓抑，他要用奔放的方式說出他的不滿足，他要在國家元素裏找到個人的受害史。王小波筆下的王二，有點饒舌，而陳清揚，則往往只是憋得滿臉通紅，再或者加些激烈的動作，話不會多，語言的威懾力在陳清揚那裏作用不大，她的動作比語言更明白俐落，她的身體走在語言的前面，王二的饒舌說不出陳清揚要說的話，但王二為什麼又偏要饒舌呢？那肯定是因為王二的內心有不平坦的地方，有需要舒緩的地方。《金瓶梅》算得上是性饒舌的經典之作，但那潘金蓮內心的困苦與屈辱，她說出來了嗎？又有哪一樣力量能把她從最齷齪、不自主的人生處境拯救出來，也許只有西門慶才能給她一點點的安慰，為她污穢不堪的生活塗抹一點點色彩亮光、胭脂水粉。當人們有一些現代眼光時，也許就可以發現，潘金蓮的性索取，多麼值得同情，你一定要看到她的性，才能得知她的心。在道德與私法賜死她的時候，誰又能在意，潘金蓮的扭捏示愛裏、浮言浪語裏，亦有難為人知的、揀不起來的、註定要爛在污水裏的卑微人生訴求，她以肉體的歡愉說出了世人不願原諒、誓要懲罰的困苦，但那咒罵與拍手稱快的舉動後面，是不是也隱含了沒有說出口的恐懼與罪惡？

　　性愛之性是天賜之物，其來處具有不可解釋性。在這裏，我不是要否認科學家對人體結構的研究掌握，也不排除有一天科學家會研製出「性」的替代物、生產器、控制物，從科學的角度來看，「性」當然有其解釋的可能，但從生命之造物精神來看，「性」具有先在

的存在意味。「性」是人的自然屬性，它帶著神秘的恩寵而來，究其本意，我猜想，它可能是為了孤獨感而來。你知道它的結構、來源流向，懂得它的青春期、壯年期、衰老期，卻不知道它的力量可以去到什麼地步，你不知道它為生命帶來什麼，你也不知道它帶走生命的哪些部分，它的生命意義，始終是神秘莫測的。它既通向愛，也通向恨，所以，它令人相愛，也讓人互相折磨，它既有拯救的力量，也就能發揮出毀滅的力量，所以，關於「性」的造詞能夠去到低級下流，也能保持高尚坦然。我想，它的神秘之處，就在於它與內心的關係。當它把握不住內心時，它就會饒舌，它要說給世人聽，它怎樣無法安靜，它離心多麼遠，它怎麼混淆了心物關係，它要讓溫暖至少停留在肉身上；當它時刻與內心貼近時，它會自重自持，退守高貴坦然之所，安享其樂，但又不至於讓它墮入分享式的、展示式的俗賤。一方面，性賜以人類巨大的快樂，但另一方面，顛倒不已的快樂後面，也一定有巨大的恐懼在裏頭，或許是害怕失去，或許是瞠目結舌於它的巨大能量，極容易就亂了分寸，就像蘇格拉底所說的，「痛苦不是利益，快樂才是利益」[5]，人類在利益面前，不只有愛，更有恨，而愛的後面，必定有怕，得到的時候，必有失去。

　　所以，人類為這一恩寵下的快樂設下種種的限制，並以生命傳承的名義將它儘量局限於倫理道德、婚姻制度、財產制度以內。性事要想突破這些限制，就必須反覆切割它與婚姻制度、財產制度的必然關係，並論證「性」之自然屬性所在。事實上，科學家已經為性事突破這些限制提供了大大的便利，儘管倫理極力反對，但無阻科學家升級克隆技術，一步步靠近複製生命的籬欄，婚姻制度在少數一些國家裏，已不成其為「多數決定少數」的問題，生育與婚姻

5　〔古希臘〕柏拉圖：《理想國》，郭斌和、張竹明譯，北京：商務印書館，1996 年，頁 42。

制度仍將捆綁在一起，但生命的本來意義將逐漸分離出來。到了現代，「性」在小說中逐漸喪失其儀式功能，它不再是只以生育、祈福、承恩、消災、順天的面目出現在小說作品裏，它的恐懼感、責任感，不再只專注於這些帶有功能願望的儀式。如果略有留意，我們可以觀察到一些有趣的現象。譬如，一些年輕一點的中國作家，在涉及性事的時候，都不大喜歡談下一代的事、子孫的事，偶爾談及，也相當潦草、沒多大耐心。他們的性與愛要麼是分開說，要麼是混為一談，寫作手法通常比較狠，對買賣及生理需要性質之性事，尤其不手軟，可見，他們所寫的「性」，其後果之重點已不在後代身上。年紀稍大一些的部分作家，尤其是對文革有深刻印記的作家，筆及性事時，他們比較喜歡寫孩子的事，寫健全的孩子，也寫不健全的孩子，寫婚生的孩子，更寫非婚生野合下、血緣不明的孩子，寫血緣不明的孩子又尤其迷戀山郊野合之前因、女子身體的配合與爆發[6]（也愛亂倫），以襯大姓之家族的衰敗，再書家國情懷，部分失控的作家，免不了把性事盡往猥瑣處寫，有意思的是，與此類作家同年齡段的影視導演，在性事趣味的處理上大有旗鼓相當之勢。以上兩類作家，寫作趣味迥異，但在對待孩子問題上，基本上都缺乏立「人」的志向。雖然以年齡去憑斷創作的品質不足據，但當下作家本身就鮮有超越年齡的視界與才力，所以，有時候說到寫作趣味，就不得不提及年齡，在這裏，就當是從經驗中提煉出來的一般事實。

　　考察性饒舌的寫作現象，因為寫作趣味的分歧，變得棘手而尷尬，又因為它的內容，也使評論變得有些難以啟齒。你不能說他寫得對或不對，你也不能說他寫得好或者不好。從當代不算長的文學史來看，每一個陷入「性爭議」寫作的作家，當事人最多從藝術的

---

[6]　這些順理成章地被解讀為地母式的生命力，說到底，不過是大小地主的園林山野趣味。

角度、性的自然屬性、說話的誠實與否等層面來為自己辯解，評論者也一定要為他找到意義才能頒獎[7]，在作家這裏，他總不至於扯開喉嚨公開說自己筆下的性寫得多麼優秀、寫得多麼正確，而到了現代，作家如果還要聲稱性啟蒙教育，更會淪為笑柄乃至禍害。我們找不到證據顯示《金瓶梅》的作者說自己的性寫得好，他必須讓「性」得到懲罰才能傳世警世；納博科夫的內心如果沒有困擾，他不至於差點燒掉《洛麗塔》的手稿，因為，洛麗塔是「慾念之火」，是「罪惡」與「靈魂」。由此可基本得出這樣的判斷，性饒舌不是寫作的價值問題、也不是寫作的技巧問題，它應該是一個具有極大誘惑力、曲折通往靈魂的存在性問題。對此，你可以禁得了一時，可禁不了一世，像明清的書禁舉措不可謂不落力，但《金瓶梅》等小說刻本還是能以傳鈔等方式流傳下來，在當代，每停售一部性饒舌的小說與詩集，就會引發盜版暗賣狂潮，禁忌成為遊戲而非威懾，各方參與者、傳閱者，都能興致勃勃地從中得到一些奇異的滿足感，可見其誘惑之大。

當制度觀念持續約束時，人們會好奇、會涉險、會做大逆不道的事情以獲取快感，當制度觀念出現缺口時，人們自以為不好奇了，卻不知道通向自我的途中也會迷失。沒有上帝，沒有天道，沒有救星，人心必須去別處去尋找依託，使命的神秘感消失了，與生命神秘感、神聖感最接近的感覺，卻被寫作者濫用。無處訴說，只好自己反覆嘮叨；對永恆失去了想像，只好在瞬間細節裏雕啄；缺乏更廣大的時間感，只好在短暫的歷史框架裏樹碑立傳。無處訴說之境況內生出來的嘮叨饒舌，道盡現代人際間的折磨感、拋棄感、厭倦感、逼仄感。性饒舌喜歡訴說自己如何苦悶如何被管制被閹割，其激烈的言辭深受評論體系的青睞，人們為能在俗世裏找到具

---

[7]　天知道佛洛伊德的「戀母情結」說解釋了多少作家的寫作。

體的「敵人」、「壞人」而倍感興奮，寫與評的互相應和，更使性饒舌越過性的自然屬性，把意義指向權利。性饒舌反覆說，但說不出自己究竟「空」在哪裡，更談不上讓「自己」站立起來。「儘管意識到我們現在的生活——從一般的外部生活方式上看——極為『不正常』，仍有權也應該說：我們正是從這種不正常的生活方式中第一次認知了真正的、永恆的生命本質。我們是無家可歸的漂泊者——但難道地球上的人在最深刻的意義上說不總是一個無家可歸的漂泊者嗎？」[8]（弗蘭克）人心究竟要往哪裡去、人心究竟能停歇在哪裡，性饒舌以不厭其煩的極端方式提出人生最尖銳的問題，而我們還混然不覺。

性饒舌有可理解、可同情的處境，我們無法對性饒舌作出對錯、好壞、真假的判斷，但它本身有沒有罪感呢？這一問題困擾過我很久。直至我想到性與生命孤獨感之間的神秘聯繫時，我才可以說，性饒舌也是有原罪感的。

寫到這裏，我想提一提劉再復與林崗兩位學者的獨特見解，他們認為，《洛麗塔》寫出了年輕美國與衰老歐洲之令人傷感的對比，「《洛麗塔》是美國文化與歐洲文化的偉大寓言」，正因為這樣，人們才可以原諒納博科夫對不倫戀愛的書寫[9]。我很認同這一說法，但亦想補充一點，亨伯特雖然可以被原諒，洛麗塔也盡可以被人們事後解釋為半人半神的希臘早熟少女，我們仍然不能否認，罪無論大小，罪還是罪，良心的折磨將比世俗的審判更長久更悠遠，對此，亨伯特已作出了自我審判。依我看，納博科夫還有比我們的作家高明仁慈之處，他把性行為放在性心理、性渴求的後面，他以想像的

---

[8]　弗蘭克談及在貧困中漂泊他鄉、身在祖國卻如在異鄉的俄羅斯人時，有此說法，詳見弗蘭克：《社會的精神基礎》，頁 193。
[9]　此說法暫未經紙上報刊發表過，兩位學者分別在非公眾場合與個人 blog 上略談起過。

方式來折磨人們的閱讀心靈，他為罪惡稍稍蒙了一層隱隱滲出血絲的語法紗布，他用眼神貪戀洛麗塔的甜美身心、他用心靈去痛心洛麗塔的黯然失色。再如張愛玲，她的《色，戒》，堪稱驚心動魄，王佳芝內心狂放任性，作者為她保留了羞澀感、恥感、不知所措感，暗裏張揚她乖張難馴的美，下筆修色極為收斂凝煉，李安之《色‧戒》卻剝取了王佳芝寶貴的羞澀感，不談此戲的好壞，但就張愛玲的偏好志趣來講，李安對此作的顛倒取捨是大的偏差[10]，張愛玲生前同意出版刊發的作品裏，極少有如此熱鬧搏殺的性場面，她向來都把它藏得很深很深，放到月色照不到、說話到不了的地方，至於有人將李安的《色‧戒》與張愛玲遺作《小團圓》相提並論[11]，我想，她已經沒有可能自己親身回應並作出決定了[12]，她不想說出來的、她只想對著極少數人說的、她還準備好對著讀者說的、她對性的知與不知、她的情不自禁，因《小團圓》的出版，大致都要跳出檻外了，但你仍然無法窮盡她的心靈，她的浩大廣渺，遠遠沒有得到發掘——宋以朗徹底打破了她的性禁忌，這全怪「忍不住」，張愛玲忍了幾十年，還是忍不住，何況是宋以朗。顯然，宋以朗成全的不是張愛玲，而是她的讀者。

　　縱然是「忍不住」，也是有區別的「忍不住」，有的「忍不住」有底線，有的「忍不住」毫無底線。恰恰是有太多毫無底線的「忍不住」，才使我思考當代文學的性饒舌寫作問題。當我們的作家忍不住要完全袒露性細節、忍不住要在性描寫上競賽的時候，我就覺得，寫作也就沒有了羞澀感，這是人類內心最值得珍視的感覺之

---

[10] 至少是顛倒了色與戒，男歡女愛的成分太濃了，淺化了人及小說。

[11] 張愛玲未完遺作《小團圓》由臺灣皇冠出版社於 2009 年 2 月出版。

[12] 《小團圓》由宋以朗授權出版一事，雖與布羅德違背卡夫卡遺囑出版其遺稿稍有區別，但即使從張愛玲那裏問不到答案了，這一遺作的出版也算是違背張愛玲的願望。

一。羞澀感能夠提醒我們，即使身體互相貼近時，也要守住內心最珍貴的秘密，有些東西要守住不能說出，有些不能說出來的就不要說出來，你可能不知道它是什麼，但它不是世俗式的秘密，它最孤獨最高貴，它是你內心的核心所在，在那個地方，你才能真正與自我相遇，生命的完整感不是從外人來，而是從內心的孤獨感而來。孤獨感才能讓你意識到，你是你，別人是別人，找到自我，靈魂才能歸來重附於心靈。否則，你會以為這些行為沒有罪責——你可以佔有別人，你可以侵犯別人，你的幸福可以否定他人的幸福，你的感覺可以概括他人的感覺，人人都要像你這樣才正常合理……性饒舌的寫作遺憾就在於，作者力圖說出所有的感覺，卻偏偏弄丟了自我，錯過了與孤獨感通話的機會，他必須在他人的肉身上尋求寄託。羞澀感這種高貴的情懷一旦失去，作家下筆就會無所顧忌、失去把持度，性饒舌將自身置於一種你看我看大家看的無遮無掩狀態，中國當代小說作品、詩歌作品中的人物普遍缺乏尊嚴感，我想，緣由大概就在此。今天的作家，也甚少考慮到，性饒舌對女性身心所犯下的普遍之罪。每一個性饒舌的男女作者，都會面臨身體之寫作問題，那麼，你把女性身體放在什麼樣的位置——就當代作家的寫作實況而言，這是不需要我去反覆論證、也不需要女性主義者出面指責的寫作罪過，當人們在為性饒舌寫作貼上反映性禁閉、反抗性壓抑等虛大標籤時，可曾想到過這樣的鄉野寫作趣味也含有對女性身體的不義？！（還可以加上兒童的身體）這不是一個性別主義的猵狹話題[13]，它就在「人」這一領域內，無節制的歡愉從本質上講逃不開罪感，任何無節制的舉止都會損害人的尊嚴。袒露感可以寫了再寫、沒個盡頭，但羞澀感是每放棄一點則消亡一點，有的東西一旦失去，就再難回頭。

---

[13]　受造詞習慣的影響，女性作家對女性身心的傷害性描寫並不少見。

　　對性饒舌這一顯而易見的普遍寫作現象，如果一定要得出評論性看法的話，我想借用法國思想家托克維爾的說法來歸結，「詞的好壞之別，並不取決於社會的形式，而是取決於另外的因素，但這個因素必定來源於事物的同一性。有些詞語和句子之所以粗野，是因為它們所表現的意思實在低級下流；而另些詞語和句子之所以文雅，是因為它們所描寫的對象具有高尚的品質」[14]。性有「說話」的權利，無可厚非，但落實到小說及文學創作，就有怎麼說、說還是不說的問題，當代許多的作家，之所以陷入過於鬆馳、毫無悔責、令人厭煩的性饒舌中，就是因為他們只看到了「說話」的權利，而迴避了怎麼說、說不說的問題。嘗試分析性饒舌的寫作現象，當然無法讓性饒舌減輕痛苦，更無法讓它收斂、得體、閉嘴，但至少有提醒之意，前文提到過，性饒舌無是無非、無對無錯、無真無假，但它有生命本質意義上的困與罪。張愛玲就是一個極佳的例子，她不想讓《小團圓》面世，她修改《色，戒》前後斷續約 30 年，她既想按住內心、也想遮蓋外在、又想留下點什麼，如此反覆猶疑的舉動，表明她心中一定有無法說出口的自悔及難過之意。罪不能在別的地方找，只能在自己那裏覓，色在《小團圓》，戒在《色，戒》，張愛玲不是沒有懲罰過自己。由個中的色戒乾坤，推及至當下只顧抒發肉身、毫無罪責感的不少文學創作，也結合此文的主題，我想說，一個作家，若是對語言沒有警惕感、對自我沒有認知感，那就很難想像，他／她的寫作能通往存在之徑。

---

[14] 〔法〕托克維爾：《論美國的民主》（下卷），董果良譯，北京：商務印書館，1997 年，頁 590。

小說的技術冷漠症

開篇即需說明的是，本文所指的「技術」，並非小說的技巧，而是泛指生產力域裏的技術，即具備造「物」[1]功能的技術。前輩國人在正視「技術」（Technology）一詞的時候，大概也是惶恐不安、欲迎還拒，老祖宗的遺訓不能丟，槍炮殺到眼前，自己的土炮不能轉彎[2]，總得想辦法去扭轉這些頹勢，只有修身養性的道德倫理問題解決了，國人尤其是士人才可能接受淫巧之器、過邪之術。

「技術」一詞雖然早在《史記》、《漢書》等史籍裏就已出現，但古人在多數情況下，還是「技」、「術」分用。「技」被排除在讀書人之外，其中藏有等級思路，「術」由道途引申至君臣心術策略，個中含有對個人手腕、城府及私德的判定。「技」與「術」在仁、義、禮、智、信的倫理體系裏地位不高。技術既然是可以修習得來，那麼就不存在難度。事實上，也沒有哪一樣技術可以不朽，它不在立德、立功、立言的範圍之內，它很難「久而不廢」，因而，它被排除於不朽事業之外，也就不難理解。

即使在逍遙傳統裏，「技」也須與境界及不朽扯上關係，才能「遊刃有餘」。莊子之〈養生主〉，以庖丁為文惠君解牛說生也有涯與知也無涯之事，話說那庖丁「手之所觸，肩之所倚，足之所履，

---

[1] 包括實在物與虛擬物。

[2] 清代，沿海也設許多炮臺，但許多大炮是無法前後左右移動，這決定了武器只能「直射」不能「掃射」，海上強國前來逼宮、硬攻貿易，只好一退再退。由此可見，清代海防思路僵化，且遠遠落後於內陸馬術作戰思路。

膝之所踦，砉然響然，奏刀騞然，莫不中音，合於桑林之舞，乃中
經首之會」，庖丁初解牛時，以目見全牛，而三年後，「未嘗見全牛
也」，到最後，「以神遇而不以目視……因其固然」，良庖「歲更刀」，
族庖「月更刀」，庖丁之刀用了十九年，解牛無數，「而刀刃若新發
於硎」[3]，到這一層面，技已進乎道，換言之，道已離技而去。莊
子贊庖丁之「道」，實也貶抑了一般意義上的技，即不因其固然、
陷入衝撞、不懂在順逆之境合自然之勢的技。有意思的是，莊子在
讚揚庖丁之技時，以其合《桑林》、《經首》等律呂為評價標準之一，
這與孔子以聲樂參詳禮儀之莊嚴、光大周公之正統，實有異曲同工
之處，對上古致敬的舉動，又與莊子時時揶揄夫子及孔門子弟實有
偏離（亦相映成趣），可見莊子之矛盾。在莊子那裏，只有到了得
道這一層面，技之有涯才能轉換成為無涯、「窮」方能一變為「不
知其盡也」，反之，則是更刀折器的良庖、族庖，不足一談。今人
將這一寓言籠統地歸為莊子平等自由觀的體現，過於一廂情願，我
反倒認為，庖丁解牛等寓言恰恰包含了莊子對人事高低、萬物層次
的基本看法。識字、會寫寓言的人，與善技之人，在莊子那裏，還
是有區別，他對萬物眾生，絕非一視同仁，其自然觀後面，有著對
「人為」的深刻反思，儘管天人合一是最高境界，但自然與人為有
著無法彌合的裂痕與分歧，這實在是他的先見之明。

　　不難看出，「技」與「術」處在社會較低層面的位置，除非它
與其他倫理及價值捆綁在一起、彼此圓滿，才能改變其低微的地位。

　　說起來，是所謂「現代」這一含有劇烈衝突的趨勢，讓「技」、
「術」連用成為一種語言常態，它一如「科學」等，遣詞造句乃至
約定成俗，不僅與當時國運有關，更與中國士人遺風有極深的淵

---

[3]　《南華真經口義》（《內篇・養生主》），〔宋〕林希逸著，陳紅映校點，昆
　　明：雲南人民出版社，2002 年。

源。再看人們圍繞「技術」所組的詞語，諸如科學技術、技術革命、技術革新等，這些辭彙，反覆在提高「技術」的倫理含量。按西語習慣，科學與技術實際上是兩碼事，一個偏理論，一個偏應用，亦即說，從詞性來講，他們是獨立又對等的關係，但在語言方面聰明過頭的中國人，卻發揮修辭功能及翻譯想像，極力拉攏科學與技術，將原本是平行關係的兩個詞，發展為既平行又偏正、關係模糊的片語，並通常將「科學」放到「技術」前，以提高「技術」的檔次。先後經過日本語、中國語的詞性改造，「技術」及「科學技術」漸漸成為優先於其他領域的事物。細究起來，康有為、陳獨秀等近現代士人改寫詞語的倫理價值，無不與創傷及挫折有關，可以說，他們在等級顛倒、大廈危傾的年代，倉皇中幫後人做出選擇，這一過程，痛苦而快意，盲目但激情。

　　過分誇飾，過分貶抑，都很難說是出於對技術的平常心。缺乏平常心，要麼陷入技術的「速朽說」，要麼信奉技術的「萬能說」，今天，包括小說創作等創造性活動在內的人文思想域，無疑深深被技術「速朽說」困擾，而我們的生產力域，則早已為技術「萬能說」折服。歷史深處的驕傲與創傷，使今人在「技術」面前失去平常心，走向極端。技術「萬能說」平息歷史創傷之時，又因其瘋狂追求權勢而生出強迫症，當代人文及思想域為此再添新鮮創口。有的小說家與技術撇清干係，更多的小說家根本沒有意識到技術的「存在」。沒有多少小說家願意墮入所謂速朽的深淵，那唱之不盡的歷史「驕傲」，更為小說家的失察與高姿態提供了合理的藉口。

　　正因為人們失去了平常心，所以很難看到，技術亦有常道，其常道，恰恰是與天道及地道同在、再平常不過的人道。許多的當代小說，一提筆即男女事、人際關、少年愁、家國恨、傳統怨等日常瑣碎，一開聲即意義、生命、存在等空心口號（從不加辨別論證），不僅失卻好玩之心，更失去想像之力。想那「赤條條來去無牽掛」

的中間，終歸是有個繁華鋪張的過程、有一個檻外與檻內的論證辯駁。偉大作品的悲涼滄桑，不是離天遁地，而是由地生根。今日許多的小說家，省去那繁華與門檻，直奔「赤條條來去無牽掛」，既無美感，又無邏輯，何來趣味？要說小說創作對技術失去平常心的壞處，我想，那就是它錯失了關照更廣泛人道世情的隱秘通道，或者說，它排斥並錯失了更多的可能性，它扼住了小說創作的好玩之心、想像之力，它看不到更廣大的人道世情。自我封閉，視野狹窄，抱殘守缺，以舊仇新，以怒氣掩蓋失察，以生活替換全部……這些，大概是當代中國大陸小說之過於同質化、日常化的重要原因。

能對技術保持平常心的、能對技術既有正思又有反思的小說家，顯然不能用「多數」這一詞去概之。當然，即便是我下文即將論到的「少數」小說家，也未必願意主動地與技術發生什麼瓜葛。受技術「速朽說」的影響，談及技術似乎便是降格，但如果我們能放下那偏執心、擺脫技術「速朽說」，就可以看到，對技術保持平常心，是多麼難得而可貴的寫作識見。

考慮小說之技術冷漠症這一話題時，我首先想到的小說家是金庸。

圍繞金庸的爭議，多是江湖事、功名事、私德事，撇開廟堂與民間之爭，放下功名利祿的疑忌揣測，也許我們應該更多地談一談金庸的文學事。金庸小說的許多價值觀，諸如民族觀、英雄觀、正義觀、道德觀、男性觀、女性觀等，均有可疑可商處。以我看，在價值觀層面，金庸小說基本上沒有什麼突破性的建樹，他的每一部小說──「飛雪連天射白鹿，笑書神俠倚碧鴛」，幾乎都有一個大是大非的隱在編碼，他的獎懲傾向不可謂不明顯。小說面目之相當中國化，得益於作者依傍歷史來敘事，借歷史點睛之手法的好處就在於，個人恩怨總有一天會抬到族國命運層面，個人恩怨不由私人來終結，而由族國命運來擺佈。郭靖在華箏與黃蓉之間的猶豫，尤

可解釋金庸如何巧妙打通大小格局。僅靠個人性格不合或兩情相悅的理由，成就不了道義上的圓滿，只有族國之大情大義才能合法地分開郭靖與華箏，郭靖與黃蓉之終成眷屬，不是個人式的自由選擇，倒是族國選擇了個人。不圖榮華富貴、不忘家仇國恨、不失民族氣節等等，華山論劍之天下第一的勳章，其實是要頒發給這些品質，按這些價值標準去論劍，郭靖確實是當之無愧的天下第一。《射雕英雄傳》所彰揚的，哪裡是什麼武道精神，明明是儒家精神，看似仙風道骨、不惹塵埃，卻最是人情練達、世事洞明。個人命運後面，站著族國命運，這樣一來，小說的格局就不至於太小家子氣，待到洗卻通俗風塵氣時也容易打通任督二脈，其中的大情大義，又符合中國士人吟誦歌詠的習慣。但那看似逍遙的情懷背後，實則處處藏有苛刻的倫理戒律、高昂的道德激情、血腥的殺戮氣息，金庸小說的價值取向，實與《三國演義》與《水滸傳》這一支脈絡極為接近，讀之痛快，可惜趣味過重，細究起來，恐怕也令人不寒而慄，於此，不展開。

　　但金庸的小說技法自成一家、獨創門別，他有他十分大氣的一面，如果因其通俗而拒之以文學域之外[4]，那就是短見淺識了。這個作家有一顆異想天開的好玩之心，其貪玩之趣，恰好是當代大陸小說家所普遍缺乏的，也更是陰謀權術之心所難以想像的。金庸的小說，既在城府之內，又在城府之外。金氏小說，寓族國、道德、情愛等嚴肅話題於江湖遊戲之中，跟技術實有太多太多的暗合及呼應處，他的價值觀遲早會被人詬病——意義論者反覆挖掘其意義價值，實在可歎。以我的看法，想像力才是金氏小說真正的卓越魂靈，借用《笑傲江湖》裏的武功說法，即使金氏小說全無內功，但就憑那驚豔的「獨孤九劍」，也能自由行走江湖，做不了天下第一，他

4　或者說所謂的「純文學」領域。

至少還是「風清揚」。金庸筆下的一流武功，如一陽指、降龍十八掌、六脈神劍、九陰真經之武學、吸星大法、乾坤大挪移、葵花寶典武學，等等，這些來自遠古殘卷、佛經道學、壁畫石刻裏的字眼，經作者搓揉雜造，隨便一敲打，陰陽五行、奇門遁甲、奇經八脈內的無數神秘便隨之透出撩人的光亮。其所寫每一樣武功，飛山過海、隔山打牛、拈花飛葉……今日無一樣不能被電腦技術製作。不能說他的想像超越了技術，但至少，他的想像能與技術同在。試問，隔山打牛、大海無量等，核爆、電磁攻擊等，雖然前者文學後者技術，但又有哪一樣不是對人類意念及能量的想像與誇張？有哪一樣不是人之身心的延伸？有哪一樣不是對宇宙的看法？只不過，前者是異想天開、浸淫文德，後者諸端是精心論證、反覆實驗、付諸實踐。最不濟，這些武功術語，至少可以去修飾形容核武器、無人駕駛偵察機、隱形轟炸機、鑽地炸彈、電磁脈衝彈、鐳射製導彈等器物之威力，語言與技術走到巔峰，都是挑戰並擴展身體極限。

昔日香港輝煌武俠影視，今日大陸古怪古裝影視[5]，既可以說是武俠小說啟發了拍攝剪輯、後期製作等手法，也可以說技術再開發了武俠小說。影視的反覆改編，道具的循環使用，顯示出原文本的巨大能量，是想像力而不是價值觀，使金庸小說歪打正著。回到想像，就是回到文學的自由本性，金庸小說之最為出彩的地方，大概就在他的胡思亂想、天馬行空。小說有很多翅膀，它們能讓寫與讀擁有飛翔感、沉醉感，想像力正是小說不可或缺的翅膀。帕斯卡爾曾在《思想錄》裏稱，人類為了幸福，盡自己所能發明一切。如果發明與技術都是人類追求幸福、無盡想像的產物——而追求幸福又並非總是善的，我們怎麼能夠說它們與人類的心靈毫無關聯？

5　之所以言其古怪，乃因為許多古裝戲裏，大凡是個人，都懷有一身好武功，天天飛簷走壁，時空穿越得實在離譜。

　　獨樹一幟的麥家，亦促我思考相關論題。人們習慣將麥家與愛葛莎‧克利斯蒂、博爾赫斯相提並論。不可否認，麥家的氣場裏，確實有異域敘事大師的影子，但《解密》等小說的敘事技法，就像是帥將身著的輕裝盔甲，英武整齊、塵囂自退，又像傳說中幹將莫邪之劍鞘，城府不露、鋒氣逼人，火候一到，寶劍出鞘，奄然劃然，莫不中軍樂戰舞，陣內變陣、氣勢收放自如，再用其他的語言去修飾，已嫌多餘。麥家身著戰袍，凌厲出手，孤獨征伐，他的手法，讓我想起艾米莉‧狄金森在1866年3月寫下的驚豔散句，「二月好似冰鞋一滑而過，我知道三月已至」，那其中的俐落優美、快慢相宜，實有天外飛仙之驚、長河落日之鴻。

　　當代，極少有小說，能像《解密》、《風聲》、《暗算》那樣（尤其是《解密》），越過日常與瑣碎，乘風追捕無形人牆及牢籠下的無影陰影，作者讓未來與過去，都來到了現在。《解密》、《風聲》、《暗算》裏所涉的軍事及制度背景，其實都是技與術的範疇，無論它們多麼抽象或繁複，無論它們隱藏得多麼深，它們都是人為而非自然的產物。技術的功利心在於，它將永無休止地追求可複製的狀態（雖然看上去它總是在創造）[6]，對人的複製也在其野心之內，人類的摹仿衝動，最終要靠近神創世紀、造萬物的傳說，比如說影畫藝術表演、卡通片擬人化的傾向、機器人代替人的勞動等，就可以看作是人模仿神造人的遊戲衝動。人們常說的挑戰人類極限，無非是對那個永恆、神、絕對及無限的靠近——或挑戰。《解密》中所涉及的編碼與解碼，實有一個長短電波傳遞及接收的技術想像及基礎。容金珍的每一次解碼，其實都是自我貶值。解碼，意味著可複製狀態的來臨，意味著獨特的被磨滅，意味著未來將成為過去。容金珍及其前輩長者，終其一生，都在避免被複製的命運，不做與他人相

---

[6]　其中最淺近拙劣的複製，莫過於造假術。

似的人，那就要做最出類拔萃的人。但即使最出類拔萃的人，也有恐懼之心——只要是人，就總有一樣怕或至少有一樣怕。天才在得到智慧與靈秀時，也得到恐懼與絕望——為人之愚鈍茫然而恐懼，為人之聰慧無能而絕望。害怕被催毀的恐懼催毀了容金珍。容金珍的崩潰，是信仰悲劇的解密。技術在反覆升級人的自我能量之際，也在反覆升級對人的控制能量。技術誘拐了人的智慧與激情，技術讓人邁向神跡，技術測試人與神之間的距離遠近（近了方知遠）。人終生追求不被複製、不被控制的命運，是不是也可以看作是對技術的抗爭、對有限的絕望、對無限的嚮往？

外物即人，人即外物。沒有對技術的平常心與想像力，很難看到人與外物千絲萬縷的神秘聯繫。麥家小說的暗碼及寓言，神秘而遼遠，要解開他的密碼，非一朝一夕之事。

還有一些被通俗眼光降格的作家。

比如安妮寶貝，一位被通俗誤讀的大陸作家，她的《告別薇安》等作品是 20 世紀末 21 世紀初，中國大陸最銷魂鑠骨的讀物之一，當年她在眾多網友內心造成多大的「動盪」（更值得注意的是，早期網友，可稱為平民中的精英），實難以估摸。她的文字，穿越技術的暗格，滑過看不見的網線，踩上時代的某一個痛點，從而讓麻木在隱痛暗傷面前寬衣解帶、難以自拔。語言與技術合奏，是那個年代的表達標識。中國大陸的互聯網幾乎十年一個波動，語言藝術充當了思想的先鋒。網路作家這些稱謂，對文學毫無意義，但技術改變了情感的表達方式，每一次書寫習慣的改變，都將影響由物及心的距離，當手寫變為鍵盤輸入，紙張與語言的默契備受考驗，由物及心或由心及心，將再度出發，就好像筆墨變了，文字得重新尋找與人相處的感覺。安妮寶貝文字之素雅，是大家閨秀式的素雅，略有古風。技術啟發了她的陰鬱，透過鐵銹般散碎而陰冷的文字，她發現了人心更廣大的暗處，她更微妙地暗示，黑暗比光亮更讓人

沉溺纏綿，告別永遠比在一起更有激情，創造的邪惡在於毀滅，虛擬之網就是實在之籠，心靈的內向過程，依仗技術而完成。但也許，與時代過於合拍，又或者，作者在陰鬱、唯美、幸福等看法轉換之際發生錯位，《蓮花》等後來的作品，雖然依然貌美如花，但已失卻《告別薇安》的神氣。

再如20世紀50年代投奔澳港的倪匡，另闢蹊徑，致力於設謎與解謎。今人對遠古的認識，始於各式各樣的「謎」，如那獻祭之犧牲的激情後面，站著的就是謎，技術破除舊的謎之餘，又伸向新的未知，倪匡對「謎」有獨特的想像。雖然倪匡的作品毛病多多，有公式化及自我複製之嫌，又有受虐的心理陰影，但其「類科幻」小說，亦為文學忝列異彩，儘管香港文學又是另一類形式的單一。

對技術及外物缺乏平常心，文學局面之單一以及小說創作之同質，這中間沒有必然而絕對的聯繫，但寫作的混沌含糊作風，又總讓人覺得不足。大陸評價小說的標準之單一及道統傾向，更是大大的拘束，我們有一個「鴛鴦蝴蝶派」已讓人大驚失色，更不要說童話、科幻、奇幻、推理、偵探等文學會招來什麼樣的眼色了，就如《基地》、《指環王》、《變形金剛》、《駭客帝國》等作品來到中國後，除了娛樂化、好萊塢模式這些無趣的套話，你再別指望能聽到多麼有見地的中國評價。

大陸小說評價體系似乎更偏愛農耕輓歌式、受天而孕式的大部頭小說，並通常借此以農業文明貶抑工業文明，士人趣味不可謂不濃厚。但如果我們透過對技術的平常心來看：士人詠誦的農耕生活，井田溝渠、茅屋草堂、鋤頭豬圈、牛車水井、粗衣薄衫、醇酒高樓……有哪一樣不是技術的產物？只不過因其速度慢，所以生出許多的美感。所有的物，都堪稱人的軀殼。技術也是人的軀殼，伴著人的慾望與好奇，在不停地成長。試問，飛機就是你的腿腳，難不成馬車就不是你的腿腳？！嫦娥奔月是對世界的想像，難不成飛

行器撞月就不是對世界的想像？歌讚農耕文明，無可厚非，但若為否定而否定，難逃蠻橫之疑。

　　反而是古代人，對技術更有平常心，雖然他們有立德、立功、立言等不朽事業的壓力。他們不像今日許多小說家，幾乎沒有任何物質技術鋪墊，就直奔意義，直奔人心。僅以歷史博物館為例，裏面的青銅器、玉器、印章、刀劍、五石散、兵馬俑、龍床、建築模型等等，古人的日常與軍事，無一樣不與技術有關，即便書畫墨寶之好壞，也與墨錠墨汁好壞、紙張貴賤、毛筆軟硬有關聯。這些物事，雖十分技術，但又哪一樣不關人道世情？就是因為它舊了，它全身都散發著再也回不去了的悲慟，它全身都是過去的華美時光，所以它文化了，但即便文化的靈魂轉世永生，也離不開化學技術的保養清理。世上大多的物事，在人類出現以後，就建立了與技術血肉相連的關係。舊手帕焚燒，林黛玉詩魂飛天。翠玉鐲子，度量曹七巧生命的豐圓與乾枯，借華茲華斯的話來喻之，她就是「這斷壁殘垣的最後一位房客」。《石頭記》豎著刻寫、橫著排版，毛筆之字樣與印刷之字體，讀感大不一樣。庖丁尚且強調其刀新薄，否則刀不能自由攝入骨肉的縫隙。《三國演義》沒有兵戈相向，何來驚心動魄。《水滸傳》沒有刀光劍影，何來暢快淋漓。沒有閨閣胭脂、庭院樓臺、迴廊幽徑，何來婉約豔詞的斷腸離魂。諸樣文例可見，技術及產品對精神及境界不能完全置身事外。每個年代的人，都有物質技術的印痕，比如說四環素牙、外星人大板牙，定與技術產品有關，如藥物等。技術之常道，不在別處，就在人道。想那沈從文，必是悟道之人，50 年代以後，沈從文由空靈世界轉入物質技術世界，他的鑒賞力有增無減，唯美與實用的合襯，反而讓他找到新的精神出路。沈公死裏逃生般的人生大轉折，也許能為理解技術之常道提供特別的啟示。

　　今日技術，猶如衣服，舒服適意，早已成為身體的一部分，人們但知其用，不知其性。技術因實用而受寵，又因實用被貶謫。比之單純的技術，小說及文藝更有傳承的優勢。人類歷史久了，便有一些不可更改或不大更改的元素在，比如語言文字、音符節拍等（實則也部分歸功於技術），容易辨認，有助記憶，記憶即是選擇及傳遞。相比起小說等文藝，技術自有一個淘汰翻新的機制，它不需要回憶，甚至不需要記憶，就能更新。技術之所以被寫作事業貶謫為速朽之物，固然是因為技術自身的淘汰基因，也還因為一般的語言及知識修養，很難去把握它的原理、洞察它的內在趣味及秘密。或者說，技術是對世界的另類看法，它幾乎可以直接掙脫一般世俗語言的描述與把握，去追求它那永無止境的境地。技術尤其是高端技術更新過快，讓人產生恐懼感，非頂尖專業人士，不能解釋亦不能跟上其內在節奏，它的傳承習性，更難捕捉。這從另一個側面說明，不同種類的語言及表述之間，有溝通上的巨大難度，那被壓抑的現代性，當包括被壓抑的技術。壓抑或貶謫，可能來自不能理解、無法溝通，而非源於物事本身的貴賤。

　　科學肯定無法回答世間所有的問題，理性走到極致即是病狂，我不是技術「萬能說」的支持者，但我以為，技術有如身體，都是人的軀殼、牢籠、隱喻，對技術的冷漠心（或者說視而不見）——更不用說對科學的冷漠心[7]，這大大局限了中國當代小說的想像

---

[7]　如果說文學與神學乃至哲學有著天然的親密關係，那麼文學也必然與科學擺脫不了干係，除非我們有意忽略之。科學同樣是人對世界的看法，只不過，它看似更確切或更理性，技術作為科學的有限應用，那就與文字的藝術並非全無關係，或者說，它們都是那個我們無法窺見全貌的生命及宇宙的一部分。正如羅素所言，「我們所說的『哲學的』人生觀與世界乃是兩種因素的產物：一種是傳統的宗教與倫理觀念，另一種是可以稱之為『科學的』那種研究，這是就科學這個詞的最廣泛的意義而言的。至於這兩種因素在哲學家的體系中所占的比例如何，則各個哲學家大不相同；但是唯有

借勢網路，故事證心

　　有人會認為，網路文字，髒亂差，難成大氣候，難登大雅之堂。他們禁不住問，聊天室、論壇、博客、微博，MSN、QQ、電郵，無處不說，無處不寫，這樣的「話」，能有多大意義呢？每天碼上萬字、每月碼數十萬字的「蒙面」寫手，能製造出多少有文學價值的作品呢？這些追問，當然有其道理所在。但我大膽猜測，發出種種類似追問的人，並沒有多少人因此放棄使用電腦、拒絕上互聯網。與此同時，能執筆寫作的寫作者，將會越來越少，人們正越來越多地依賴電腦及互聯網。表意文字與書畫文章及舞蹈武術，再難在線條、形態及意蘊等層面水乳交融，中土傳統的文人趣味及情感，在日新月異的電子智慧面前，遭遇沉重打擊。悲觀者為之痛心疾首，樂觀者為之百般辯解。

　　為文字加冕的最好方式，莫過於冠之以「文學」、「詩」等字眼了。出於種種的焦慮及需要，人們希望能從網路裏淘出一些能稱得上是「文學」的物事，以讓這些文字顯得更重一些，更能與內心乃至靈魂相匹配一些，「網路文學」的說法應運而生。但近十年來，以文學為網路文字正名的方式收效甚微。其實，文學就是文學，並不一定要分出個什麼毛筆文學、鋼筆文學、竹木簡文學、羽毛文學、羊皮文學、紙張文學才成。嚴格說起來，「網路文學」只是一種方便談論的說法而已。但即使收效甚微，也並不代表這種命名毫無意義，它畢竟是面對現實巨大變化的某種反應。網路盛行雖只短短十餘年，但它對人內心黑暗的釋放、對人內心慾望的刺激、對現實秩

序的衝擊，無論從力度還是從範圍來講，都令人震驚。由網路的盛行及其文字的招搖放肆，我能理解，為什麼年輕一些的小說寫作者，其文其作，會為酒吧、夜店反覆流連，會在極端情緒裏矯揉造作，會借毒品亂倫講述絕望。這種寫作趣味，並非完全是因為要迎合讀者。人心需要一個暗處在，無論這個暗處多麼荒誕多麼無聊。有時候，激情與黑暗同在：洛麗塔是亨伯特的黑暗所在，也是亨伯特的激情所在；查泰萊夫人內心的黑暗在「性」，內心的激情也在「性」。對此，我們無須避諱不談。邊緣地帶、暗夜歡騰之所，總與內心的黑暗與絕望相呼應。如果是只看重小說的好與壞，那就很難看到這類小說後面的難言之隱。在現實生活中，法律與道德都不容其訴說，但寫作卻有天賦及特權，讓不堪與黑暗說出話來。說得抽象一點，黑暗總須黑暗扶持，羞澀須被羞澀看到，方得安慰。為什麼網路勢如破竹，擋無可擋，我相信，它與羞於在現實生活中啟齒的隱秘性精神存在有關。

網路自有一番開天闢地之勢，它揭開了別樣的洪荒，它裏面的無序、渾沌，是另類的史前氣象，至於這氣象是好還是壞，很難作出合適的判斷。但人身在其中，無法置身事外。只要文學還要與人發生關聯，只要文學還須落入人的眼中，我們就無法迴避網路所帶來的重大影響。稍微誇張一點說，網路對人類的影響，可能不會超過貨幣對人類的影響，但至少不會亞於貨幣及其流通與兌換的影響[1]。

但為什麼「網路文學」這類誠意十足的命名會收效甚微，我想，大家對網路文字的關注及期待，是不是太過於集中「文學」二字了。

---

[1] 據中國互聯網路資訊中心（CNNIC）2010 年 7 月 15 日發佈的第 26 次中國互聯網路發展狀況統計報告，截至 2010 年 6 月，中國大陸網民規模達到 4.2 億，手機用戶達 2.77 億。四億多距十三、四億這個數目距離尚遠，但增長速度驚人，這一趨勢對整個社會的影響，現在尚難以估量。

一旦文字進入教育及評價體系裏的「文學」範疇，就很難繞開優劣好壞之分。「文學」這一語詞，到了現代，挑選的意味更濃厚，尤其是本土文學，它無法再依附於科舉仕途——雖然跟官階職稱能扯上關係，但是基本上是職業化了，它必須建立起相關的規則以說明自己的獨立性。而挑選的理想又在於，它相信有更好的或者完美的存在，所以，它不得不面對強制性善意下的不盡人意。從某種程度上來講，當代「文學」已被「體制」化，評價體系更青睞一些符合文學評論術語的作品，如在修辭、敘事、語言等技巧層面更為考究的作品。當下小說的創作及其評價，此風尤盛。80 年代以後，特別是約 1986 年之後的小說修辭趣味，得到了評價體系的承認及認可。越是看重象徵、隱喻、寓言、意象、神話……的小說，越是容易得到評價體系的認可。評論者懶於去發掘具有陌生感的小說作品，使用現有的、舶來的研究術語，更安全更安穩，小說創作者也能在這些規則裏嘗到甜頭。是以，當網路文字洶湧出現時，人們更願意用「小說」及「文學」的假想標準去探討這種現象。

考察網路文字及其後面之精神動向時，是否可以換一個角度——

如果我們願意暫時放下好壞優劣的二分標準，不把眼光只放在那些早早地在媒體上混了個眼熟的網路職業寫手身上，而是放到一些無名者所講述的故事身上，也許會發現，網路大大滿足了人們對故事的需求。網路為故事提供了非常便利的培育條件，人們對故事的聽說衝動得到技術支援。包括網路文字乃至網路遊戲在內，都滿足了人們對故事的需求，或因圍觀，或因自述，潛水或不潛水的網友們[2]，都希望參與相應的故事中去，熱情的回貼甚至能改變現實生活中的故事進程。舊時在宗族村落、單位集體住宅裏發生的家長

---

[2]　潛水，在網路論壇一般指看貴但不回貴的行為。

里短、流言蜚語、八卦是非、多管閒事，等等，在網路裏強勁復活，一旦有人肉搜索介入，其殺傷力遠甚道德說教。網路有風險，但這並不阻礙人們聽說故事的激情。

之所以需要特別留意故事的動靜，不僅因為故事是敘事的靈魂，更因為故事也是人類文明的重要傳承方式。無論是俗稱的浪漫主義，現實主義，還是現代主義，敘事的形式前後變化很大，但故事仍然是敘事的基本（變形後的故事、不完整的故事，仍然是故事）。何以說故事是人類文明的重要傳承方式？以宗教為例。佛堂何以香火旺盛？很大程度是因為每一個佛像後面，有數之不盡的救苦救難的慈悲故事。基督之教何以能取代其他智者之說在各層人群尤其是在下層人群中廣為流傳，很大程度上是因為傳道者藉故事佈道傳音。石窟何以供養者不斷？因為人們對故事背後的拯救、得救、永生有一定程度的相信。石窟裏的壁畫，它以色彩、線條的形式向那些悲苦求助的心靈展示各樣的佛經故事。教堂裏的壁畫，透過故事勸善懲惡。只不過，人們更願意從視覺藝術的層面去把握石窟壁畫、教堂壁畫，而對其故事吸引心智的魔力，卻談不上非常重視。進入各種宗教的傳道場，最具感染力的，不是那些提練過的教義，而是各種各樣的具體故事，故事讓聽道者時刻體驗存在感。故事不僅僅是一種藝術趣味，反覆誦唱故事更有人心的某種寄託在。

我還留意到，於本土言，各朝各代，只要故事盛行，那多數是人心思變、精神不安的時期。三國兩晉南北朝即為一例，彼時鬼神志怪之故事盛行，恐怕與時代動盪、皇權不穩、民眾思安但難安的現實脫不開干係。本土歷史上，故事之道聽塗說，首先不是出於藝術趣味的需要，亦非道術產物，更多地，恐怕是出於世道人心的訴求。

出於這些緣由，我覺得，考察網路文字時，不該忽視網路呈現的故事聽說激情。網路遊戲的故事性，不在本文考察範圍內，於此

不展開。逐浪小說、起點中文、紅袖添香、幻劍書盟、晉江原創、小說閱讀等網站所載的敘事類作品（包括許多的所謂 YY 小說[3]），大多寫的痕跡過重，針對性太強。這些地方，當然是網友消磨時光的好去處，但對閱讀要求相對高的網友來講，意義不是特別大。上述物事亦屬網路聽說故事激情的一部分，由這些故事，也可得知生活細碎、里巷風俗、人情世故，但我更願意談一談，一些網路無名者在各類論壇所貼的故事。這些無名者，與那些主要為了點擊率及報酬的職業寫手有所區別。也許這些無名者一輩子就只講一個故事，一個與自己的生命有關的故事，不求出版，不求「紅臉」[4]，不反復編造故事，但求有個地方傾訴，為自己的生活找一個參照，為自己的生活作出某種解釋。故事後來掙了個「紅臉」，或被出版商看中出版，基本上都不是無名者的初衷。

無名者筆下的故事，多數現身於各樣熱鬧論壇，換句話說，就是人多的地方，什麼人都有的地方，事實上，也即世俗趣味最集中、江湖氣最濃厚之所。比如說天涯、貓撲等綜合性論壇，這些地方，幾乎都是以娛樂帶動人氣、八卦及故事，點擊量非常可觀。還有百度貼吧、西祠胡同、凱迪，以及偏文學一些的紅袖論壇，等等，都是故事的釋放地。還有許多社交網站，也可能透過網路社交，傳送精短故事。這些無名者的故事，頗有「真事隱」、「假語村言」之架勢（假隱真說），或出於內心羞澀、或為避免人肉搜索，發貼者把真事嵌入一些虛構場景裏，但無論怎樣遮掩，還是能讓各位看官瞧出些真實的端倪。網蟲但憑閱讀直覺，使有的貼「樓」高至幾百層

---

[3]　YY 小說，解釋不一，網路多作「意淫」解，喻指天馬行空、不著邊際、無限誇大主角能量的小說，也可指情景套入式的小說。

[4]　「紅臉」指網路區分貼子的辦法之一，如天涯論壇，版主將網貼分為紅臉、黑臉、藍臉、綠臉等，以示區分精品文章與普通文章，「紅臉」通常表示原創性強、可讀性高的精品文章。

甚至幾千層，點擊量至百萬、千萬次不等，當然，這個點擊量，只是頁面的顯示，真相如何，很難確認。按一些論壇編輯的說法，因為伺服器有限的承受能力及某些眾所周知的原因，網頁頁面所顯示的點擊量，通常會小於實際的點擊量，以免過分招搖、惹事生非、招來封殺橫禍。

　　生命體驗、生活經歷、感情波折、內心怨懟，是這些故事的主要內容。故事的題材並不新鮮，但表達手法自有其特別處。有的表達平實而準確，有的表達機智而不油滑，有的表達真誠而但不矯情。其語言，比口語講究一些，更貼近個人性情及智商。因文識人，臨網照人，你甚至可以從文字中推揣發貼者的氣質與行事風格。沒有多少的修辭，但求把這個事說清楚說準確，在力所能及的情況下，盡量表達出個人風格。這些貼子，不知不覺中引人「圍觀」，可能一夜之間就變成了「紅臉」。這些貼子不以譁眾取寵取勝，不以審醜取勝，不以損人利己取勝，不以向下取勝，但以發貼者個人表達方式及性格魅力取勝。如天涯論壇的舞文弄墨、海外華人、娛樂八卦等欄目裏，就會出現一些表達讓人眼前一亮、經歷比小說精彩的故事，但因為網路推陳出新的速度驚人，有些故事冒出來沒多久，很快就被新貼埋沒。這些故事與俗稱的「傳統」意義上的小說，各自的讀感是有區別的。讀這些故事，感覺是每一個故事後面，都有一個活生生的人，這個人，不合俗稱的典型、普遍等評價標準，他／她是獨一無二、不可複製的存在。每一個生命，既是重的（比如尊嚴），又是輕的（比如命運）。這些故事，讓有心人體會到，只要你願意多看一眼，即便在最污穢不堪之所，也能見到如蘭似蓮的君子高人。現實生活中的人情世故隱去了人中龍鳳的鋒芒，但是，網路又以文字的方式將其呈現出來。故事打破了現實生活許多不能說的禁忌。這些故事所傳達出來的資訊是，具體的個體生命，並非微不足道，只要生命有尊嚴，其光彩就能照人。這些故事的讀感是，

你彷彿在跟一個個具體的人自然交談，而不是跟文字及符號按規則溝通，你不會感到樓主浮浪做作。相比之下，俗稱的「傳統」意義上的當代華語小說，很多時候能寫出時代、歷史、權力的重，能寫出人的輕賤，卻很難寫出人的重量感。

網路無名者所講述的一些故事，不求聞達，不以下賤、下流、奇巧等招人，不以求財、好色、網交等引人，但卻能擁有幾千萬乃至上億次的點擊、上百萬次的回覆，我想，這就不僅僅是某一個人的偏好問題，而是故事本身及表達方式的吸引力所在了。

故事本身的表達方式，之所以能讓人眼前一亮，以我的理解，可能有幾個方面的原因。比如，無名者無意中打破了文字的儀式感，於是表達更加自由隨心。表意文字的儀式感很重，到了文學這裏，尤其如此。許多後世稱為文學的詩文，其實是要分場合吟唱誦作的。戰和談判，祭天敬地、議神論鬼，面聖見師、別友送行、喜喪應酬，樓臺迴廊、青樓上下，不同的場合，面對不同的人，詩文有不同的潛在規矩及格式要求。中土文字及文學，與禮儀干係之重大，恐怕不是一兩篇文章可以說清道明。刊發出版的當代小說，對文字內在的儀式暗示，未必有省察。為文字深處的禮儀及等級鬆綁，這些故事在網路中無意中做到了。與此同時，無名者基本上放下了語言及修辭的沉重負擔。這些故事後面的作者，有許多並非學文出身，他們的表達手法，自由隨心，疏朗有神，少雕飾痕跡，一讀便知，他們沒有多少動輒便傷春悲秋、要生要死、纏綿陰濁的文人習氣。也因為各自不同的專業背景以及從事不同的行當，他們對事物的定位與描述，準確而不顯繁瑣，少有被訓練過的文學技能色彩，基本上可以說，他們打破了單一又濃郁的文人修辭取向。不知道是不是因為約 1986 年以來的修辭辦法與語言習慣的負擔太沉重，某些職業小說家，落筆起事，是通身的修辭氣。許多小說，語言及手法極其熟練，但氣質壓抑緊張、局促不安。某些職業小說家

寫出來的小說，儘是舊式江南士人的生存氣氛，極盡雕刻粉飾，密密麻麻、不放過任何一個角落、再小處都要堆盡繁華色素，是以小說心胸難得開朗大氣。在這裏，並不是否定文人式的修辭取向。只不過，依常識斷，文飾之辭，只是看世界的方式之一。單一的文飾之詞，不足以準確把握所有具體的物事，對世界的把握與認識，需要其他門類的語言介入。從這個層面看，無名者拓展了表達方式。那幾千萬乃至上億次的點擊及回覆，並非全是偶然幸運。

無名者把自己放進故事之中，斷斷續續地訴說，極大地激發了圍觀者、潛水者的熱情，他們通過回貼或點擊介入故事的進程。無名者的故事之所以能讓千萬滑鼠為之瘋魔，世情之變，亦不可不察。說得通俗一點，惟有心動，才能瘋魔。網路表達，對內心世界有試探。聽說故事的熱情，反映出內心寂寞之深。幸福希得他人承認，不幸須得他人同情。由這些無名者的故事，能看到許多在現實生活中看不到的內心處境。人的孤獨命運，從來沒有改變過，人投奔黑暗的欲望，從來沒有休止過。每個人心裏都有撒旦的聲音。為什麼須得在污垢噪雜處訴說陳述？無心者，永遠聽不到；有心人，只要稍留意，就會有共鳴。有時候，嘴裏說出來的話，也許輕浮不可信，但如若換成文字，就有了鄭重的意味，文字本身所具備的識別及記憶功能，使之可以有力地拉近與內心的距離。文字既是我們的束縛所在，也是我們的救贖所在。許多隱秘性的精神存在，或因人自身的墮落，或因人事、道德、權力的壓制，現實生活中，說不出口。但人仍有情感，仍有愛恨，人的苦難與不堪，必須打開內心才能得到舒緩。故事借勢網路，也許正是挽救內心淪落的某種方式。

無名者故事的出彩，對當代小說創作及其評論，有一定的啟發。小說如若失了故事的魂，想像力便失卻了心腦。修辭未必儘是藝術之美，虛構未必儘是想像的結果及摹仿的進化，有一些修辭及虛構，或出於場合禮儀的需要，或出於逃避責難及迫害之需要，詩

文從來就不是絕對純粹剛直之物，所謂「純文學」，實乃烏有鄉之幻影。每一樣文字的後面，都可能有虛構的人生。缺乏對修辭及虛構的警醒，必陷入修辭及虛構之囚籠。

以故事側觀小說創作及其評論，並非要厚此薄彼。

不得不承認，網路充斥著粗鄙、粗糙、油滑、瑣碎、向下、低劣、個人意氣重、世俗趣味過於濃厚的文字，跟這類文字打交道，並非愉快之事，論壇對深度閱讀來講，更非理想之所。但網路實實在在地激發了網友聽說故事、爭相訴說內心的激情，它正改變這個時代聽說讀寫的趣味，縱其主流趣味不堪入目，但仍須小心識別、多加留意。其中一些無名者的故事，值得注意，它們以樸實乾淨且充滿生命質感的方式，對過度修辭的小說創作給出了提醒。借網路裏故事聽說的激情，本文對當代小說創作及其研究，提出某些追問。這些問題，現在提出來，大概為時尚早，無名者的故事講述離「小說」及「文學」的好壞優劣標準距離也尚遠。文中所列現象，更很難以具體的資料去認證。這些觀察，談不上嚴謹，舉列正在發生的現象，權作為粗糙的探討。

在華語小說創作及其評論自得自足於高校、期刊、研討會、讀書版、文學獎、升學試卷的圈子趣味時，也許讀者正遠離他們而去。而讀者，並不像自得者所想像的那樣，個個情商與智商皆低。也許讀者只不是選擇了其他更有價值的讀物，比如說網路高樓故事，詩歌，異域讀物，以及史學、哲學、社會學、心理學等讀物，於此不可盡言。很簡單的道理——誦讀老莊司馬、唐詩宋詞、《紅樓夢》、《水滸傳》、《三國演義》等古典文史的非人文學科出身的人數，甚至多於人文學科出身的人數，沒有專業任務、自發閱讀張愛玲的人，現在仍然不少，這說明，不是文學本身的衰落，而是作品的問題，不是文學有沒有用的問題，而是跟生命貼不貼心的問題。人文經典可以代代相傳，一方面，固然是出於人類堅持自我書寫的勇

氣，另一方面，人文經典自有其獨特生命力，能讓民間以背誦、抄寫乃至收藏的耐苦方式傳承。網路文字的泛濫，正好說明，文字本身的魅力與能力，從未退卻。為什麼從事金融、建築、繪畫、自然科學等行當的人，也要借助故事解困舒神？因為文字是靠近內心、表達內心的重要方式。我想，縱網路惡趣纏身，但它還是能以某些乖張的方式，提醒小說創作及其評論如何從所謂「成熟」的道術中脫身開來，尋找陌生、清新、意外、準確的表達方式。網路的渾沌、無序，也在提醒寫作者，人的世界，並非一成不變。無論多少個無名者故事被網路埋沒，但故事聽說的激情，卻在提醒我們，生命真正不息。這個中的對照，告訴人們，故事及小說，不僅僅是藝術趣味所在，更是世間萬象所照，單以好壞論之，即是狹隘。

列談種種，不是對當下苛求，而是對視野擴展的籲請。網路雖亂象並生，但故事繁盛，小說有生機。魚龍混雜，世界才成方圓。網路文字及故事盛行所帶來的陌生感及別樣氣象，與命裏的靈魂並非完全無關。於我，這裏面有許多未完的思考。

第二輯
文學的超越

兵家得勢，文藝從命

——淺談陳思和「戰爭文化心理」說

　　而今，「嚴謹」二字儼然人文研究領域內通奉的尚方寶劍，此劍一亮出來，馬上能叫後生晚輩動彈不得。不少後生晚輩，為了遷就這「嚴謹」二字，不得不練就一身寫「類八股」的好本領，以求各路神仙大發慈悲、高抬貴手。所謂類八股，即類同於八股，但又很難達到好八股的水準。好八股，通常在做到言對事對、整齊劃一、規矩謹慎、滴水不漏之餘，又能露出才來不顯唐突。而類八股，則通常不求有功但求無過，求學與做人，常陷不得已的分離。

　　上述比擬，如以「嚴謹」框之，可能會顯得輕浮不當。但若作為一種現象描述，則不算為過。「嚴謹」自是學術研究的基本要求之一，不容褻玩，我無意去質疑「嚴謹」的正當性。我只是由此去思考內心的一些疑問。比如，所謂的「嚴謹」，在人文學科的研究裏，是不是放之四海而皆準的唯一標準？而「嚴謹」本身，它的度又在哪裡？等等。

　　假如說，文藝是表達這「天下」及「宇宙」的方式——更確切地，假如說文藝是對生命的感應、對時空的叩問、對不知的想像、對命運的掙扎、對永生的奢望，等等，而這時空無限的「天下」及「宇宙」，有你我看得見的生命，亦有你我看不見的生命，那麼，這「天下」及「宇宙」又豈是「嚴謹」二字可以窮盡的？！而即便是嚴格意義上的自然科學，其「嚴謹」也並非時時周全。許多的科

學結論，只能正確一時，而很難正確萬世。像天文學，在銀河外星系及大宇宙觀念出現之前，「地心說」、「日心說」都曾經嚴謹過，但並非永遠正確。可見，這「嚴謹」在自然科學那裏，也是有其時效性的。某些結論，在這一階段是嚴謹的，但到下一個階段，它就可能不再嚴謹，但是，「嚴謹」有其時效性這一事實，反而無損科學的偉大精神。恰恰是科學的推陳出新，對生命之頑強留下莊嚴寫照：人類雖有限，但卻從未放棄過對極限與無限的追求。

無論是人文還是科學，我們都能舉出例證，「嚴謹」並非放之四海而皆準的唯一標準。「嚴謹」一定非常重要，但它不成其為絕對而唯一的標準。「嚴謹」只是有針對性的、在某一方面的自圓其說，而不代表絕對正確──古今智者、聖人之說，此岸諸多嚴謹學說，無一堪稱是絕對正確，但這無損智者與聖人的偉大。可惜，癡愚者偏偏要將嚴謹與正確這兩者混為一談，「嚴謹」之被改造為不有容有駁的尚方寶劍，也就不難理解。

將「嚴謹」當成絕對而唯一的標準，對文藝表達及其研究，尤其傷害巨大。文藝及其研究，既然要面對「天下」、「宇宙」，就當容得下感覺及感性，再往高處說，即是要容得下精神、靈魂層面的探討。如果人文研究，以「嚴謹」乃至「科學」為名，排斥感覺、感性、精神、靈魂等的話，不僅是對研究及科學的窄化，說得嚴重一些，那就更是對生命本然狀態的某種否定。包括當代在內的文藝研究[1]，對感覺之事敏感、對生命之事執著，但又因身處社會科學行列，時刻受「嚴謹」之咒語念叨，處境尷尬。按變異後的「科學」觀來理解，尤其是當代文藝研究，並不是一門萬無一失的穩當行當。這一學科，實面臨困局，鑽研於其中，真如行走於刀鋒：一方面，語言要向被本土異化了、狹窄化了的「科學」有所交待；另一

---

[1]　此之「當代」，乃一種說法，「當代」本身，並不穩定，有流動性。

方面，語言又須探尋生命及存在的意義價值。面對此解剖學與精神學交織之困局，語言要怎麼樣做，才能得以兩全？！

這兩難的格局，如何破解？一些人文學者，對此有探尋。陳思和，乃醒察者之一。

陳思和在回顧其治學生活時，曾述及自己學術研究之出發點及立足點，「《中國新文學整體觀》決定了我的學術研究的基本經緯。一是把二十世紀中國文學史作為整體來研究，不斷發現文學史上的新問題，並努力通過理論探索給以新的解釋；二是關注當下文學的新現象，關注中國新文學傳統與現實結合發展的最大可能性。二十世界中國文學史是我的學術研究的經，當下文學的批評和研究是我的學術視野的緯」[2]。理論與批評並行，史記與史論結合，理性與感性各不輕慢，重言重事，高屋建瓴之下，又不失個人性情。陳思和不拘一格但又極為踏實的治學方法，為破解人文學科之兩難格局，提供了一些可行性高的思路。

天資聰穎者，肯在學問上使笨功夫的，必有大成。德厚仁寬者，即處亂道惡世，亦能開闢大氣象。陳思和每每投石問路——尤其是這一「問」，幾乎都能開一代學問之風氣。「問」得恰當、準確、獨特，這「路」才有章法可循。如戰爭文化心理、潛在寫作、民間文化形態、中國文學的世界性因素、90 年代文學的無名特徵等等，既能激發爭議，也能開創新路。

陳思和之「戰爭文化心理」說[3]，即為一改俗見之「問」。概《當代文學觀念中的戰爭文化心理》之旨意，可以「兵家得勢，文藝從命」八字喻之。

---

[2]　陳思和：《三十年治學生活回顧——陳思和三十年集序》，載《當代作家評論》2009 年第 3 期。

[3]　本文所涉陳思和「戰爭文化心理」說，主要引自《當代文學觀念中的戰爭文化心理》，見陳思和：《中國當代文學關鍵詞十講》，上海：復旦大學出版

打破常規的時間劃分法，會發現更多的問題。

作者將「戰爭文化心理」的生發定於前後 40 年的時間，「從一場全國範圍的民族自衛戰始，到一場全國範圍的內亂終，我認為抗戰爆發——1949 年後——『文化大革命』這 40 年是中國現代文化的一個特殊階段，是戰爭因素深深地錨入人們的意識結構之中、影響著人們的思維形態和思維方式的階段」。「戰爭文化心理」是系列戰爭的結果。如果說辛亥革命的結果是「封建帝制的崩潰和西方民主體制的嘗試，它為中國現代社會開拓了一種新文化規範」，那麼，之後抗日戰爭的結果，則是「民族積極性的高揚，並對中國當代文化規範的形成產生了極為深刻的影響」，「戰爭文化心理」自此滲入各類語言體系。這個時間段的劃分，比之 1942 年之後或 1949 年以後，恐怕能更充分地解釋毛主義與當代的關係。「毛澤東思想作為一種意識形態的最後形成，正是抗戰以後逐漸發生變化的文化規範的產物。換句話說，抗戰形成的中國戰時文化需要有一個像毛澤東那樣既有豐富的戰爭實踐經驗，又瞭解中國國情，具備把各種實驗經驗上升到哲學和政治學高度，使之普遍化的能力，並能夠利用權力不失時機地改變文化走向的天才人物來作為它的代言人，正如五四新文化選擇了魯迅、胡適等人作為它的主要代言人一樣。」這前後四十年，正好是槍桿子得勢並逐漸掌握權柄的四十年。

當兵家由古代來到現代，決勝之計術沒變，但經過主義的改造，兵家的殘酷血腥被賦予正當性，革命道義上居社會正統。毛子創造性地改變了兵家的內涵，兵家由「術」一躍為「道」：「服役」一變為「志願」，「王師」一變為「紅軍」、「人民解放軍」，「筆桿子」一變為「槍桿子」，「書童」一變為「紅衛兵」等等。在現代激進者有意喚起人們對儒家道統禮法、保守無能者的厭憎及仇恨之後，兵

社，2002 年。此文初稿寫於 1988 年 4 月，修改於 2002 年 9 月 5 日。

家披著現代諸主義的外衣，強勢崛起，文藝、文化先後向兵家示好，以解救國之憂，以求自由之路，1938 年之後，這一趨勢更明顯。這四十年的時間（甚至可以往前推至 1927 年，約五十年的時間），正是被仁義禮智信等體系壓抑之下的兵家，異軍突起的重要階段。這個結果，與其說是兵家改變了時勢，倒不如說是時勢選擇了兵家。「戰爭文化心理」說，將時段推至 1976 年前後，正好說明，「戰爭文化心理」對社會生活方方面面的強力滲透，也因而，我們能理解，為什麼現實中的硝煙炮火停歇之後，革命的「犯上作亂」之激情仍然久久不能平息。

　　書生與兵家比試武藝，自是一敗塗地。文藝與統帥較量兵器，更是不堪一擊。文藝、文化為兵家激情及魅力打動之際，沒來得及清晰地辨別其中的利害關係，沒來得及為自己的獨立與自由作充分申辯，倉促之間，最後落入「從命」之尷尬處境，時代並沒有給文藝有太多的選擇。事後說法，多以指責「左」論、「政治工具」論為主，並借此為文藝喊冤叫屈，許多論說，看似合情合理，但實際上仍不得要領。將責任完全推諸於「左」、「政治」的做法，所取思路，仍然是「平反」思路，此種做法，不得要領之餘，甚至可能落為權力自辨之託辭。

　　相形之下，「戰爭文化心理」說，勝在有問有答，且每能切中要害。

　　為什麼類似的文藝說法，在瞿秋白手中難以發力，而到了毛子手上，即有「飛龍在天」之「造」勢[4]？「如果就理論的系統性、縝密性和對馬克思主義文藝理論原著的熟悉程度而言，瞿秋白並不在毛澤東之下。可是為什麼直到毛澤東的《講話》發表以後，這些思想才在實際生活中產生重大影響，成為一個時期的文藝指導方針

---

[4]　參《易・乾》。

呢？……毛澤東的獨特貢獻，是在於他以軍事家的思維方式來總結
共產黨在文化理論方面的集體經驗，使文藝變為戰時革命事業中一
個切實有效的組成部分。」為什麼勇直虔誠如胡風，卻落下「反革
命」的悲慘收場？人們只顧糾纏於冤與不冤的邏輯，卻看不到胡風
與兵家的根本分歧，當知識分子由社會的改造者變為被改造者之
後，精英與大眾的關係顛倒，「胡風提倡的現實主義真實論，必然
有悖於被戰爭強化了的文學完全意識；胡風提倡人格力量和主觀戰
鬥精神，必然沖犯了戰爭培養起來的高度集體主義原則；胡風強調
了對『精神奴役法』、對『民族形式』的鞭辟入裏的批判，也沖犯
了戰爭中崛起的主體力量農民的精神狀態」。為什麼「打響了」、「有
突破」、「猖狂進攻」、「反圍剿」等戰爭術語會廣泛用於文學批評及
日常生活？為什麼許多知識分子會心甘情願地接受 1949 年之後的
新格局？為什麼 1949 年之後的人心格鬥絲毫不亞於 1949 年之前的
兵戈相向？如果看不到兵家之順勢崛起、看不到兵家成聖的雄心、
看不到兵家在民間的變異，就很難理解並應答前述諸多問題。

　　「戰爭文化心理」與古之兵家，淵源深厚。「雖然有人讚美我
們的民族酷愛和平、講究中庸、具有非戰的傳統，雖然也有人批評
傳統文化的束縛造成了我們民族的孱弱、保守和超穩定的文化結
構，以至缺乏開拓進取精神，但有一點似乎很少被人注意到，中國
文化傳統中始終摻有古代兵家思想因子，重視兵法和戰術的研究。
它滲透在各種學術思想之中。老子的學說，是在哲學的境界上體現
出這種思想因子；法家以及一部分儒家的學說，則反映了政治領域
中的兵家思想。它們除了在國內的無數次民族間的戰爭和政治力量
間的戰爭中得到至美的體現外，同時還常常從人事鬥爭、權術較
量、政治傾軋、宗派之爭中隱約地體現出來。」近代精英倍出，其
中不乏運籌權術、計謀的高人能者，但唯有毛子深刻領會並適時實
踐了兵家的最高責任──「兵者，國之大事，死生之地，存亡之道，

不可不察也」[5]。「戰爭文化心理」說對兵家現代崛起的發現及闡述，得掌毛主義得勝的關鍵。「戰爭文化心理」說之獨到前瞻，就在於論說者重回傳統，細究因果，不將「當代」或「古代」當成是孤立的階段，無論轉折多麼劇烈，前後總繫因緣結果，古代走到當代，恐怕更多地是分裂而不完全是斷裂。

人文習俗傳承力之強，大概已超出我們的想像。「戰爭文化心理」說裏提到的，兵家思想「常常從人事鬥爭、權術較量、政治傾軋、宗派之爭中隱約地體現出來」，即為兵家思想在各階層的肆意發揮，習俗、人事裏，人文傳承更為隱蔽難察，也更為久遠。由此，我想到劉再復先生近年重回古典的舉動：不奉古典為絕對美好，而是既闡發其偉大，亦批判其弊端，更直言水滸與三國，「一部是暴力崇拜；一部是權術崇拜」，「五百年來，危害中國世道人心最大最廣泛的文學作品，就是這兩部經典」[6]。陳論兵家，劉批雙典，有不謀而合之妙。學人辨析傳統對今人的影響，發人深省。究竟什麼是傳統？傳統的現代命運如何？傳統是否也有好有壞？這些，需要梳理、辨別、釐清，否則，我們就既無法理解當代，也無法理解古代。

陳思和每能以小問題進入大局，依其文本細讀法，更是能以微現宏，時時有意外收穫。「戰爭文化心理」說，雖只涉約 40 年的時間，但能見時代大特徵，能觀時局大趨勢。其法其見，可掌控大局，亦不失小節。

陳思和對中國現當代文學的熱情之深、關注範圍之廣、包容度之大，令人訝異，舉析「戰爭文化心理」說，遠不足以概其新見新識。陳思和，就其個人寫作趣味言，他偏好古典詩文，舊學根基也厚實，其天分資質，不到吾輩妄言。有此根基，卻肯全副身心地投入如此不穩當、不甚討好的新學問，實在是用心良苦。

---

[5]　《孫子兵法‧始計篇》。
[6]　劉再復：《雙典批判》，北京：三聯書店，2010 年。

余曾於士人近代遭遇入手，嘗試揣度陳思和良苦用心。

中國不乏士人，但乏對「當局」[7]的判斷力、決斷力。晚清幾多士人，意氣風發者、憤慨激昂者、老成圓滑者，以身殉道者、持守儒道者、力推西學者，應有盡有，但沒有多少士人，能對「當局」作出準確而及時的決斷。晚清之錯失良機，陷國族於無底深淵，立國立族之想，糾纏至今，前途仍難得共識，若真論責任，身居高位、承政奉官之士人，實難辭其咎。[8]回到這治學上，對當代人文現象、藝術表達的判斷與解釋，說到底，還是對此時、對「當局」的判斷，雖無法做到句句精准，但直面「當局」，本身即是破除「當局者迷」這一咒語的努力。正是過於依賴於事後反應，當我們身處「當局」時，才會一迷再迷。對「戰時」深入考察，可解左右之爭後面的迷茫，可澄清政治與權力、兵家與文藝的區別。重觀士人近代悲情沒落史，我願意得出這樣的看法：包括陳思和在內的一些人文學者，他們投身於「當代」這一流動性大、風險性高的學問中，稱得上是對「當局」的即時擔當與決斷。這種擔當，不見得能扭轉世風、破除惡聲，更不見得能解「當局者迷」，但坦蕩躬行，總比完全放棄積極些。義無反顧，致力於當下人文精神重建，何嘗不是面向歷史的沉痛反思。

7　此「當局」，取自「當局者迷」的「當局」，非政治意義的「當局」。

8　對晚清以降地主士大夫的最後謝幕，林崗先生有深刻洞見，其著作《醉論風雨六十年──三醉人對話錄》，借「諸子」、「博士」言，「洋務自強運動的失敗，不僅近兆一姓王朝的瓦解，更可悲的是，它遠播了支配中國社會近二千年的地主士大夫階級退出現代生活舞臺的種子」（諸子語）；歷經革命及運動之後，「打擊一次比一次嚴厲，而地主──士大夫一次比一次無還手之力，做了二千年歷史的替罪羊，做了中國近代革命祭壇上的祭品」（博士語）。具體見林崗：《醉論風雨六十年──三醉人對話錄》，香港：大山文化出版社有限公司，2010 年。林崗先生對地主──士大夫的分析，對本文有啟發。

　　像本文重點談及的「戰爭文化心理」說，即是對「當局」之大手筆的判斷。「戰爭文化心理」說，雖出發於劃時分段，但又能打通時代隔絕。論說者捨俗見及成見，撇時髦新奇理論，直探兵家虛實，力解文藝、軍事、權力、人事之糾葛，旁逸斜出，抓住問題要害，試析時代特徵，得出不同尋常的見識。陳思和所提出的潛在寫作、民間文化形態等理論，已有青年學人深入拓展，但此「戰爭文化心理」說還未得到學界重視。「左」論、「政治工具」論、為文藝簡單叫屈伸冤之聲不絕於耳，兵家之起事成聖、顛倒階層、改造世界等雄心壯志，則普遍為世人所忽略。「戰爭文化心理」說，更可啟發諸多問題及思考點，如兵家在當代得勢之緣由，當代大局到底是因對傳統的取捨還是全然否定所成，兵家在傳統文化中所處何種地位，傳統在當代到底是分裂還是斷裂，中西方同時迎來「現代的敵對習慣」、何以西方沒有「階級鬥爭擴大化」，等等，思想難題，懸而未決。同時，與戰爭相關的文藝創作，更是淺薄兼公式化、二元對立化，本土作家遠未觸及戰爭中人類的痛苦、激情、不安、壯志，戰爭作為人類衝突最重要的基本形態之一，遠未得到本土作家的重視。許多有關戰爭的作品，尚停留於控訴與歌頌的本能及馴化反應上，控訴時，無法把握戰爭的複雜性，歌頌時，會導致英雄主義模式的確立，如陳思和言，「這種英雄主義和樂觀主義基調的間接後果，是社會主義悲劇的被取消」。於文藝理論，於文藝創作，陳思和之「戰爭文化心理」說，均有重要啟示。

　　對照士人近代淪落往事，細研陳思和學問志趣，大致能解陳思和良苦用心。對當局作出判斷，總結過去經驗，亦是對未來的憂思。「當代文學觀念中的戰爭痕跡在新的文化背景下雖然漸漸地隱去，但並沒有徹底消失，在許多方面，如批評意識、思維習慣、對社會的看法與評價中都自然地流露出來。我們認識它是為了改變它，以適應新的文學階段的到來」──僅以「戰爭文化心理」說為

例，已可略觀陳思和志趣，陳思和對國族前途、人文前景的寄予，不可謂不深切。

陳思和之高見遠識，得益於史記與史論並行之法、研究與批評契合之路，此法非陳思和首創，但陳思和能篤行不倦。我以為，行此法此路，對古典文學的當代研究，亦有善意的提醒。古典文學之精深博大，本不亞於歐洲文學，像《紅樓夢》，絕對當得起「偉大」二字。但在今天，某些「嚴謹」之學，過於倚重狹窄化了的實驗手法，排斥生命感覺，原本是與生命處處相關的學問，卻落得個與生命處處無關的田地，實在令人扼腕。像王國維、陳寅恪、錢鍾書等文史大師，其考據、訓詁、記憶之功，可謂上上流，雖「隱居」、「深藏」，但不「放言」（捨置不言），每言必關生命之事。可見，嚴謹如考據、訓詁，亦並非容不下「獨立之精神，自由之思想」。後來人將此「嚴謹」改造成絕對的、排它的、可量化的僵化標準，促造謹小慎微之學風，可歎。

《易・乾》有「文言」解道，「君子學以聚之，問以辯之，寬以居之，仁以行之」，撇開個中「大人」、「君德」、「禦治」等誦辭及訓義不提，這學與問二字，放到今天，仍大有文章可做，寬與仁二字，又無不是對「當局」的用力。有大聰明之人，肯放下身段，勤使笨功夫，必得大收穫。按余愚見，陳思和，依「學以聚之，問以辯之」之道，承舊學亦啟新路，將學術伸展至學問，為破解人文學科研究困局，提供不絕的靈感，同時，亦為生命及存在，寫下莊重的尊嚴。

生命神秘，智慧高貴

——麥家論

　　麥家在敘事方面的出奇制勝，評論者已說得太多——人們或因此贊同他，或因此貶仰他，當然，爭議的後面，就是認可。暫時撇開博爾赫斯、卡夫卡、愛葛莎‧克利斯蒂這些話題吧，《解密》、《暗算》、《風聲》、《軍事》這些小說作品的物質基礎已經足夠堅固，我想談點別的。

　　人們大概都熟悉「三王墓」（亦作「三王塚」）的傳說——

　　　楚干將、莫邪為楚王作劍，三年乃成。王怒，欲殺之。劍有雌雄。其妻重身當產，夫語妻曰：「吾為王作劍，三年乃成。王怒，往必殺我。汝若生子是男，大，告之曰：『出戶望南山，松生石上，劍在其背。』」於是即將雌劍，往見楚王。王大怒，使相之：「劍有二，一雄一雌。雌來，雄不來。」王怒，即殺之。莫邪子名赤比，後壯，乃問其母曰：「吾父所在？」母曰：「汝父為楚王作劍，王怒，殺之。去時囑我：『語汝子：出戶望南山，松生石上，劍在其背。』」於是子出戶南望，不見有山，但覩堂前松柱下，石低之上，即以斧破其背，得劍。日夜思欲報楚王。王夢見一兒，眉間廣尺，言，「欲報讎。」王即購之千金。兒聞之，亡去。入山行歌。客有逢者，謂：「子年少，何哭之甚悲耶？」曰：「吾干將、

141

莫邪子也。楚王殺吾父，吾欲報之！」客曰：「聞王購子頭
千金，將子頭與劍來，為子報之。」兒曰：「幸甚！」即自
刎，兩手扶頭及劍奉之，立僵。客曰：「不負子也。」於是
屍乃仆。客持頭往見楚王，王大喜。客曰：「此乃勇士頭也。
當於湯鑊煮之。」王如其言。煮頭三日三夕，不爛。頭踔出
湯中，瞋目大怒。客曰：「此兒頭不爛，願王自往臨視之，
是必爛也。」王即臨之。客以劍擬王，王頭隨墮湯中。客亦
自擬己頭，頭復墮湯中。三首俱爛，不可識別。乃分其湯肉
葬之，故通名「三王墓」。今在汝南北宜春縣界。[1]

古人真是聰明。這個有遠古氣息、經各代略微加工之後流傳下
來的故事，太有意思了，它幾乎能滿足所有對權力的想像。從現代
敘事角度來看，它當然經不起推敲，沒有絲毫的心理過渡，行文不
利索，細節單薄，等等。但它有古典式的神秘，它包含了很多的古
老經驗、價值判斷，它甚至是寓言式的，就是單講故事元素，它也
不會比任何一個現代故事差，意外，意義，謀略，君臣父子倫理，
天道人心，什麼沒有？！[2]

「三王墓」也許在說，權力不受控制，戲弄即反抗，仇恨改變
人心。故事中的王，不仁不義、不可理喻，他的唯一職能是殺人。
明眼人不難看出，莫邪有死的心，莫邪並沒有想辦法讓楚王不殺
他，相反，莫邪製造了楚王殺他的機會，如「三年乃成」，或，「雄

---

[1] 〔晉〕干寶撰，汪紹楹校注：《搜神記》（卷十一，第 266 條），北京：中華
　　書局 1979 年 9 月第 1 版。校注者注──本條見《法宛珠林》三六、《太平
　　御覽》三四三引作《搜神記》。（《太平御覽》三四三引〈列士傳〉條下，注
　　曰：「《列異傳》曰『莫邪為楚王作劍』，《搜神記》亦曰『為楚王作劍』，餘
　　悉同也。」）筆者注補：《列異傳》被認為曹丕編著，如魯迅編《古小說鉤
　　沈》便有如此看法，但亦有人認為是後人假託曹丕所作。
[2] 如魯迅《鑄劍》，在反諷之上，所突出強調的，應是這一故事的仇恨元素。

不來」。按古人的習慣，雄雌之間，一是雄為大，二是二者須合在一起方能獲得至大的力量，莫邪留下雄劍，不排除有嘲笑之意，有打擊楚王之心，也不排除有留下籌碼、讓仇恨世代相傳的意思。這一步君王臣民之棋，臣民雖代價慘痛，但主動權並不在楚王手上，楚王在莫邪的佈局中。

但在權威上，王仍然是至高無上的，王的獨佔性不容侵犯，否則，反抗則失去其方位，故事的趣味也頓然喪失。如何破除權威的絕對格局？故事借助了天外之物：它講了被仇恨填滿的身體，能夠去到的神秘莫測境地，「（赤比）即自刎，兩手扶頭及劍奉之，立僵」，「煮頭三日三夕，不爛。頭踔出湯中，躓目大怒」；「王夢見一兒，眉間廣尺，言，『欲報讎』。王即購之千金」，所謂眉間廣尺，符合古人之生有異相、天降大任等說法，而偶得一夢，又充滿神秘主義色彩。如此種種，按今天的常識，可能無法理解。是不是可以這樣說，既然王的權威必須由神秘力量加冕，那麼，破除王的權勢，也要借助天意、人力以外的神秘事物。

在古代，世俗精神，比如孔孟之道，羅列了足夠的理由，不斷強調君權、父權的神聖性，因此，無論是弒君還是殺父，只要是危及大一統、正統的事件，都能引發大的動亂，但每一回，都要以替天行道的名義而始終。世俗精神、宗族倫理的合法性，需要天外的力量加以佐證，世俗的說教再加天外之物，更能讓人生敬畏之心。

我有時候會想，當天、天命不再出現在世俗精神裏，當星星、天外之物不再出現在人們的夢想之中，當天道人心不需要像三王墓那般應驗時，神秘是不是不復存在了？祛魅化的現代社會還會有神秘嗎？如果神秘真的消失，人類還有恐懼之心嗎？

麥家給出了部分的答案——他以迷人的敘事方式，道出今日之神秘所在。一方面他告訴我們，神秘，也是生命的本質，它與存在相始終，正如人類永遠無法擺脫孤獨與恐懼一樣（到時到候，每一

個人都會只剩下自己），人的種種毛病以及心有不甘，逞強或脆弱，皆由此生。所以，麥家寫的似乎都是無所不能的人，但最後說的，卻是有限的事。

《解密》中的容幼英，人稱「算盤子」，在劍橋攻讀博士學位時，「她設計的數學橋只用了 388 枚鐵釘（只有少數幾人把鐵釘數量減少到千枚數之內）」[3]，天才如斯，卻死在產床上；容金珍是天才中的天才，卻被偷去他筆記本的小偷徹底擊垮；瞎子阿炳，生理上的缺陷沒有催垮他的意志，恥辱感奪去了他的生命，「阿炳通過錄音機告訴我：他老婆是個壞人，兒子是個野種，所以他自殺了」[4]；破譯天使黃依依，屢立奇功，最後卻因為桃色事件意外送了命；戰無不勝的英雄，也會有百密一疏的時候，「鴿子」林英生孩子的時候，迷糊間叫了「何寬」的名字，結果暴露了地下黨的身分；紅色老鬼似乎有通天遁地的本領，保得住情報（僥倖送出），卻保不住性命。在作者眼裏，天才的下場比天才的能力更神秘。

此外，麥家恐怕還看到與國家機器有關的另一重神秘，革命好像過去了，但人們對烏托邦的狂熱追求並沒有離去，它召喚人們以有限的事物、以瘋狂的理性去征服無限的事物，它強調人定勝天的理念，它以崇高抹去個體的自主與獨立，它能讓人自覺順服並信仰，這種神秘似乎是我們自己的命運。《解密》中的「我」，問小翟愛不愛容金珍，小翟回答說，「我像愛我的國家一樣愛他」，「我」又問她後不後悔——

> 這時我注意到，小翟像被突然驚醒似的，睜大眼，瞪著我，激動地說：
> 「後悔？我愛的是一個國家，你能說後悔嗎？不！永遠不

3　麥家：《解密》，北京：人民文學出版社，2006 年，頁 10。
4　麥家：《暗算》，北京：人民文學出版社，2006 年，頁 66。

——！」

我看著她頓時湧現的淚花，一下子覺得鼻子發酸，想哭。[5]

　　國家機器中神經最緊張的部門，肯定也是最需要保密的部門，如《暗算》中提到的監聽局、破譯局、行動局，《解密》與《軍事》中語焉不詳的「單位」，等等。為這些部門工作的人，他們的使命是聽從組織的調令，隨時準備為國家奮身，這些部門，既能給人榮譽又能給人特殊待遇。隱蔽的生活，對普通人來講，是神秘玄虛；對當事人來講，是神秘外加誘惑，這種「生活」，讓他們能夠最大程度地挑戰自己的思維極限，捕獲與天、神秘事物直接對話的機會，按中國人的想法，他們所追求的最高境界，當然也就是天人合一。最高的國家機器總有一個不可調和的矛盾，它必須預設一種敵對關係，進而為國家的攻守提供合法性。個中的彎彎道道，與前文所提到的「三王墓」，其實沒什麼分別，人際世界、天下萬物，除了和諧之外，還有另一個先在的本質，那就是衝突。要說它神秘，就是因為它不可改變，衝突是尋求天人合一境界的真正動力，衝突是天才們面臨的真正格局，容金珍、阿炳、黃依依、老陳、老呂、林英、老鬼，無一不身處真實或假想的敵對格局中，戰勝欲激發心智的迷狂、命懸一線時的激動、陰謀得逞後的得意，這是為什麼強制性的國家機器能讓人前仆後繼而無怨無悔的重要原因，這也是為什麼強制性的國家機器能夠「生產」出神秘權勢的秘密所在。國家機器對敵友格局有絕對的解釋權，它容得下瘋狂的理性、失控的野心，它有時候會威脅到普通人的日常生活。文革期間，容金珍之所以能成功解救被革命的容先生，全憑國家機器生產出來的神秘權勢；《誰來阻擋》中想要轉業的阿今，其左右不適的失落感，來自他對具有摧毀力的神秘權勢之複雜看法。榮耀、地位、待遇等，這

---

[5]　麥家：《解密》，頁 319-320。

些國家機器很輕易就可以許諾的事物，不是英雄之成為英雄的決定性因素，但它至少能緩解英雄的孤獨感。

人為什麼是有限的？國家機器為什麼能吸引有限的人試圖去做無限的事？

這兩樣神秘，一樣是人手解不開的神秘，一樣是需要時間幫助才可能解開的神秘。人的極限在有限中，但你永遠不曉得那個有限的限度在哪裡，這就是人的局限，人必須要去挑戰極限才能證明自己的有限。麥家之妙，就在於他以一種神秘去說明另一種神秘——以有限的神秘說明無限的神秘。國家機器的神秘，也許可以在時間裏破解，生命的神秘，時間不會給出答案。現代人在器物文明中如魚得水，自以為無所不能，他們的腦袋裏，幾乎再無「神秘」二字，更別說對這一問題有何見識有何發現了。麥家對現代「神秘」感性又深邃、純粹又複雜的描繪，能不能喚起讀者對「神秘」的想像與敬重呢？但願麥家並不比他筆下的容金珍們更孤獨。

靠近這兩樣神秘的人，也許意味著要承受孤獨。神學家蒂里希曾經對神性的真實及人類的困境作過如下的論證：

> 我們的孤獨感中到底發生了些什麼事情呢？請聽一下馬可對於耶穌孤獨地在曠野裏的敘述：「他在曠野四十天，受撒旦試探，並與野獸一起，且有天使來伺候他。」他獨自一人，孤獨地面對整個大地和蒼天，野獸在他四周出沒，並將恐懼注入他心裏。他本身便是神靈與魔鬼搏鬥的戰場。這就是首先發生於我們孤獨裏的事情：我們面對著自己，發現這不像我們自己，卻像是創造與毀滅、上帝與魔鬼搏鬥的戰場。孤獨是艱難異常的，有誰能承受呢？即使耶穌也難以承受。[6]

6　蒂里希：《蒂里希選集》（下），何光滬選編，上海三聯書店，1999 年，頁 841。

　　對我們來講，這些孤獨自守的時光可以使我們有所作為，我們存在的中心，即作為孤獨根源的最為隱秘的自我，可以被提升到神的位置上來，並被嵌入神靈的中心。在那裏我們得以安息，而且不必喪失自我。[7]

　　在人群中你無話可說，在無人的時候你不停自言自語，孤獨誘惑你回到自我。間諜與破譯家都是沉醉並受困於「神秘」、不斷跟自己對話的人。「命懸一線，這就是一個間諜的生死秘密。……如果說間諜在生死之間還有浪漫、風情的一面，那麼破譯家連類似的想像都不會有的，有的只是暗無天日的沉重和煎熬。破譯密碼，是一位天才努力揣摩另一位天才的『心』。這心不是美麗之心，而是陰謀之心，是萬丈深淵，是偷天陷阱，是一個天才葬送另一個天才的墳墓」[8]。

　　既然神秘並沒有隨著技術的進化而消失，而天才又試圖窺探各樣的神秘，那麼，狂迷的天才把自我投放出去之後，也就要考慮自我的回歸問題。誘惑的後面，可能是隱在的殘害。當他們似乎在接近事物極限的時候，也就意味著他們不得不面對自己的有限；他們懂得如何獲得秘密，但他們也逃不了被秘密折磨的命運；當他們認同國家機器的權勢時，他們也不得不任由國家機器安排他們的人生。

　　當密碼解到最後，當間諜正要得手，他們可能會發現，這是自己跟自己面對面決鬥的時刻，借用蒂里希的說法，這是孤獨自守的時刻，「我們面對著自己，發現這不像我們自己，卻像是創造與毀滅、上帝與魔鬼搏鬥的戰場」，決鬥中，他們既可能找到自我，也可能喪失自我。

---

[7]　蒂里希：《蒂里希選集》（下），頁 842。
[8]　麥家：《捕風者說》，北京：作家出版社，2008 年，頁 165。

　　紀律主義加劇了這一過程的焦慮不安，紀律主義強調崇高與奉獻，並能有力說服當事人摒絕塵世的一般幸福。當日常的人際交往被簡化到最低程度時，自我究竟是依附於什麼之上呢？破譯家與間諜，都需要隱匿身分。破譯家與外界隔絕，血緣最近的親人們也只知道他或她是上組織了，具體什麼組織，都說不上。間諜生活在人群中，他或她的真實身分，只能是極少數人直接或間接地知道。在容金珍家人眼裏，他是個謎，難得見他，每見一次，都感覺是從天而降。阿炳的母親，不知道孝順的兒子後來究竟幹了些什麼。連枕邊人也不知道安院長是特別單位 701 的人。韋夫死後還被當作利器，誘敵獲取虛假情報，出奇制勝，但入土為安、向英雄致敬的時候，韋夫都沒有被恢復本來的名字——他是用胡海洋的名字安葬的，「我說我不叫胡海洋，我叫韋夫！韋夫！但她怎麼聽得到我說的？又有誰能聽得到我說的？讓一個聲音從一個世界穿越到另一個世界，真的是太難太難！」[9]。《風聲》裏動人心魄的決鬥，最大的勝利不在把情報送出來，最大的成功在於老鬼的身分最終都沒有被肥原識破，所以我在後文將談到，讀麥家的小說，一定要讀他的過程，而不能只翻他的前後頁。

　　對國家機密的忠誠，也是天命一種，就像安院長所說的，「很難想像，一個國家要沒有秘密，它會以什麼樣的方式存在。也許就不會存在了，就像那些冰山，如果沒有了隱匿在水下的那部分，它們還能獨立存在嗎？」[10]紀律主義迫使破譯家與間諜各自要面對人群外或人群內的孤獨。紀律主義簡化了他們的生活，相應地，他們要盡力簡化他們面對的複雜事物，這些客觀的原因，促使他們主動或被動地進入孤獨狀態。

[9]　麥家：〈韋夫的靈魂說〉，見《暗算》，頁 261。
[10]　麥家：〈瞎子阿炳〉，見《暗算》，頁 15。

　　他們跟最黑暗的人心、最天才的頭腦作戰，也跟最孤獨的自我作戰。他們最重要的武器是猜疑，猜疑既可成就他們的驚天事業，也可摧毀他們的頭腦。仇恨曾經是 20 世紀中國最重大的關鍵字，它深刻地改變了中國的國運與人文面貌──對此，魯迅有最為敏感的反應。21 世紀的中國，隨著仇恨的退席，怨恨的登場，我相信，猜疑正成為人際關係、官僚體制中的核心詞──儘管猜疑之心古已有之，但如此深刻而普遍地左右人際關係、折磨內心世界的，應該是現代的事。麥家的長篇小說，寫的多數是 20 世紀的事，但作者對此世紀的夢魘並不是沒有感應。

　　麥家對猜疑的看法及表達，也是奇特的。他的小說裏，雖然有敵對大格局在，但他筆下的猜疑，並不討論是非、對錯，也不指證正義與非正義，更無意糾纏於世俗價值判斷裏的人心好壞，他在乎的，恐怕是人心的深淺。《風聲》裏，龍川肥原、張司令、王田香、顧小夢、李寧玉、金生火、吳志國之間的互相猜疑，令人窒息；「誰想得到，黑密根本沒有上鎖」，容金珍最後奮力一擊，以自己的災難啟發同行破解黑密，得益於猜疑造就的可怕想像力（《解密》）。敵退我進，你猜我疑，玉石俱焚，這些，均起步於人與人的較量，但越走到後面，就可以看成是對人類極限的試探，試探中，看一看神秘事物對人力究竟有多麼大的反彈力，看一看人的內心世界有多堅強或多脆弱。

　　猜疑到了最後，似乎都是癲狂與迷茫。我相信，在某一個點，人會與自我碰面，那時候，你是選擇自我肯定還是自我否定，內心肯定有衝突。當自我否定逐漸佔據上風時，人之堅強與崩潰，僅在一線之間。肥原對勝利與失敗的看法，到終局時，趨於混亂。顧小夢不違背老鬼的意願，成功送出情報，那是內心的矛盾與迷茫催使她做出決定，事實上，她並不太認同老鬼的價值觀。老鬼應該是百煉成鋼的英雄，但在你猜我疑中也免不了歇斯底里。一個很世俗的

緣由導致瞎子阿炳結束自己的生命,極度簡化的生活經不起世俗看法的輕輕一敲。黃依依在破譯方面是天才,但在情愛問題上卻無法高明。陳二湖退出紅牆之後坐立不安,言其「為密碼而生,為密碼而死」,絕不為過。恐懼令容金珍發瘋,這種恐懼,與紀律主義的森嚴壓力有關,更與天才被終結的命運有關。

　　這一群人,尤其是長期在黑暗中生活的破譯家,他們都面臨回不去了的命運。他們無一不是在與自我搏鬥時一敗塗地。怨恨是對心靈的自我毒害,同樣地,猜疑也是對心靈的自我摧殘。他們開拓的黑暗疆域有多大,他們內心的悲苦與幸福就有多寬。孤獨是他們的宿命,世俗是他們的噩夢。國家機器對他們的長期馴導,也間接讓他們進一步迷戀這種存在方式。

　　講述現代神秘的時候,麥家也在講述現代悲劇。那些靠近神秘的天才,那些對著神秘傾訴內心的天才,自我卻永遠得不到安息。為什麼孤獨自守的時候,他們陷入迷茫與癲狂?為什麼他們發不出「曠野的呼告」?為什麼他們創造的並不比毀滅的多?為什麼現代人遠離了神秘卻多了絕望?為什麼靠近就是遠離?由猜疑進入內心衝突,以反感覺進入感覺,由結果連貫前提,麥家可謂不動聲色。靈魂在神秘面前如何衝動、焦躁、不安、偏執、挫敗,作者一一論辯。作者論辯之深,論辯之巧,稱得上無與倫比,《解密》尤其如此,借容金珍筆記本,作者演繹現代囚徒的悲歌──黑密的密鑰歸零,這就是有限的生命遭遇無限的宇宙時,必須要面對的終極命運。

　　膽識過人,方能發現現代「神秘」。麥家的智慧,帶我們由有人之境進入無人之境,靜靜聽取孤獨的聲音,想像天外的事物。

　　麥家的小說裏,有美妙的無邊境界。要懂得智慧的好,惟寄望於時間。

　　有論者認為,麥家的小說有類型化的傾向,我願意說,這種想法,恰恰誤讀了麥家的小說。類型小說,一般注重結果,心急的讀

者，只需看到開頭與結尾，過程幾乎可以忽略不計，過程都在套路中，結果基本上可以預測。類型小說的大毛病就在於一開始就要把讀者引向結局，推理、懸疑、言情小說等，都是這種路子。麥家的小說正好相反，他不太緊張結果，他無意暗示讀者，哪些是對哪些是錯，也不特別強調事情的水落石出，他的絕妙處，隱在事態的過程中，如果讀者只顧翻看首頁或尾頁，不僅會錯失他的健美節奏、陽剛語言，更會錯失過程中歷險般的樂趣。優秀的文學，不會是只提供前提與結果，而應是展示複雜的過程。

當下的小說乃至散文，一窩蜂地去寫小情小愛、「大魚大肉」，實在是令人厭憎。麥家的作品，逆俗賤及惡聲文潮而行之，創下新鮮而獨特的文趣文意，對當代文界的貢獻不小。同時，我很少見到其他作家，敢於像他那樣，在小說中完全漠視大眾對情感過分渴望的眼神，要知道，現在的讀者，可是習慣了對著情愛肥皂劇痛哭流涕的。他的智慧讓他做到了——不寫外遇纏綿、魚肉床笫、官場現形，他也能讓讀者如癡如醉。他不是不懂得感情，小說中驚鴻一現的幾筆（如《風聲》中父親與母親的隔空「交手」、《解密》中容金珍筆記本裏被小翟抽去的部分），已讓人有滄海之感。他避開了讀者最容易動情的題材，重點寫人的極限與困苦，這種選擇，真是大手筆。

由此說開一些，卡夫卡偏愛小公務員落魄生活，福克納寫郵票一樣大小的小鎮，沈從文癡迷於愛意與溫情中的湘西，麥家寫官僚機器下的種種孤絕怪狀……論者總不能因為作家偏愛某些題材就斷定他或她類型化。過早地為作家下套，對一個創作力正旺盛的作家給予不恰當的心理暗示，終歸有些不合適，至少有偷懶的成分。輕率的判斷雖然對有主見的作家無法構成打擊，但至少有壓抑的成分。遙想當年，傅雷先生嚴厲批評張愛玲，張愛玲多少有點為此受傷，《連環套》在《萬象》雜誌上連載未完，與此亦有些干係（稿費爭拗等事，於此不展開）。好作家，時時值得珍惜。

再客觀一點來講，麥家也不是沒有寫過其他的題材，他的一些中短篇小說，如《陸小依》、《我們沒有離婚》、《三朵玫瑰》、《私人筆記本》、《成長》等，無論是筆力還是佈局，都堪稱俐落出色，只不過，他的諜情密碼小說光芒太盛，餘者多少被遮蓋了。

如果真的要說麥家所面臨的問題，我想，那是一個假設性的命題：假如我們所探討的其中一種神秘一夜之間消失了，假如小說語境中的敵對格局不存在了，他怎麼辦。如果這個假設性問題部分成立，或者說國家機器消亡的話，再或者，極端政治消失的話，那麼，我們就可以反過來說，要真正解開麥家密碼，現在還為時過早。但我猜想，如果有那麼一天，好事者開始拼猜麥家密碼——701、黑密、紫密、X 國……並借此去想像 20 世紀以來的中國，那一定相當有趣——把假的當作真的或真的當成假的，都是趣味。他深謀遠慮的隱喻，必將成為理解中國某個斷代史乃至怪誕偽「現代人」的寶貴財富。難能可貴的是，他並沒有完全受惑於中國式神秘，他通過對雙重神秘的交叉考察，思考了另一個重大的問題：在神秘的召喚下，人究竟應該、究竟能夠站在什麼位置上。自覺疏離簡陋粗暴的權謀思維、逆反意識，麥家開創了深不可測的寫作境域——他寫的是中國，又不僅僅是中國。

麥家的小說，是未完的地圖，一部分已經攤開，一部分還藏在他的頭腦裏，還有一部分，恐怕連他自己也不知道。已攤開的地圖上，可能有一些路線，有一些若隱若現的地名，但是具體的山川河流、溝壑掩體、暗堡哨站、棧道旗幟，需要讀者去想像，更何況，地圖上可能還有一些被煙灰燙穿的小窟隆，甚至有塗改過的痕跡，就像一個人的棋盤，外人很難看到他悔了多少次棋，有多少次是從頭來過，還有多少狠招沒有出手……這些，真夠考人的啦。也許這就是麥家所嚮往的境界：由一個故事引出無限的故事，並借此暗暗向敘事大師致敬。

　　這個作家帶給我們很多看不見但有極大想像空間的事物——任何搜索引擎都抵達不了的事物，無須否認，他調動了眾多困滯已久的頭腦，我想，這就是他最棒的地方。沒有幾個華語寫作者，能像麥家這樣，看到集權與極權型官僚機制施於人的巨大誘惑及殘害；也很少當代作家像他那樣，在個人價值問題上，如此猶疑為難。「最偉大的智慧，必須能在所有方面，在我們的失敗、過錯和由於我們的愚蠢而造成的罪惡裏，痛苦地接受我們的有限性」（蒂里希）[11]，誘惑明白無誤，反叛無能為力，麥家清清楚楚。

　　《約伯記》如是說，「智慧何處可尋？聰明之處在哪里呢？智慧之路無人能知，在活人之地也無處可尋？深淵說，不在我內。滄海說，不在我中。它向一切有生命的眼睛隱藏，向空中的飛鳥掩蔽。地獄和死亡說：我們風聞其名」，蒂里希由此得到啟示——「智慧與神秘並不是相互排斥的，智慧就是在生命的神秘與種種衝突之中認識到的智慧」[12]。

　　今日華語文界，麥家是罕有的，能以現在知未來的作家。智慧高貴，生命神秘。最高的智慧在哪裡？風聲不會告訴你，但我們要在很遙遠的地方，談論智慧，讚美智慧。

---

[11] 蒂里希：《蒂里希選集》（下），頁 951。
[12] 蒂里希：《蒂里希選集》（下），頁 947。

人是世間萬物的尺度

——《風聲》論

　　人類的進化史及書寫史上，始終面臨一個陰影：人與獸的關係問題，也就是，人之所以為人、獸之所以為獸等問題。人身上有沒有獸性，人要如何努力才可以戒掉獸性的誘惑，這些，都是人類世界無法迴避的問題，人類由出現到現在，從來都是戴著咒語的鐐拷而生死。

　　古往今來的思想家、神學家，不斷地為身體賦上靈魂的意義，我相信，對靈魂出竅的想像，首先是人類對獸性及其暴力的一種本能恐懼與抗拒，其次，我們可以將對靈魂或精神的崇拜當作是人類對上帝的靠近、對不死的神往、對輪迴的皈依。在我們不完全瞭解獸性之前，我們完全有理由相信，死亡，直接給人類帶來了最深刻的恐懼，人類因而更有理由去思考各種形而上的問題，以守護人之存在最本質的理念。人類社會製造眾多的行為禁忌，也與這種恐懼息息相關。

　　當人被囚禁於孤獨與絕望中，會走向何方？人的本能會不會徹底走向獸性？人會不會因對死亡的恐懼而臣服於獸性？18 世紀法國思想家伏爾泰強調人類的社會性，同樣表達了恐懼心，「任何人如果絕對孤獨地過活，他很快就會失去思想和表示自己的能力；他就會成為他自己的一個擔負，最後只剩下使他變為野獸這一條路。過分感到無力的高傲，是從反對別人的高傲而發生的，這種高傲會

促使一個憂抑的人從他的同類之中逃跑；但這是一種墮落，它本身會受懲罰的。高傲是它自身的懲罰，它把它自己囚禁在孤獨中，暗暗地懷恨被人輕視，被人忘記。這是為了求自由而忍受最可怕的奴役」。[1]但是，在人與獸的邊緣地帶，是不是伏爾泰所說的那麼絕對呢？

　　人與殘餘的獸性作鬥爭，人與自己的內心作鬥爭，是艱難而殘忍的過程，因為，這意味著身體隨時可能會出賣靈魂、賤賣信仰、傷害他人。當代有不少的漢語寫作者，時時為獸性所惑，溺於感官、權謀、偏見的文字重複，並為之貼上人性解放、大眾狂歡、權利伸張等烏托邦狂想標籤。麥家的《風聲》實在是一個異數，麥家講述了一個與「絕對」有別的故事。《風聲》說明，當人被囚禁於孤獨與絕望之中，並非絕對地通往野獸的深淵；同時也說明，囚禁他人的人，同時也自我囚禁，他人是地獄，自己也是地獄。當秩序分配罪惡的時候，不會厚此薄彼。

　　《風聲》所面對的，是繁複的秩序，是理性與非理性衝突的最前沿陣地，是人心欺騙人心、逃避精神暴力審查的博弈場所。但《風聲》所設的場景，並不複雜，甚至可以稱得上是簡單。但簡單的場景裏，卻隱含著最森嚴的秩序、最險惡的環境，簡單，往往逼仄，因為無處藏身。這簡單的場景，襯托出中國的大絕望，同時又讓身處絕境的個體境況具體化、形象化。

　　從大環境來看，1941 年前後的中國乃至世界，身處絕境，世界反法西斯的局勢尚未明朗。今人再怎麼去想像這種大絕望，都不會太過分。這種大絕望，包含個體實實在在的處境。軍事格局，覆蓋了身處其中之人的命理格局。軍事格局可以分出勝負，但在很多

---

[1]　〔法〕伏爾泰：《人類一切種族都是始終生活在社會中的》，見周輔成編《西方倫理學名著選輯》（下卷），北京：商務印書館，1964 年，頁 14。

人事方面，說不上誰勝誰負。從軍事格局來看，1945 年 9 月 2 日以後的日本，敗局已定。但你能說，《風聲》裏的肥原勝了或負了？李寧玉勝了或負了？顧小夢勝了或負了？潘老勝了或負了？

　　作者很聰明，他將大絕望濃縮至一個小的環境，並因而讓讀者看到，戰爭、殺戮、互相傾軋給人倫秩序、生命意志所帶來的破壞力與強制性，何其觸目驚心；同時也可以讓讀者看到，在絕境中，生命如何忍辱負重或違背生命的最高原則，以實現自我的信仰追求。

　　這一場面對面的較量，發生在杭州某地的東西兩棟樓裏。東樓是為西樓的風水而造，猶如「龍鳳之象」的屏風。東西樓的歷史，與家族興衰史有關，與主人氣象有關，與民族命運有關，它能滿足民間的想像，也能滿足權力階層的福禍之想。它有古舊氣，但又隱含殺戮之氣。東西樓基本上不乏人氣，但也不缺血雨腥風氣。東西樓煞氣過重，一般人都難以消受，因此，東西樓興了又衰，衰了又興，主人換一茬又一茬，錢虎翼的勢力被清洗之後──

> 於是，兩棟樓又人去樓空。
>
> 總以為，這麼好的樓屋，一定會馬上迎來新主。卻是一直無人入住，或派新用。究其原因，有權入住的，嫌它鬧過血光之災，不敢來住，膽敢來住的人又輪不上。就這樣，兩棟樓一直空閒著，直到快一年後，在春夏交替之際，一個月朗星疏的深更半夜，突然接踵而至來了兩干人，分別住進了東西兩樓。[2]

　　這一佈景，雖平常，卻能最大程度地激發閱讀想像。如果人們善於聯想，就可聯想到古典的中國，雖然其統治體系牢靠、有一股

---

[2]　麥家：《風聲》，海口：南海出版公司，2007 年，頁 9。

子陰韌勁，但在財富與權力方面的更迭速度上，卻遠遠不是恒速運作，一旦觸犯天威，財、權說斷就斷，被剝奪的時候全無預兆，當財富或權力成為一個人或少數人的權力或財富，這就意味著，其他所有人的財富與權力短命的機率要高得多。東西樓，看上去，就像那種根深蒂固但又毫無制度保障的中國勢力：對土地、耕牛、媳婦、香火有駭人熱情的土財主，勉強能守得住二三世的富貴光景，卻保不住更長遠的傳統積澱，他們在中國運勢的大關頭，幾乎毫無作為。東西樓的悲劇命運，像極了中國傳統的近代命運。

在東西樓外強中乾的「身體」裏，日（日偽）、國、共三方力量展開了生死之戰，人事鬥爭雖近在咫尺，利益攸關卻在千里。日（日偽）表面上在明處，在肥原眼中，國、共在暗處，身分不明，目的各異，算計有別。

囚禁的主導方帶著很多監視儀器進駐東樓，三男兩女隨後進駐西樓（吳志國、金生火、李寧玉、白小年、顧小夢）。吳志國等人進入西樓後的任務，當然是破譯密電，破出來的結果是：

> 此密電是假／窩共匪是真／要想人不知／除非己莫為／全軍第一處／豈容藏奸細／吳金李顧四／你們誰是匪……[3]

201特使（周）的行蹤敗露，日方試圖將杭州群英會一網打盡，而老鬼致電中共的情報（通知取消群英會）又被日方截獲。這樣一來，日方不僅要將群英會一網打盡，更要剷除老鬼，以保日占區的穩固。顧小夢等人，被囚禁在西樓。日方要挖出內鬼，老鬼要在密不透風的囚室裏將情報送出去。結局其實不會太意外，要麼送得出，要麼送不出，意外發生在過程，人與人之間你進我退，意外挑戰思維的極限。

---

[3]　麥家：《風聲》，頁20-21。

　　軍事時代的格局、和平年代的暗湧、超越於具體時間的人心秩序，互為交織，牽扯不斷，可見《風聲》繁複多變的秩序。前兩者的輔墊，為人心秩序超越具體時限提供了可能性。

　　軍事格局，兇險、詭異，自不待言。囚室裏，吳志國對李寧玉的揭發、顧小夢的胡攪亂纏、李寧玉的歇斯底里、肥原的假模假樣、王田香的陰陽怪氣、張司令的前倨後恭，使信念之戰、信仰之戰、自我與自我之戰、智商與情商之戰，精彩紛呈，讀之，十分暢快。漢語讀者對公利有基本共識，不會對這一過程產生倫理上的認識錯亂。

　　但作者又有顛覆自己的勇氣，《風聲》帶給讀者暢快的閱讀感之餘，又帶給讀者不愉快的閱讀感。「東風引了西風，一場橫跨海峽兩岸的舌戰勢在必然」[4]，和平年代的暗湧，未必如戰爭秩序那般殘忍兇險，但人與人的較量有可能更加猥瑣不堪、難辨是非，每一個人在面對過往歷史的時候，都有自己的解說詞。這份辯護詞，會控訴他人的惡、也會為自己的善申辨，在辯護的你來我往中，又會增生新的善與惡。顧老或潘老要的，其實不一定是真相，而是結論。這是另一種更為不堪的人際傾軋，每個人都有自發的、但又是可以理解的私利。在這種人際關係中穿梭，讀之無疑有氣悶之感。如果小說到「西風」止，無損於小說的跌宕離奇，但小說進入了「靜風」，要觸及恩怨真相，就必須面對繁瑣與平庸。如果一個作者，只肯將筆墨落於戲劇性敘事過程，而無視張揚下面的城府，他就難以去逼問人類最委屈的處境。《風聲》之《外部‧西風》不厭人事之煩，有關事宜，一一細緻交待。我猜想，面對平庸與瑣碎，無論是對寫作者、還是對閱讀者，都是艱難而不愉快的經歷，但這種經歷，可以逼迫閱讀者、寫作者、被寫者的內心衝突現形。

---

[4]　麥家：《風聲》，頁 210。

　　由東風引發西風，再由東西風到「靜風」，在嚴絲合縫的小說結構內部，作者設下了寓言式的懸念，作者最終所洞悉的，是世上最難攻克的人心城牆。無論是身處軍事格局的人，還是身處和平年代的人，每一個人，對自我的處境，都多多少少有一籌莫展之感，每個人面前，所擺的，都是一副殘局。能不能突圍而去？這就是終極式的疑問。這也是，我所說的，麥家由有形的秩序進入了無形的、超越具體時間的秩序。這是麥家一直所嘗試的領域，《暗算》，而尤其是《解密》，更是心思縝密，對人際關係有了不起的剖析。《風聲》又說明，麥家放下了在《暗算》與《解密》中對現實人事、具體人事的戒心──那或許是一種不自覺的不自信，所以，《暗算》等作品過於依賴異度空間的想像。靠近想像抑或倚重現實，二者無所謂誰更優勝，各有所長。

　　繁複的秩序中，人事是最堅硬的小說存在。於當下的文學創作而言，麥家的敘事能力非常突出，但他從未讓詭異的敘事絕對主宰他的小說進程，人永遠是小說中最為莊重的存在。《風聲》對人物的把握力，不亞於對小說結構的把握力。80 年代很多文學作品，讀者雖然能從中體會到「敘事圈套」的樂趣，但他們對人物的把握力卻遺憾多多。

　　《風聲》的秩序繁複多變，《風聲》的人事卻能在亂中求勝，生動異常。《風聲》對人形外貌輕描淡寫，幾筆帶過，人物的性格、人物的神韻，卻在對話、獨白、行動、心理中纖毫畢現。小說的每一個人物都活靈活現：顧小夢，美，辣，心地善良，偶而果斷，隨年事增長而智慧增；李寧玉，冷靜，狡猾，忍辱負重，捨命「自救」；吳志國，內心清晰，智力卻稍遜，是遊戲裏最弱的一環；王田香，即便站在正義的一方，卻難讓人對其產生好感；潘老，其個人事業與國家事業保持了一致，但卻很難讓人對其產生敬意；作者在金生

火的身上最惜筆墨，但這種機關人員卻最為普遍，放在人堆裏轉身就不見了，消失的時候絕對無聲無息，好像從沒有來過……

於險中求人物形象的手法，在《暗算》、《解密》等作品早有端倪：《暗算》中的母親（林英），臨產前呼喊「我」父親的名字，無意中暴露了自己的身分[5]；《解密》中的容金珍，作者正面描述容金珍面貌形容的場景，只有一次，短短五行字[6]，已破解了容金珍的神秘及天才，強大與脆弱形成巨大的反差。小說由人物的「內面」反映人物的「外面」，非常有力度。在人物身上，作者幾乎棄絕了自然主義的描繪手法，但他的審美趣味又有中國文學內在傳統的意味，不講形，但講神。當你去考查作品的優秀所在時，你總是會發現個人才能與傳統千絲萬縷的聯繫，關於這一點，我想，艾略特是對的，他早在《傳統與個人才能》一文就對此有過令人信服的論述。

《風聲》裏，每一個人都在荒謬與邪惡中掙扎，但各種繁複與狂亂中，卻呈現出奇異的純粹，每個人身上都似乎有一種靜謐，這種靜謐，止住了人性邁向獸性深淵的步伐。松井與肥原狼狽為奸、死於非命，但美如西子的西湖卻因為他們的陰差陽錯而得以逃過戰火；李寧玉為信仰捨身求勝，她的臨死崩潰說明，世上幾乎無人可以「百毒不侵」，只要是人，總會有脆弱的時候，區別在於收藏的深淺；顧小夢在李寧玉死後，身分暴露的威脅不再，但她仍然依計行事，將情報送出，這裏頭，不僅僅是民族大義的驅使，更有個人情感的糾結。人性可憐，獸性可怕，我不認為這是一個英雄的故事，儘量人們大可以將之引向英雄的邏輯，但《風聲》有顛覆既定價值觀的力量。

5　麥家：《暗算》，北京：人民文學出版社，2006 年，頁 315-318。
6　麥家：《解密》，北京：人民文學出版社，2006 年，頁 272。

　　暴力是軍事格局的本質性手段，但暴力的獲勝慾望迫使暴力之爭帶有許多的附加值，比如說正義、智慧、人心等，所以兵家通常皆有上、中、下策之說。一個人、一方力量去剝奪另一個人、另一方力量所擁有的一切，決定了，一方去剝奪，而另一方則要確保不被剝奪。這一過程，對彼此雙方都不容易。為了勝負的結果，為了推卸剝奪他人身家性命的罪惡，免不了殺身之器、攻心之術，免不了高超的心智能力與合理的人道名義。器物、心術、德行，如此種種，構成了兵道的內涵。如果暴力可以徹底解決問題，那麼，凡事只要玉石俱焚即可，對老鬼，只要「寧可錯殺三千，不可放過一個」即可，但事情遠遠不會這樣簡單。史上最邪惡的戰爭狂人，希特勒，他也講究「他的奮鬥」，他的「民族主義」與「社會主義」；中國史上開昏庸無能先河的胡亥，篡位之前，也要講究承接大統的正當名義；史上最會隱身的恐怖大亨，攻擊美利堅，也要借助宗教的詛咒。孫子曰：「兵者，國之大事，死生之地，存亡之道，不可不察也。」[7]如果在軍事格局、交鋒格局中，缺乏對兵道的考察意識，他的寫作視野不會太寬廣；人物與人物之間的博弈空間，也不會有太多的懸念。

　　《風聲》對兵道的拿捏恰到好處。《風聲》不僅考察了暴力的過程，更考察了暴力的種種附加值。兩軍對壘，暴力不可避免，但孫武亦有云，「攻城之法，為不得已」[8]，能「全」則不選「破」，可伐謀則不硬攻。

　　《風聲》諳兵者之博大精深。無論今人怎樣以「後現代」方式去解構紅色英雄，但我相信，在某種看似崇高的信仰支撐下，自有得道者、殉難者，否則，現代江山不會易主。信仰裏的偏執，會召喚內心的迷狂。《風聲》裏的李寧玉，確實有大將風範。孫子曾論

---

[7]　見《孫子兵法》始計篇，亦稱計篇。
[8]　見《孫子兵法》謀攻篇。

「將」事,「將者,智、信、仁、勇、嚴也」[9],李寧玉雖稱不上「仁」、「信」,但稱得上智、勇、嚴,她算准身後事,吳志國與顧小夢,都在她的棋盤內,對李甯玉,作者自有其春秋筆法。肥原最具殺傷力的刑具,並非奪人性命的常規刑具,而是懷疑、猜忌,若論兵道,可謂中上策,因為,投放懷疑的「炸彈」,有可能直接摧毀對方的靈魂,同時,也可以喚起彼此奇異而隱秘的快感。被囚禁者,以虛實之法應對之,肥原等人一步步走向兵家的大忌。

最值得稱道的是,《風聲》寫出了古代戰場的餘韻:戰士雖肉搏上陣,卻又先禮後兵,士大夫們嘴裏念的是「風・雅・頌」,心裏飛出去的卻是刀槍戟箭。中國兵道的傳統,既有禮節上的陽謀,又有利益裏的陰謀。

今人也許難以想像,《詩經》的若干篇章,竟然是各國邦交的重要外交辭令。著名的「淝水之戰」,符堅就是既敗於陽謀,又敗於陰謀,國人之狡詐、出爾反爾習性,可見一斑,符堅雖也輕狂,但你不能說他蠢,若非對禮儀仁信尚懷幻想,符堅也不至於聽從謝玄之「移陣少卻」的建議,而一潰千里。《史記》載有一個細節,講的是龐涓與孫臏之爭:孫臏被偷運到齊國之後,得齊田忌及齊威王賞識,「其後魏伐趙,趙急,請救於齊。齊威王欲將孫臏,臏辭謝曰:『刑餘之人,不可。』於是乃以田忌為將,而孫子為師,居輜車中,坐為計謀」[10],孫臏之所以堅辭將位,一因受過刑辱,二因受刑後的殘疾之軀,從禮儀的角度看,孫臏不太合適做三軍之首。孫臏以退為進,也許是維護國體、軍隊的尊嚴,但又何嘗不是維護他自己的尊嚴,這一事件,跟現代人熱衷的權利之說,干係不大,這是禮儀上的謹慎、德行上的規範。這就是歷史內部的真切傳

---

9 見《孫子兵法》始計篇。
10 見《史記・孫子吳起列傳》。

統，無論你喜歡不喜歡，它的確曾經是我們的一部分，而直到今天，它仍然在發揮作用。

《風聲》對兵道陽謀與陰謀的雙重書寫，合乎 1941 年前後中國的實情，40 年代直至今日的中國，現代公民意識並未得到有意識的開啟及發展，在各種人事上，必定存有傳統禮儀的餘韻，能發現傳統餘韻並對之書寫的當代作家，不多見。

在此，略舉一二，以觀之。

張司令等人安排三男兩女入住西樓，甚至不惜在相關人物的家屬面前製造公務繁忙的假像，這些舉動，固然是為了不讓行動走漏風聲，但換一個角度看，這也稱得上是先禮後兵：攻謀，或可誘人自首，萬不得已，惟攻城，此之謂攻謀術與攻城法並用。李寧玉與潘老的關係，撲溯迷離，他們對外稱是夫妻關係，但實則兄妹關係，他們製造了夫妻關係不和的假像，李寧玉隔些天回家，以保情報的暢順。「夫妻」分居，一則不誤情報，二則可保兄妹關係的禮儀大倫。戰後，潘教授在顧老與潘老之間的隔空對罵，保持沉默，「就讓他們去說吧，你能對父母的爭執說什麼？」[11]

《風聲》的前沿陣地，是針鋒相對的兵家之爭，而《風聲》的文字深處，則捕捉到殘留的人倫德行。思想家、倫理學家談論靈肉區分，對德行爭論不休，對善惡從無定論，對自愛將信將疑。種種紛爭，無一不是對人的世界的深深擔憂。人的世界，遠遠不是一元絕對論、二元鬥爭論可以去完全解釋的；每一場你死我活的戰爭後面，一定有複雜的價值觀衝突。

《風聲》也有這種無解的焦慮，作者在小說的尾聲，提到了佛家教義，並以之去解釋肥原之死，「天外有天，法海無邊。俗話說，多行不義必自斃，萬物有萬般神秘的邏輯，正如謂：你用右手挖人

---

[11]　麥家：《風聲》，頁 214。

163

左眼珠，人用左手捏碎你右眼珠」[12]。作者似乎對因果報應的說法有應和，很難說這種看法是否局限，只能說，當人在面對無限與神秘的時候，他會不自覺地祈求，希望有奇跡的出現，希望有主持正義的神秘力量。這與其說這是宗教的呼喚，倒不如說是一種德行的期待，一種有局限的期待。

《風聲》熟知兵道規則，並在兵道裏看到傳統的餘韻。傳統人事裏，通常有豐富的、不易察覺的普世人道。還記得《孫子兵法》「作戰」篇裏講到，「國之貧於師者遠輸，遠輸則百姓貧；近師者貴賣，貴賣則百姓財竭，財竭則急於丘役」，「故兵貴勝，不貴久」，如果我們能撇開意識形態的固有成見，就可以發現，人道，才是兵道的上策，而凡有人道，則有利益，我們也無須對利益進行精神淨化，因為，利益，就是人道中的自然法則、道德法則。

所以我說，《風聲》很有歷史感、傳統感，而當代的很多作家，總是忘了，沒有傳統感的歷史，是虛無主義的歷史。

從中國文學史傳統來看，史書比小說的地位要高，小說要得到民間的「信任」，須跟歷史扯上邊，必須跟「文以載道」有些瓜葛，這符合一個默認教化功能之民族的心理習慣。中國人總是喜歡面向歷史傾訴現實的哀怨，《三國演義》能夠長盛不衰，是因為，這樣的作品能寄託中國人的權謀幻想、德行期待、大一統之盼。

面朝歷史，作者可能會有打假的惶恐，但也可能會有無法接近真相的害怕。無論是真還是假，都可能為敘事自設圈套。

《風聲》對歷史與現實的具體人事很上心，但我認為，讀麥家的《風聲》，反而要克服一種誘惑，即考證小說與歷史是否完全吻合之處的誘惑，閱讀的考據癖固然無可厚非，但過度考據，可能反而會曲解作者的一番苦心，畢竟，小說是小說，歷史是歷史。當然，

---

12 麥家：《風聲》，頁 250。

這不意味著，可以允許作者在歷史書寫的時候犯技術性錯誤，也不意味著可以原諒編輯或作者在宗教等各種禁忌面前所犯的常識性錯誤。我的意思是，小說要忠於其內在的藝術正統，小說無須以靠近歷史的方式抬高自己的地位，只不過，與歷史有關的小說，考據之驗是第一道重要的關卡，但小說又不能完全受囿於考據之驗。最大程度地瞭解真相，是欲對歷史發言的寫作者的必修功課；但就小說欣賞而言，過度考據，對想像的藝術是一種傷害。

對《風聲》，我覺得去考證顧老是誰，顧老與潘老之間是否發生了不堪回首的事情，肥原是怎麼死的，意義不大。作者懂得在破敗的真相面前留有餘地，他手上肯定還收有一些人事秘密，但他如果覺得不可說，便不說。

考據非常重要，只不過應該將其放在知識領域裏去拓展，試問，對於意義、精神及想像，怎麼能考證呢？身體可以考證，但怎麼去考據靈魂的事呢？我想，如果真的懂得曹雪芹，不會去反覆考證寶玉的現實身分，寶玉就是寶玉，他既不是曹雪芹，也不是某朝廢太子，寶玉就是《紅樓夢》的寶玉，他帶著大悲大痛大愛而來，他的生與死，都在白茫茫、黑漆漆的宇宙與人心中，而不是在某一個朝代中。如果真的明白張愛玲，不會去考究張愛玲晚年是否光頭、不會去翻找張愛玲的生活垃圾，不會任由善良的意志發展成一種絕對話語的權力意志。既然作者對人世的看法有大智慧、對人生的真相懂得體恤，讀者或研究者也要懂得維護生活的尊嚴、自愛的價值。

而今，「紅學」、「張學」，甚至是「魯學」，索隱派的考據之風越發旺盛，此舉雖無可指責，但是，我仍然覺得這過度的考據疵跨學科實在跨得太遠了。回到《風聲》，我想說的是，聰明的小說家，懂得以小說的語境打破歷史的語境，理想的狀態是，小說的語境能夠最終大於特定的歷史語境。

　　布魯姆評價莎士比亞的說法，對小說與歷史如何相處，有重要啟發。布魯姆認為莎士比亞是「經典的中心」，《李爾王》、《馬克白》等作品讓人震驚，「這裏如其他地方一樣，創造之焰燒毀了一切語境，給予我們可謂原初審美價值的東西，讓我們擺脫歷史和意識形態的束縛，讓一切可教之人去閱讀和觀賞它」。[13]布魯姆提示我們，文藝作品應該學會與歷史乃至意識形態相處，但不應為其所縛，文藝作品應有更高的審美價值追求、想像力追求，後莎士比亞時代文藝趣味的高度與限度早已有不成文的約定。

　　事實上，小說無須證明歷史，歷史也無須為小說作證。但是，小說與歷史都離不開人的莊重存在。古希臘智者派思想家，普羅泰戈拉曾經說過，「人是世間萬物的尺度，是一切存在的事物所以存在、一切非存在事物所以非存在的尺度」。[14]在柏拉圖的筆下，普羅泰戈拉與蘇格拉底，曾就德行是否可教等問題發生過爭議，我傾向於認同蘇格拉底的說法，「德行是不能傳授的」[15]，但普羅泰戈拉所說的，人可以測量一切存在事物，如何存在，一切不存在事物，如何不存在，內有無窮的玄機。在這裏，「人是世間萬物的尺度」，並不是說人是萬能全知的，而是說，事實的長短寬窄，人可以去測量，但絲毫不能改變事物天賦、自在的終極存在形狀。

　　《風聲》雖取材於真實歷史，但作者有打破歷史語境的嘗試，這得益於《風聲》卓爾不群的敘事能力與發現能力。《風聲》能將閱讀引入考據的迷宮，又能將閱讀者帶入想像的幻境、思維的極致。在繁複的秩序中，《風聲》呈現出生動形象的人事；《風聲》的

13　〔美〕哈樂德・布魯姆：《西方正典》，江寧康譯，南京：譯林出版社，2005年，頁47。

14　〔古希臘〕普羅泰戈拉：《著作殘篇》，見周輔成編《西方倫理學名著選輯》（上卷），北京：商務印書館，1964年，頁27。

15　〔古希臘〕柏拉圖：《普羅泰戈拉》篇，見周輔成編《西方倫理學名著選輯》（上卷），頁20。

兵道含有複雜的人道世情。死生之戰，驚心動魄。存在之物、不存在之物，可測，但最難捉摸的，是隔著肚皮的人心。人類所受的威脅與煎熬，首先來源於人類自身；當人被囚禁於孤獨與絕望中，囚禁者與被囚禁者就會同時身處獸性的邊緣。《風聲》呈現出某種歷史真相，但《風聲》同時也遞上了繁複多變、虛實相間、想像奪人、敘事圓滿等藝術效果，這為作者由歷史語境抽身而出、回歸小說語境提供了可能。

德國歷史學家赫爾德（1744-1803），曾對中國文化有過如下的評價：「中國人為他們那個屬少數幾種古老象形文字之一的漢語發明了一個由 8 萬個字元組成的龐大體系，並且以六種或六種以上的字體令世界上其他民族遜色，這是一種在大事上缺乏創造力，而卻精於雕蟲小技的表現。」[16]這番話，聽起來，也許讓人有點沮喪。但是，當代文學創作的趣味現狀，卻不幸與之大體上對應。看上去，《風聲》是一個例外。

16　〔德〕赫爾德：《中國》，見何兆武、柳卸林編《中國印象——世界名人論中國文化》，桂林：廣西師範大學出版社，2001 年，頁 166。

世俗煙火與兵荒馬亂

——關於鐵凝的《笨花》

　　面對 20 世紀前、中期的中國之際，有的作家僅看到了飄浮於世俗煙火之上的胭脂水粉，更多的作家只看到了兵荒馬亂的激烈紛爭，但鐵凝在長篇小說《笨花》中看到了世俗煙火與兵荒馬亂如何相處，發現了歷史與現實的曖昧性與相對性。

　　世俗煙火與兵荒馬亂，關係複雜內含乾坤，對中國作家來講，這兩者的關係意味著誘惑，意味著困難，甚至意味著表態。世俗煙火與兵荒馬亂，從時空的維度來看，有兩類相處方式，一類是共時的，一類是歷時的。在共時性的相處中，因為苦難與死亡給世俗煙火帶來巨大的恐慌，苦難與死亡逼迫世俗煙火向時間告別。告別的恐慌，使「衝突」成為世俗煙火與兵荒馬亂之間最為顯象的關係特徵，以至於其他的關係特徵被遮蔽直至隱去，持續不斷的混亂與恐慌衝擊著人們懷疑的本能——恐懼壓迫懷疑，但懷疑也會加劇恐懼。而在歷時性的遙相對望中，文學修辭必然對歷史的解釋有所承擔，基於對意識形態的信任，文學修辭極易被「衝突」的主流話語所收編，也容易被「一體化」的文學格局所規範。但如果恢復對「衝突」的質問，恢復對「衝突」具體所處境況的考察，那麼，在最終被呈現出來的真相之中，衝突與矛盾將遠遠不是世俗煙火與兵荒馬亂之間唯一的真相。

　　世俗煙火與兵荒馬亂的關係之複雜性的存在，也就意味著，在寫作的途中，作家們有可能遇到一系列有難度的問題：世俗煙火與兵荒馬亂的衝突源何在？兵荒馬亂是否容得下世俗煙火？世俗煙火是不是被兵荒馬亂沖刷得一乾二淨？世俗煙火在兵荒馬亂中有可能以何種的狀態生存？世俗煙火裏有沒有兵荒馬亂的暗湧？世俗煙火是不是對兵荒馬亂下的意識形態的冒犯與衝擊？兵荒馬亂的覆蓋面究竟有多寬？兵荒馬亂與世俗煙火各自因何而在？世俗煙火對兵荒馬亂的意義何在？諸如此類的問題將會直接考驗作家對現實、歷史、幸福、苦難的理解方式，同樣也能考驗作家的小說技法、審美理想、文心選擇、思想智慧、敘事觀念。

　　如果說兵荒馬亂是《笨花》的佈景，那麼世俗煙火則是《笨花》的主詞，鐵凝沒有回避貫穿於整個中國現、當代思想史的最頑固、最偏執的交叉敏感神經，她從細密而瑣碎的日常細節入手，在宏大的歷史背景中，在佈滿衝突的兵荒馬亂中，發現安穩與幸福，描述人性大美，見證中國鄉村文明世代相傳的人倫道德，敞開中國鄉土生活的事實。《笨花》的寫作嘗試與文字境界，最終使它通過了上述的這些考驗之門。

　　以往的文學創作事實告訴我們，如果兵荒馬亂與世俗煙火共時相處，鄉村史的敘事總是或多或少地受看似民主革命但實則等級森嚴的文化進化論的操控，作家們對「衝突」的沉溺幾乎到了失控的地步。於是，我們有像《咆哮了的土地》（蔣光慈）這樣的不斷強調個人對革命的身心回應的文學記憶，也有像《太陽照在桑乾河上》（丁玲）這樣的努力表現中國農村巨變歌頌社會進步的宏偉之作，更有像《小二黑結婚》（趙樹理）、《地板》（趙樹理）這樣的志在強調封建與非封建之對抗、志在描述剝削與被剝削之殘酷的詼諧趣味之作，當然，也有在正確與錯誤的意識形態區分下出現的《創業史》（柳青），以及在「類型化」小說創作原理召喚下產生的《鐵道游

擊隊》（知俠）、《林海雪原》（曲波）等作品。而由 80 年代後期開始，西方文學成就帶給中國文學的壓力，讀賣市場帶給作者的本能恐慌，迫切想得到承認的影響焦慮，使得歷史小說、鄉土小說在追求小說技法的同時大多呈現出一種緊張、凝重的氣氛，賈平凹的「商州系列」致力對鄉村絕望與鄉村恐懼的描述，余華善於在不動聲色中製造現實的緊張（《活著》、《許三觀賣血記》等），莫言喜歡讓語言依附於身體感官，進而對鄉野盲動的高密記憶進行極限想像，張煒在《古船》、《九月寓言》裏毫不掩飾他對衝突的敘事熱情。緊張的節奏、戲劇化的衝突、兵荒馬亂對苦難的渲染對世俗煙火的遮蔽——這種快的文學、熱鬧的文學被更多的作家所喜愛。而鐵凝所延續的，顯然是中國文學的另一種傳統，慢的文學，日常的文學，有古典修養的文學，「如何處理歷史、現實、夢想與個人命運之間的關係，一直以來都是偉大文學的使命」。[1]在慢的文學傳統裏，古典的有《金瓶梅》、《紅樓夢》等範本，近現代的作家裏，用日常而悲憫的眼神去看可說的世界、不可說的世界的，怕是只有張愛玲、史鐵生等為數不多的幾位作家，當然，沈從文、汪曾琪、宗璞等作家的創作也與熱鬧的文學有著天然的距離。讀慣了「快的文學」的讀者，在適應「慢的文學」時，難免有些水土不服，初看《笨花》，也難免心存生澀冗長之感——這是過多的「快文學」、「急文學」所帶來的閱讀綜合症候。讀得久了，在「快的文學」與「慢的文學」之對照記中，在「一種隨時與小說史相伴的思考」中[2]，慢的節奏對當下的文學創作具有重大且新鮮的意義。

在看待世俗煙火與兵荒馬亂如何相處之際，《笨花》以耐煩之心延續了慢的文學之傳統，鐵凝的寫作也驗證了，多維的理解途徑

---

[1]　謝有順：《此時的事物》，南京：江蘇教育出版社，2005 年，頁 30。

[2]　〔捷克〕米蘭・昆德拉：《被背叛的遺囑》，余中先譯，上海譯文出版社，2003 年，頁 24。

有助於對複雜事物的理解，也有助於呈現人的個體景觀、人的整體景觀、人的自然景觀——尤其是後者，在《笨花》中得到了充分的體現。那麼，在鐵凝的筆下，世俗煙火與兵荒馬亂如何相處呢？

可以看出，《笨花》巧用粗筆與細筆，勾勒出兵荒馬亂的不可更改性、世俗煙火的永恆性。《笨花》之粗筆落筆於兵荒馬亂、歷史佈景，不要顯眼只要隱約，不刻意回避兵荒馬亂的殘酷性、不有意渲染戰爭的悲情性，該一氣呵成的時候決不停頓。兵荒馬亂的跡象主要由棄農從戎的向喜的一生附帶而出，向喜升遷、納妾、退隱、死亡——既是作者描述時序的需要，也是作者進入時間的方式。1902 年，向喜入伍開拔；1911 年，漢口的戰事吃緊；1920 年始，向喜先後升任團長、旅長，由少將到中將⋯⋯《笨花》的年代結束於 1945 年，但當代史的所有寓言，都已經呼之欲出。一系列的大總統令道出歷史的鐘錶年序，戰事一年比一年吃緊，而向喜的軍銜卻總在不高不低的位置徘徊，向喜既不去東北也不往山西走，後來甚至卸職回到保定，這是與戰爭進程明顯相左的節奏。《笨花》之粗筆陳述了時局的快、歷史的節奏、年序的順延、歷史事件的不可更改，但因為軍人向喜後退式的生活，又使細筆自然而然地進入粗筆所有意遺漏的巨大空間，粗筆不能覆蓋細筆，細筆無法淹沒粗筆。小說《笨花》正是在粗筆與細筆的巧妙運用中，找到了由快回落到慢的路徑，這是一種奇特的寫法——不依賴於故事，不依賴於一己之經驗，敘事回到人的存在之中，敘事在無數結實的細節中去關照人的存在，這早已與快而撕裂的當下文學拉開了距離。兵荒馬亂的節外生枝，在西貝時令、西貝梅閣、小襖子、取燈等人身上也陸續得到體現。戰爭的倫理，終歸還是要落到人的倫理之中，《笨花》在時序與時間的抉擇之中，把重點放在了時間之上，以異乎尋常的純粹與多變而過分的雕琢保持距離，從而有效地抵抗「對存在的遺忘」（海德格爾）。

　　正如薩特所說的：「我們把時間和時序混為一談了。是人發明了日期和時鐘。……要理解真正的時間，必須拋棄這一人為的計時尺度，它什麼也測不出來。」[3]鐵凝用粗筆勾勒了歷史的時序，但與此同時，她又用細筆描繪世俗煙火，通過一種比兵荒馬亂更恒久的媒介進入了時間，進入了沒有鐘錶的時間，那是昆丁和班吉們所預言過的時間，時間意味著人的所有幸運，也意味著人的所有不幸，時間所沉澱出來的是人的處境。快而急促的文學意味著要跟時序鬥快，而「慢的文學」則意味著可以在時間內探究行為的本質、探究人何以在的本質，慢的方式是體貼入微的理解方式，快是藝術的天然敵人。

　　還是以向喜為例，看鐵凝筆下慢的節奏。對於兵荒馬亂來講，向喜是一個被動的捲入者，向喜的官位雖然一直在升遷（不高不低），但他面對兵荒馬亂之紛擾的時態卻是慢慢向後退卻的，慢慢退回他一直眷戀的世俗煙火之中，最後退回到糞廠，回到土地。這種人生是反戰爭邏輯、反男性傳統價值觀的——恰恰是邏輯妨礙細節的真實、價值觀借助權勢遮蓋更多的現實可能性。作者沒在在向喜身上渲染激昂、怨恨之情緒，反而是恐慌、脆弱時不時地出現。連向喜的死，作者都克制住濫情，謝絕英雄主義的誘惑，而是從生死的角度渡了一個圓滿給向大人向喜，「差不多是在又一個日本人倒下的同時，向喜衝著自己的太陽穴開了第三槍，他倒在糞池裏」[4]，鐵凝對生死的處理手法，隱含佛學中的悟，生活於西元五世紀的高僧道生曾說過這樣的話：「夫大乘之悟，本不近捨生死，遠更求之也。斯在生死事中，即用其實為悟矣。」（語出僧肇《維摩經注》卷七。道生，434 年卒，乃鳩摩羅什的弟子。）道生還說：「言到

---

[3]　〔法〕薩特：《他人就是地獄》，周煦良等譯，西安：陝西師範大學出版社，2003 年，頁 156。
[4]　鐵凝：《笨花》，北京：人民文學出版社，2006 年，頁 500。

彼岸：若到彼岸，便是未到。未到、非未到，方是真到。此岸生死，彼岸涅槃。」（語出僧肇《維摩經注》卷九。）鐵凝這樣評說向喜這個人物：「但他（向喜）一個普通人，能夠拒絕誘惑，遠離違背內心道德秩序，是人倫的力量賦予他的道德秩序，而不是一些玄而又玄、高不可及的政治主張。」[5]

人的自然景觀離不開嘮叨而緩慢的日常世俗——「斯在生死事中」，《笨花》把生與死的速度放慢，用平常的心參與到時間中去，人的景觀、中國式的天道人心得到自然呈現，《笨花》用節奏與細節說服我們去改變對人及歷史的理解與看法。如果說兵荒馬亂是天道，那麼世俗煙火就是人心，天道無從改變，人心卻有變與不變。世俗煙火與兵荒馬亂的衝突源就在變與不變之中，捕捉人心的不變比捕捉人心的變更困難，《笨花》所做的，正是捕捉人心的不變，進入遠離是非與善惡之辨的藝術自在；當兵荒馬亂披上家國民族大義的外衣時，世俗煙火被敘事藝術篡改甚至是磨滅的可能性增大，世俗煙火隨著歷史大事年表的推進在文字世界裏變得面目模糊，在兵荒馬亂與世俗煙火激烈對抗幾近成為偏執的小說共識的時候，《笨花》卻既陳列了兵荒馬亂，又展示了世俗煙火的畫卷，最終於世俗煙火中發現人情之大美，這得益於鐵凝非凡的敘事視野，以放棄的方式獲取——放棄急迫、戲劇、衝突、宏偉、功利，以慢的節奏探尋世俗煙火對兵荒馬亂的永恆意義所在——恰恰是世俗煙火使得生靈們從兵荒馬亂中逃生而出，同情世俗煙火，也就是同情並體恤生命及慾望的盲動與本質。

米蘭‧昆拉德曾經這樣看待藝術與歷史的關係：「依我看來，偉大的作品只能誕生它們所屬藝術的歷史中，同時參與這個歷史。

---

[5]　鐵凝語，〈鐵凝：任何狀態都能回到自己的靈魂中〉，記者夏榆、紀冰冰采寫，廣州《南方週末》2006 年 2 月 9 日 C19 版。

只有在歷史中，人們才能抓住什麼是新的，什麼是重複的，什麼是發明，什麼是模仿。換言之，只有在歷史中，一部作品才能作為人們得以甄別並珍重的價值而存在。對於藝術來說，我認為沒有什麼比墜落在它的歷史之外更可怕的了，因為它必定是墜落在再也發現不了美學價值的混沌之中。」[6]以細筆為主、粗筆為輔的寫作法則，以人之存在進入歷史內部的思想方式，使《笨花》成功地完成了歷史與現實的能量轉換，細筆蘊含著鐵凝的美學抱負、思想抱負，粗筆顯示了鐵凝的歷史視界，她以世俗煙火的「不變」看穿了兵荒馬亂的「變」，從而使小說擺脫了對「人間世」的道德追問，為中國文學從道德情操（強化小說道德與人間道德的一致）、個體身體經驗（沉溺於個人化的感官經驗）、意識形態（小說自我培植起來的激憤與怨恨）的三重困境中的突圍而出，為當代文學史刻下了新鮮而溫和的文學史記憶。

在我看來，理想的敘事視野，一在於在技術與題材中體現出來的藝術視域，小說要看到事物的曖昧、相對、裂變、分化，也就是米蘭‧昆德拉在《小說的藝術》一書中曾經提到過的「小說的精神是複雜性」。二在於博大的藝術胸懷，在這裏，意指小說所能寬容的精神與情懷，偉大的小說向來有指向哲學的意味，愛智慧愛自由的思辨傳統不僅在中國哲學中缺乏，更在中國文學中缺乏，中國文學普遍缺乏抵達博大之人文胸懷的悟性與悲憫——這顯然是重要的原因。

《笨花》的寬容情懷，正是寄託於人心的不變與鄉村教養的守恆，而《笨花》所苦心體恤的正是人生的安穩與幸福，這恰恰是「快的文學」所難以容納的精神品質。有關人心的變與不變、鄉村教養的守恆與失恒、世俗煙火與兵荒馬亂如何相處的問題，所面對的不

---

[6] 〔捷克〕米蘭‧昆德拉：《被背叛的遺囑》，余中先譯，頁18。

是局部問題，而是「個人化」感官經驗無法承擔的整體性的言說問題。

如果說 2004 年出版的長篇小說《人面桃花》（格非）涉及了人心在烏托邦與革命語境下的「變」，涉及了物質現代化進程中的精神「純潔化」給人帶來的困境，那麼鐵凝的《笨花》則深入而細緻地描述了人心在兵荒馬亂與世俗煙火的碰撞下如何「不變」，並關照了偏執的「純潔化」、「高尚化」作為一種精神清場的手段如何在世俗煙火中失效。反映人心的「變」與「不變」，既是對人心之艱難處境最深切的關懷，也是對普泛的人間道德與既定的歷史觀念的懷疑。

由笨花人的內心變遷可以看到，鐵凝是這樣描述人心的「不變」的：

如果以「後學」的觀念去理解向喜的一生，很容易把向喜引向性別主義的爭論，因為向喜娶了三房太太：同艾、二丫頭（湯順容）、施玉蟬，這三妻四妾雖是彼時代的產物，但終歸不合「後學」之男女平等的世紀想像。在鐵凝的筆下，這三妻四妾來得並不突兀，她把人心呈現於溫存的感情之中，而不是像「快的文學」總是專注於女人們的性政治——爭奪「性」的主動權，「快的文學」以書寫性的剝削與被剝削之細節去迎合讀者對鄉村鄉野性史的想像與獵奇。同艾嫁給向喜，沒有什麼曲折的情節，她嫁到向家之後，很快就融入向家，向喜在應試入伍的前夜，「他們的對話還是在試探和被試探中，不知不覺就變成了對事成之後的商量」[7]。向喜入伍時所帶上的，是一套有灰水味兒的舊被褥，這樣，他坐在火車上的時候，「他想到同艾拆洗被褥時，手讓灰水燒得紅通通的，還想到同

---

[7]　鐵凝：《笨花》，頁 27。

艾一天比一天鼓起來的小肚子。」[8]在軍隊裏，他娶了二丫頭，「他
是軍人，軍人都是背井離鄉的，可背井離鄉的軍人也總得有軍人的
生活」[9]，二丫頭濕頭髮的味道，讓他想到同艾的香胰子放的味兒，
掙扎內疚了一夜，還是決定娶她。至於賣藝的施玉蟬，向喜倒也不
是強娶，兩人相處三年，施玉蟬始終放不下鋼絲上的快樂，離向喜
而去，留下閨女取燈。從向喜與同艾、順容、施玉蟬的關係聯繫到
向喜的人生「倒退」（回到糞廠，與大糞打交道，與土地打交道），
以及順容與同艾對取燈的接納，可以發現，人心的不變，在於比愛
情更為寬闊更為恆久的感情：對生活的感情，對土地的感情，對世
俗煙火的感情，對存在本身的感情。看到人心的不變，實際也就看
到了人心的脆弱和值得同情。這種內置於生活世界內部的感情，就
是中國式世俗煙火何以為在的緣由，與那些在愛情中糾纏人生意
義、研究窒息折磨的極端小說寫作相比，《笨花》的胸懷要廣博得多。

人心的處境，向來都是左右為難的。而恰恰是感情促使小襖子
與西貝時令走向了不可調和的衝突。小襖子對金貴是有感情的，
對取燈也是有感情的，小襖子對金貴說：「她（取燈）好，她對我
也好」[10]，但是在金貴的連哄帶嚇之下，小襖子「到底沒有擰過
金貴」[11]，「她一腳深，一腳淺，一陣快，一陣慢，終於走到了那
個收雞老頭兒的門前」[12]，小襖子出賣了取燈，取燈慘死在窩棚裏，
但小襖子卻是真心敬重取燈，鐵凝寫出了這種矛盾的因緣所在。西
貝時令對取燈也是有朦朧感情的，如非這樣，他不會追查取燈的死
因。在追查的過程中，這一個片段寫得尤其意味深長——小襖子一

---

[8]　鐵凝：《笨花》，頁 39。
[9]　鐵凝：《笨花》，頁 56。
[10]　鐵凝：《笨花》，頁 476。
[11]　鐵凝：《笨花》，頁 477。
[12]　鐵凝：《笨花》，頁 478。

路上極力挑逗時令，以肉體的裸露賭時令的耐心，並羞辱時令，時令左右為難，最終還是「崩」了小襖子，「敵工部辦案遇到三種情況可以就地解決：一、拒捕；二、逃跑；三、反抗。時令想，小襖子應該是逃跑。他慶幸自己讓小襖子穿上了衣服，要是小襖子裸體著死，就不好向上級解釋了」。[13]如果沒有感情的「基因」，在小襖子與時令的身上不會發生人心的衝突。

在這種衝突中，鐵凝暗示了人心的「變」，這種人心的「變」又回過頭暗示了人心處境的險惡，同時也傳達了作者對歷史的卓越看法，魔鬼與上帝在人心內交鋒，撒旦與上帝從來都沒有離開過人心，有了人心的「不變」，才有人心之「變」的掙扎。如果單只強調人心的不變，會流於虛假，只有澄清了人心背後的來龍去脈，預示人心「變」的可能性，方可以說人心之敘事抵達圓滿。所以我說，鐵凝對人心的描寫，是從善的角度切入的，這種善，是一種並非與惡對抗的善，而是一種既能看到人心的不變又能看到人心的變的善，一種抵達人心之自然景觀的善。而在人心的不變與鄉村教養的恒常之間，無疑有邏輯的關聯。

《笨花》裏有在中國當代小說中不常遇到的細膩、從容、沉著、仁愛，《笨花》自覺遠離了中國鄉村與歷史敘事中好高騖遠的言說現狀。在我看來，鐵凝是懂得體恤幸福乃至安穩的作家。鄉村教養的守恆，是在《笨花》慢的節奏中得以呈現的。

在「快的文學」中，很難遇到這樣的鄉村教養：波瀾不驚、細水長流。波瀾不驚可以由笨花人面對死亡時所表現出來的克制看出，雖然克制不該是面對死亡時的唯一選擇，但克制肯定是人心選擇的艱難表現之一。西貝梅閣、西貝二片、取燈、向喜的死狀均慘，但笨花人隨之表現出來的疑問或看法是：他們是否得救，他們已經

---

[13]　鐵凝：《笨花》，頁 492。

回家。笨花人也許有對靈魂的信仰，所以在親人死後唯有期盼親人的靈魂得到安寧，這是一種懂得「此岸生死，彼岸涅槃」的鄉村教養。慢也是對細節的考驗，《笨花》充滿了細節的真實感，笨花人講究細水長流式的生活，鐵凝記錄了他們的生活：黃昏時牲口打滾兒、深秋和冬天打兔子、雞蛋換蔥的鄉村交易、火盆裏的花柴紅火、用柴火灰洗被褥的捶洗過程、笨花人種笨花種洋花的細節、笨花人起房子不起脊要上房用以攤曬棉花投芝麻、如何將息南北茶葉的脾性……生活世界就由無數個細節所組成，無限靠近細節的小說，也就意味著靠近事物的本象。「我更看重寫他們不屈不撓的生活中的逸趣、人情中的大美、世俗煙火中的精神空間、鄉村的智慧和教養，還有這群凡人在看似鬆散的日子中的內心的道德秩序。」（鐵凝）[14]鐵凝通過進入細部的方式，告之世俗煙火存在的合法性與堅韌度。

同時，在「快的文學」中，也很難遇到這般謹慎的鄉村智慧——《笨花》開篇就有這樣的場景：「西貝家的飯食在村裏屬中上，碗中米、面常雜以瓜薯，卻很少虧空。大概正是這個原因，西貝家進餐一向是封閉式的，他們不在街上招搖，不似他人，習慣把飯端到街上去，蹲在當街一邊聊天一邊喝著那寡淡的稀粥。西貝牛主張活得謹慎。對西貝這個做人的主張，西貝全家沒有去冒失著衝破。」[15]這種謹慎與其說這是村民們的狹點，倒不如說是出於對生活的眷戀，不眷戀，何來謹慎？越是兵荒馬亂，越是眷顧。

按神學家蒂里希的說法：「不現實的並不是《聖經》或神話中的團聚象徵——自然與自然、人與自然、人與人的重新聯合；恰恰相反，不現實的正是這樣一類烏托邦，它們把社會領域與自然、與

---

[14] 鐵凝語，〈鐵凝：任何狀態都能回到自己的靈魂中〉，記者夏榆、紀冰冰采寫，廣州《南方週末》2006年2月9日C19版。

[15] 鐵凝：《笨花》，北京：人民文學出版社，2006年，頁1~2。

個人、與宇宙的聯繫割裂開來，期望在人的領域內可獲得的具有意義的事物。」[16]當下的大多數寫作，陷入了一種烏托邦的寫作，沉溺於局部的經驗，並幻想用一種春秋筆法描繪出烏托邦的想像生活，從而使苦難與幸福陷於一種絕然分割、對立的狀態。《笨花》所面對的是另一種現實，那就是「人與自然、人與人的重新聯合」，人的「自然」景觀，是傳統與歷史所寫成的，鄉村的「自然」景觀，與樸素的人倫道德、平凡的世道人心、普泛的道德人情密切相關，「在日常生活裏，在世俗煙火的背後其實有永恆價值的存在。」（鐵凝）[17]

洞察世俗煙火與兵荒馬亂如何相處，看到人心的不變與鄉村教養的守恆，《笨花》看重的，是一種遠離烏托邦的存在。無論是《笨花》內含的敘事視野，還是《笨花》所呈現的藝術胸懷，都對當下的文學創作有深刻的啟發。

在「快的文學」、「速度與技術的文學」、「簡化的文學」氾濫成災的今天，更顯出「慢的文學」的稀有及重要性。「快的文學」、「速度與技術的文學」對文學創作所造成的損害、對閱讀心靈所帶來的傷害，無法估量。文學原本是慢的事業，很多作家卻臣服於技術的進化論。要找回慢的文學感覺，我們的作家不得不克服三種以上的寫作困境：個人化經驗重複書寫的困境、小說被人間道德規範的困境、被反抗意識形態所誘惑的小說困境。看看他們的困境——

一旦離開了一己之經驗，就找不到文字的著陸點。著重於局部經驗、個人經歷的重述，缺乏對整體性的把握力，缺乏對歷史與他人經驗的想像力與理解力——這在 70 年代出生、80 年代出生的作

---

[16] 蒂里希：《蒂里希選集》（上），何光滬選編，上海三聯書店，1999 年，頁130。

[17] 鐵凝語，〈鐵凝：任何狀態都能回到自己的靈魂中〉，記者夏榆、紀冰冰采寫，廣州《南方週末》2006 年 2 月 9 日 C19 版。

家所出品的作品中，尤其普遍，這並非是刻意的年齡區分，而是從文學發言的立場出發，可分析得出的不容人樂觀的事實。

一旦離開精心的刻畫，就會出現許許多多的寫作漏洞，比如說余華的《兄弟》（上），小說篇幅是拉長了，但節奏並沒有慢下來，冗長的描述使語言裝飾了過多的矯情，把握大跨度歷史的野心，使余華甚至放棄了對現實幻象應有的警惕，以至於迅速被粗鄙招安，急促的節奏、跳躍的情境，仍是《兄弟》們的主宰。

一旦離開對烏托邦的構想，便找不到精神的寄託。東西的《後悔錄》是少有的不追問人間是非、人間善惡的作品。但更多的作品，所謂的現實主義作品，所糾纏的始終是是非善惡，這些作品縱容自己作品中怨恨的心態，迎合閱讀的激憤情緒，對於這類作品，我對它所能承擔的重量，是深為懷疑的。

經驗如何轉向，局部如何面對整體，如何擺脫文學寫作整體性的精神創傷，敘事倫理如何對待道德倫理，這都是 20 世紀 90 年代以來的文學創作所存在的問題。而，慢的文學，不僅有助於填補敘述的缺口，也有助於顯示靈魂的深。慢與小說的精神，都是複雜性，對於文學來講，慢就是對寫實主義的精神回歸。

鐵凝的《笨花》，延續了「慢的文學」之傳統，這是被當代文學忽視已久的寫作品質與寫作傳統。鐵凝總是能在恰當的時候填補閱讀心靈的匱乏，也總是能在文學創作的時髦潮流中保持向永恆價值致敬的清醒，如果讀者對文學史稍有記憶，就可以回想起《哦，春雪》、《沒有紐扣的紅襯衫》、《六月的話題》、《麥秸垛》、《棉花垛》、《大浴女》、《玫瑰門》等作品在不同的時期為文學現場所帶來的意外驚喜。《笨花》對「慢」的深刻體悟，對「靈魂之深」的探索，對曖昧事物、相對歷史之複雜性的理解，於當下迷亂的文學現場，同樣是意外的收穫。

　　謝有順說過這樣一段話：「一個真正負責任的作家或思想者，他除了對屈辱的事實要有明確的批判立場外，還應有一顆充滿摯愛的心靈。只有愛，能縫合精神深處的裂痕；也只有愛，能讓你謙卑地俯下身，耐心地傾聽來自生活內部的疼痛與歎息。一個作家一旦具有這顆摯愛的心靈，他就會同時獲得新的理解現實的方式，那些散落在各個角落裏的閃光的片斷，就有可能在他愛的心靈的召喚下聚攏起來，成為支援貧困心靈的力量。」[18]愛對於寫作，有重大的意義，愛能支撐作家去看到別人看不到的世界，對愛的理解，是在慢的節奏中形成的。鐵凝是對愛有信仰、對慢有信心、對快與簡化有戒心的作家，也是對歷史與中國鄉土有獨特看法的作家，她確實可以做到——「謙卑地俯下身，耐心地傾聽來自生活內部的疼痛與歎息。」這段關於愛在寫作中的意義的論說，也適用於對《笨花》敘事視野及精神品質的評價。

---

[18]　謝有順：《話語的德性》，海口：海南出版社，2002 年，頁 258。

刑德之下的格心與遁心

──關於林白《致一九七五》的隨想

　　陳思和注意到了林白的創作變化，「當年在她以女性主義鬥士
姿態出現的鼎盛期間，她的審美意識卻在悄悄地發生變化。這種變
化到了她游走黃河，創作《枕黃記》時初現頭角，而在《萬物花開》
中才獲得了整體完成。……我沒有讀到林白的十一年前的手稿，不
知道在那些短篇中有多大成分是來自舊稿。但那些短篇中的許多淒
美淩厲的語言片段，典型地表明瞭林白早期的語言風格，而奇怪的
是這些片段在新稿中竟一概不見了，留下的是鉛華洗盡的文字和樸
素的民間敘述，這裏不難看到作家的變化軌跡」。[1]

　　有的作家，風格穩定，語言老到，寫作習慣前後基本一致，作
品文字一路風平浪靜，對事物的看法卻日益精進。有的作家，則不
同，比如說林白，她的創作風格不斷裂變，看上去有些匪夷所思，
但一切又是那麼自然：不僅她的內心在發生變化，她的語言、文體、
行文節奏也在發生變化。這些，是當代文學的不同風景。不同的創
作取向，對當代文學經驗各有不同的啟發。

　　林白願意、而且能夠聽到不同人或物的聲音，她有自說自話的
寫作自信，她既能洞察人心，亦能為靜態的事情賦予動的神態。不
管不顧的藝術勇氣、天馬行空的自由心向，使她的寫作不斷有所突

---

[1]　陳思和：〈「後」革命時期的精神漫遊──略談林白的兩部長篇新作〉，見《西
　　部・華語文學》2007 年 10 月，頁 9。

破，不斷往高處、大處進發。林白的早期作品，如《同心愛者不能分手》（1989）、《一個人的戰爭》（1994）、《說吧，房間》（1997）等作品，追求文字的「淒美凌厲」，將小愁說成大愁，審視內心的每一個角落，她以寫作為內心開闢了出路，反過來，「內心」這一異常豐富的「題材」又為她的寫作提供了無窮盡的靈感。林白，以及陳染，讓女性經驗在文字裏盛放，以一種相當放肆、令人訝異的方式盛放，各種嚴厲而古怪的規訓，再也擋不住個人經驗及情感對合法性的訴求。林白等人，對中國當代文學經驗有開創性的貢獻。

向內轉的寫作嘗試，對狹窄空間的細緻經營，對作者敏感的藝術天性、雕琢的藝術技法，是一種極大的開發。《一個人的戰爭》等早期作品，看上去結構散漫，但內在的筆調與情緒卻嚴厲、幽怨、緊湊，有一種迫人而狂放的氣質。這顯然是一種困在房間裏的感覺——本以為房間裏最安全，但對外界的疑懼不安又反過來影響了房間裏自我隔絕的人的安頓。1989 年前後，浪漫主義狂想趨於消沉、理想主義狂想趨於終結，包括林白在內的少數作家，看到了走出大雜院、躲進套間裏的現代人的心靈困苦與狂躁，她們在中國人身上發現了一種新的、更多方位的政治生活。

到了《萬物花開》（2003）、《婦女閒聊錄》（2005），林白內心動盪不安的「房子」，終於安放在這片沉實的大地之上，她不再以咄咄逼人的氣勢審視這個令人不安的世界。《致一九七五》[2]，林白更是找到了中國人的現世安穩，略帶悲觀、富含悲憫的人生看法，隱藏在那些歡快而散漫的語句與節奏裏。那個驕傲、多疑、苛刻、

2　《致一九七五》於一九九七年九月開始動筆，「一九九八年七月三日中午十二點半，未完成」（十一本草擬稿），2005 年 8 月重新寫作，至 2007 年 9 月完成——據林白《致一九七五》（後記），南京：江蘇文藝出版社，2007 年 11 月。《致一九七五》首發於《西部・華語文學》2007 年 10 月，原擬名《漫遊革命時代》，刊於雜誌時，分為「致一九七五」、「漫遊革命時代」兩部，小說成書時，分為「時光」與「在六感那邊」上下部。

敏感、容易受傷的自我，轉以平和的心神、深邃的眼神、感慨的姿態去打量這個世界，那個沉緬於內向的自我，朝外向進發，內心的自我，催生了外向的自我。

由內心出發的寫作，由自愛出發的創作，像是在播種，到某一天，種子破土而出，「萬物花開」，氣象萬千。

林白曾經在「致一九七五」與「漫遊革命年代」兩個標題之間猶豫不決，這部長篇小說最後定下來的名稱，是「致一九七五」。「致一九七五」，基本上是一個去修辭化的標題，簡潔平實，捂住了感情，使之不至於流溢氾濫，一個年代的後面，通常有很大的世界、很大的視野。「漫遊革命年代」，修辭化傾向強烈，政治倫理特徵明顯，雖切合小說的平面結構，但其對時代的命名又略嫌常規，作者在小說成書時將下部更名為「在六感那邊」，去修辭化的處理手法相當成功。相形之下，「致一九七五」，淡化了個人激情及浪漫主義色彩，結合小說內容及結構來看，標題的處理有深意，且得當。

林白有意去除這個年份的特殊性，「我選 1975 就是因為它沒有任何標誌性，只是我在這一年下鄉做知青。如果我寫 1976，讀者肯定一下就覺得有政治因素。我這個小說肯定不是政治文本，也不是『文革』題材。1975 年只是『文革』後期的一個平凡年份。所以『一九七五』提示的是革命年代的日常生活和個人生活」。[3] 一九七五、一九七六、一九六六……如果它們離開「文革」這個政治概念，它們是時間裏的平常年份，它們是生老病死迴圈中的過眼雲煙。

任何一個年份，無論有多麼大的動亂，都無損中國人對世俗生活的熱情。討生活，就是中國幾千年來最堅定不移的傳統，與之相伴隨的習慣，是中國百姓對倫理生活的索求，遠遠大於對審美生活的索求，倫理的生活方式，保證並鞏固了討生活這一傳統的延續

---

[3] 　林白訪談：〈「肯定有很多人認為我不會寫小說」〉，採寫：田志凌，見廣州《南方都市報》（閱讀週刊）2007 年 10 月 21 日，B19 版。

性。從這種意義來看，一九七五，是平常的年份，是日常生活的任意一年。當時間越過 1840、1860、1898、1912、1917、1921、1937、1945、1949、1956、1966 等年份，直奔 1975 而去的時候，討生活的傳統並沒有發生根本的改變。當時間邁過 1989 年，討生活的欲望更是洶湧而至，這種慾望讓我們的生活進一步滑向瑣碎、平庸、麻木、無聊的深處。現代意義的獨立的「人」，在這一討生活的傳統裏，發展得並不理想。1975 年，相對于「文革」的其他年份，政局可能相對平穩，但對個人內心來講，它也許並不意味著平靜，尤其是成長的青春期，外界一點點風吹草動都足以讓身心產生反應。亢奮與激動，是另一種動盪，對於個人成長來講，是大的動盪，是大的彷徨。

　　1975 年，倫理的生活方式，仍是國人的主要生活方式。只不過，倫理的生活方式政治化了：政治泛道德化，日常生活刑德化。1976 年 10 月，「文革」以「文革」的方式強行結束，從某種程度來講，「文革」的亢奮與粗暴並沒有終結，這種心理習慣助長了 80 年代民粹主義的發展，人們所看重的「人」，仍然是社會存在的「人」，而非獨立的「人」。到了 20 世紀 90 年代，日常生活審美化的傾向日趨劇烈。如果借用倫理學家 A.麥金太爾「追尋美德」的說法來看待這一變化[4]，80 年代以前的動盪歲月，我們可以看成是「追尋美德」的極端行為過程，而 90 年代以後，人們續接了「五四」時期反抗儒學之道德體系的新傳統，倫理的生活方式回歸到以血緣關係為主導的小家庭單位內部，高蹈的道德體系在消費欲望以及媒體霸權的深刻影響下日趨分化解體，個人生活被新的機制規訓，人道主義並沒有如理想主義者所願，日益強大起來，個人生活也沒有像某些人歡呼的那樣，得到了解放，我們正加速失去傳統的

---

[4]　相關看法見〔美〕A.麥金太爾：《追尋美德》，宋繼傑譯，南京：譯林出版社，2003 年。

道德。這是一個世俗化的漫長過程，人們習慣了只應對人間世事，我們遠離神話，遠離神秘的事情，我們的內心容易單純，我們的身心容易被治理，我們能長時間地忍受惡劣的人際關係。

《致一九七五》捕捉到了由日常生活的高度刑德化到日常生活的極度審美化的轉變，作者獨特的看法藏於其中：1975 年，日常生活高度刑德化，個人生活應該純淨無邪，但雷紅們的個人生活卻驚世駭俗；30 年後，日常生活極度審美化，「時光奪走的東西，就再也不會歸還你們了」[5]。當年你認為平淡無奇的，今天你覺得珍貴難覓，昨天你以為驚心動魄的，今天再難有絲毫波瀾起伏。殊不知，昨天所耗去的，正是你今天的生活，但你要靠回憶鼓舞並拯救今天的生活，今天你須承受生活庸煩複雜之重。

記憶的寶庫在這部小說中洞開，個人生活在城鄉兩地展開：南流縣城（學生生涯）、香塘公社六感大隊（上山下鄉）。《致一九七五》的開篇由回憶開始：「再次回到故鄉南流那年，我已經四十六歲了。」[6]1975 年，對 16、17 歲左右的李飄揚、雷紅、雷朵、呂覺悟、安鳳美等人來講，生活主題就是勞動、文藝表演、上課，在局勢未明朗之前，等著做「知青」，上山下鄉，「人人都要到農村去」，接受「再教育」，大家爭取過上「心裏能開出花兒」的生活。

李飄揚等人的南流生活，有一些大的觀念背景：階級論、出身論、改造論、造反論、忠心論懸掛在每個人都能看到的高處，閃閃發光，觀念即生活，生活即理想。所以，李飄揚等人的腦袋，應該分清什麼是好人什麼是壞人，誰是敵誰是友，什麼是高尚什麼是低下，什麼是有毒的什麼是沒有毒的。實際上，他們的腦袋也這樣去想了，只不過，在想的過程中，李飄揚等人的好壞觀出現了一些偏差。觀念能夠誘導或強制人們去定義是非好壞，但觀念很難完全操

---

[5]　林白：《致一九七五》，南京：江蘇文藝出版社，2007 年，頁 2。
[6]　林白：《致一九七五》，頁 1。

縱感官感覺，比如說梅花黨，按觀念的要求，王光美應該被列入「敵」方，但王光美的旗袍上有一朵梅花，「（王光美）是全國最妖的一個形象，一個妖精，正因為其妖，像一朵有毒的花，我心裏隱隱的有點喜歡她。在我看來，有一個妖精，政治漫畫才變得不那麼枯燥了」[7]。

解釋觀念即生活這一現象，不能回避唯物主義、烏托邦、功利理性等哲學思想，不能忽視現代化過程的中西衝突。但是，這一痛苦又歡騰的歷史過程中，有沒有中國傳統的治世思維在起作用呢？以革命興起的群眾運動是不是反而強化了傳統的某些治世思維？我認為，不能排除儒學體系中的治世思維在社會進程中所起到的潛在作用，我們無須否認，在平均主義佔據時代最高點的時候，森嚴的等級制度也在時刻監視我們的生活，共同的貧窮讓我們忍受了歲月的磨練、認可了歲月的殘酷。

治理身心的傳統中學，強大而頑固。子曰：「道之以政，齊之以刑，民免而無恥；道之以德，齊之以禮，有恥且格。」（《論語・為政》）又，子曰：「夫民，教之以德，齊之以禮，則民有格心；教之以政，齊之以刑，則民有遁心。」（《禮記・緇衣》）以 1975 年為例，教育的目的，無疑是為了讓受教育的人們有歸順之心，借用儒學的說法來講，就是希望受教育的人有格心，順從治世的主導思想，接受政治潔癖、道德潔癖等訓導強迫症。「亂」所滿足的，是「治」的欲望，1949 年以後的「政」、「禮」雖然早已與 1912 年以前的「政」、「禮」有別，但「刑」、「德」的基本思路沒有改變。政治潔癖、道德潔癖等訓導強迫症，使人們不僅要尋找自己的美德，更要尋找他人的美德，要為他人的生活負責，當他人的生活、他人的美德出現意外的時候，便會引起「自己」的震驚、害怕，甚至是

---

[7]　林白：《致一九七五》，頁 6。

憤怒譴責。從某種程度上來講，1975 年左右，刑就是德，德就是刑，也就是我所說的，政治泛道德化，日常生活刑德化，刑德訓導日常生活。

前文提到，李飄揚等人的生活主題是勞動、文藝表演、上課，而到了六感那邊之後，他們的生活主題是政治學習與體力勞動，接受再教育。這些主題，對民之格心是有期待值的。但與此同時，服從之格心又滋養了逃遁之遁心，李飄揚等人努力去服從規矩，但安美鳳、雷紅等人卻逾越了規矩，連那只叫刁德一的豬、那隻叫二炮的公雞，都逾越了規矩，豬不長肉，雞不打鳴，人尋求不到的自由，有靈性的動物卻發揮了象徵作用，它們成為超越內心的象徵。

上課，傳達特定「知識」的權威性，強調戰鬥。而對「勞動」的文化含義，我們鮮有思考。上頭為什麼看重勞動，而人們為什麼又認同勞動，為什麼人們在勞動的要求面前找不到合理的理由去反抗，李飄揚的回憶裏，也看不出各位同學對勞動有什麼嫌惡，就是有苦悶，也只有收在心裏，對勞動的異議等到回城的時候才顯現，大家一旦回城，則一去不復返。強制勞動的政治邏輯簡單粗暴，策略意識明顯，但其文化含義異常豐富，一提到「文革」，我們往往著意「革命」二字，很少從「文化」方面去理解，很少去思考文化與暴力之間為什麼能夠達成「協定」、形成默契。以生產方式的進程而論，勞動是用來體驗並增進感情的，低端的勞作拉近了人與人之間的距離，毛澤東本人也曾經談到過勞動對其情感的影響，勞動對倫理的生活方式有加強鞏固作用。對勞動的信仰，有古典的人文情結，這種情結，深深同情那些生活在最底層的民眾。比如說中國詩文，有兩種傾向不能忽視，一是隱逸出世，有懷才不遇之心，二是濟世入世，情感基石是底層的生活苦難。知青在六感種煙、烤煙，知青拿著煙葉「這把抖抖，那把抖抖。旁的人就教他，別抖別抖。……問了有一會兒，才有人說給他，抖了那不就把煙葉上的泥沙抖丟

了，不壓秤啊！⋯⋯這其中的道理如此曲折，知青又抖了好幾竿才聽明白。」[8]刑德在「勞動」身上寄予厚望，底層成為優先的、排它的、絕對的價值符號，面對苦大仇深、理所當然的價值符號，誰又可以公然將知識、人性等其他價值符號擺出來，質疑「勞動」的絕對權威、最高道德呢？

而文藝表演呢？文藝表演是用來表達感情的。文藝表演的目的，是要把感情獻給刑德規定的對象，比如說貧下中農、土地，或其他。刑德年代的特殊禮儀，融到文藝節目中，文藝節目設計的動作、音高、節奏等，都是為了表達某種情感，或忠誠，或熱愛，或憎恨。比如《毛主席誇咱女民兵》、《槐樹莊》、《大海航行靠舵手》、《拖拉機進苗寨》、表忠舞等，都能表現出群眾性的熱忱。但這些學生在表達感情、體驗感情的時候，並不流暢，排練之後也不流暢，他們局促不安，他們的歌舞在大街上開了個頭，圍觀者就一哄而散，他們完全想不到應該馬上重演一次。

上課、文藝表演、勞動、打靶等活動的過程（作者淡化或避開了批鬥大會等激烈場面），貫徹了刑德的治世思想，並增強了民之格心。學生們基本上能做到循規蹈矩，語錄指導著他們的是非判斷、左右著他們的生活「常識」，他們非常清楚違反最高指示的後果、刑德之間的關係，他們的生活穿插著各種語錄、各種象徵革命符號，連安鳳美也不例外，「安鳳美雖然是一個罕見的吹牛大王，但她從來沒有說過要去搶玉林軍分區，這件事情非同小可，屬反革命行為，打砸搶，如果沒有行動，那就是反革命陰謀，如有行動，則必死無疑，株連全家，這樣的犧牲太無謂了」[9]。在語錄的指示下，他們也患上了道德潔癖症，邱麗香是李飄揚的同班同學，邱麗

---

[8] 林白：《致一九七五》，頁 295。
[9] 林白：《致一九七五》，頁 194。

香一天到晚地圍著班主任孫向明轉，聽故事、拔河諸如此類，邱麗香總是能搶佔孫向明身邊的最佳位置，邱麗香就像那個奪去同班女生玫瑰夢的人，同班女生不喜歡她、私下裏嘲笑她，「她為什麼會那麼大呢，真難看，像個婦女！」[10]，少女對女人身體的嫌惡，是道德潔癖帶給女生們的狹隘的唯美後遺症，美對醜的指責或譴責，正是日常生活刑德化的重要表現，道德潔癖源於對某些事物的厭惡。而這種刑德化的問題在於，美德應該由誰來判斷，美德的判斷應該依據什麼標準，一旦人們知道這種判斷不可靠的時候，所謂的美德就會被時光奪走，不再回頭。

熱愛黨國的愛在發育，愛情的愛、愛人的愛也同時在發育，愛的感覺雖然交叉混淆，但愛所憑靠的感官是一致的。一種感情得到發展，另外的感情也會被帶動，他們的表現都是狂熱而危險的，且沒有其他的管道可以降低這種危險，一種情感的發展，可能也同時壯大了另一種感情。熱愛党國的愛、熱愛高尚的愛保證了民之格心，但另外的感情，卻偷偷滋養了民之遁心。

遁心屢屢成為格心的反諷詞。

李飄揚暗暗地喜歡上了王光美旗袍上的梅花，李飄揚被韓北方喜歡上了，雖然是以革命的方式喜歡上的，但那種情感畢竟也叫喜歡，李飄揚為此又慶幸又失望。愛上一個具體的人，是刑德體系下最大逆不道的事情，這種事，超出了刑德的指定能力。安鳳美是小說中最出彩的人物，她曠課，她的生活有某些秘密，她好像懷孕了，她像一把「吹牛的劍」，這把劍舞起來，水潑不進，針插不入，別人的舞是為了表達的感情，她的舞是為了過上懶散而自由的生活。一種叫愛情的東西，「盛開在雷朵身體的深處，隱秘，奇異，它濃

---

[10] 林白：《致一九七五》，頁7。

烈的氣息吹過我的少女時代，成為我生命中的光華」[11]。雷紅後來和宋大印私奔了。羅明豔去引產，一聲都沒喊。豬的本分就是長肉，但刁德一就是不長肉，還整天跨欄；公雞的本分就是打鳴，但二炮不打鳴，它要讓安鳳美睡懶覺，它要做安鳳美的保護神。勞動與政治學習原本是神聖的事情，但勞動讓知青知道，勞動者與政府之間並不是你情我願萬事和諧的。政治夜校是由一間糞屋改建而成，公社的這一決定，化解了政治學習的嚴肅性，物質的匱乏，使政治教育變得局促，強制與說服遇到了阻力。人們讀完報紙之後，每個人想到的，幾乎都是第二天田裏的事，而不是什麼時候再讀報紙。

指導日常生活的價值符號在明處，它們像身體的關節，稍稍一動，就看得出來行為的幅度。出於對自私、個人主義等行為的厭惡，刑德以集體生活作為籌碼——上課、勞動、軍事化訓練是典型的集體生活，張揚公共場合應聲和唱的情感，放逐個人及其自我情感。惟美的、單一的道德追求，讓人們小心翼翼，一點點美的誘惑已如洪水濤天，幹「壞」事容易上癮，格心，管束不住遁心，道德拽不住私奔的腿腳。一點點的快樂，已猶如擁有天大的秘密，一點點幸福，就足以讓人窒息得快要暈厥過去，再多一點點快樂幸福，人們就覺得像犯罪，隨時準備著接受懲罰。

遁心的後面，是強大的生活基礎，是討生活的堅硬傳統。生活的傳統，打破了刑德訓導獨統天下的格局。

《致一九七五》裏，有寬廣得令人訝異的生活，這得益于林白非凡的記憶力與想像力。

中國百姓是要討生活的，但不巧的是，討生活的念頭與浪漫主義、革命激情、民族主義發生了關聯。以 1975 年為例，人們也許還是相信新來的主義將會使他們的生活變得更美好，有道德潔癖的

---

[11] 林白：《致一九七五》，頁 11。

政治倫理生活方式使他們以為生活可以按道理、按程式去規劃完成。人們信仰政治的倫理生活方式，這是現代化急切潮流中的新式反應，但與此同時，人們不會放棄世俗的倫理生活方式，他們不會把對父母的愛、對情人的愛徹底轉化為對領袖的愛，這是中國舊式的習慣反應，世俗的倫理生活方式，所求的其實就是現世安穩，就像錢穆曾經說過的「安、足、靜、定」[12]。中國百姓對生活是那麼地信仰——活著就好。但也正因為討生活重要，所以，中國人才會那麼容易輕信。

林白對各類生活之間的反差，有細緻的描述。

林白對政治的倫理生活方式，處理得非常巧妙，著墨不多，但通篇皆有穿插，讀者如有耐心，可以慢慢去解碼，林氏幽默及深刻，與語言的節奏感融為一體，似天然混成。刑德之下，格心與遁心的反差，前文已作分析。

政治的倫理生活方式，是要人們「信」。結果，人們確實信了，但信的不是政治的倫理生活方式，而是討生活的重要、活著的重要。「我們真是輕信啊！什麼都信，有一年傳說，如果不買五尺紅布，家裏就會有人遭殃。一時間，全南流的紅布就脫銷了。有一年，傳說如果不吃綠豆，喉嚨就會長毒瘡，結果綠豆又搶光了」，此外，人們還因為各種傳說，搶著做甩手操、喝雞血、打雞血針、喝紅茶菌[13]。政治的倫理生活方式幾乎抽空了生活的常識，但它改變不了人們對討生活的基本信仰，人們對死亡的恐懼感沒有因為革命而降低，反而是，政治的倫理生活方式加劇了人們的恐懼心。他們之所以輕信，是因為討生活的傳統受到威脅。

---

[12] 錢穆：《中國文化史導論》（修訂本，弁言），北京：商務印書館 1994 年，頁 4。

[13] 林白：《致一九七五》，頁 31。

　　林白花了大量的筆墨，去描述政治符號之外的生活基礎。南流縣城、六感大隊（屬於廣西玉林地區）的風土人情，是世俗生活的真實寫照。三十年前，世俗生活在暗夜裏生長，三十年後，狂想的生活，走向了頹廢、破敗。這些，與政治的倫理生活形成巨大的反差，回過頭去看，政治的倫理生活方式是否早已對世俗的倫理生活方式起了疑心，雖欲力拔山河，但終難挽狂瀾？政治的倫理生活方式雖極端可怕，但無論如何，它也是反思世俗倫理生活方式的手法之一。

　　作者像一個說話語速極快的人，雖嘮叨，但節奏穩健，吐詞清晰有力，句句入耳，語調歡快但不凌亂，聯想豐富但不散亂，聊著聊著，事物最深處的隱秘之花就次第盛開了，讀者初時迷亂，後終豁然開朗。作者一說，就說到了問題的關鍵，作者一看，就看到人的內心。

　　到最後，可以發現，討生活這一傳統，根深蒂固，但這種世俗化的傳統，也不可靠，它沒有救贖的能力，它給不了現世的「安、足、靜、定」。關於這些，《致一九七五》有幾處地方，寫得驚心動魄。學校的圍牆倒了，「只聽說這兩人進城買喜糖，女的口袋裏還剩五塊錢，她一被挖出來，男的就翻她的口袋找錢，而且，那男的沒有哭」[14]。一九九八年十月，「我」見到了安鳳美，「我沒能想到，安鳳美變成了這樣，她的兩顆門牙脫了，沒去補，頭髮白了許多，而且稀，衣服是最過時的。豁著的門牙和花白稀疏的頭髮，真是觸目驚心，讓人不忍」[15]。那個在政治倫理生活中，最有世俗光彩的安鳳美，失去了她所有的通明、光亮，三十年前，公雞二炮被人毒死了，三十年後，曾經的安鳳美墜入時間的深淵，最後，「沒有人

---

[14]　林白：《致一九七五》，頁25。
[15]　林白：《致一九七五》，頁38。

能聯繫上她」[16]，安鳳美的妖氣神秘地消失了，安鳳美也消失了，消失是安鳳美最有尊嚴的注腳。三十年的光景，晃一晃就過去了，自始至終，你、我、她都是被「日子」奴役的人——追逐日子，亦被日子所追逐。

那麼，我們的現世安穩從哪裡來？到哪裡去？

無論林白怎樣變化，她關心的問題，始終是人活在世上，如何安放張惶失措的內心、如何安置流離失所的身體等問題。在現實安穩這一點上，林白的隱喻用得非常好，尤其高妙的是，林白沒有把現世安穩的希望給予人，而是給予了或簌簌有聲或靜默不語的大地。林白寫六感的禾田，說它沒有腳，卻又想出去見世面——寫得就像人一樣，身子笨拙卻有心的靈動，棉花、花生、紅薯、四季豆、蘑菇、烤煙、冬小麥、芋頭、木薯、馬鈴薯、黃豆，每一種作物，都被作者附上了靈氣，在每一樣農事裏，都可以看得出，歷史中的生命悲歡，人與物之間的相濡以沫——終將相忘於江湖。作者用通感、比喻、擬人、戲謔等藝術手法，別具匠心地賦予事物以生命。現世安穩，作者是透過植物、土地的勃勃生意來表現的。大地比人類更長久，更堅韌，我們的生命，要去傾聽大地的聲音，要去思考大地的啟示，禾田、煙葉、蘿蔔、豬、狗、公雞，都是大地給我們的啟示。「一隻胎盤和一隻公雞從我的知青生涯緩緩升起，猶如一輪明月和明月中的玉兔」[17]，天空，大地……那些極具靈魂意味的意象，反覆出現。那些不會發出人聲的物事，比人事更為生動活潑。我想，林白是有所暗示的。《致一九七五》裏那只跨欄的豬，王小波筆下的那只特立獨行的豬，E.B.懷特筆下那只看到下雪天、過上耶誕節的豬，在精神取向方面，是相似的。如果沒有自由的心靈，我們的靈魂無法健全，我們的現世無法安穩，我們的生活無法坦然。

16　林白：《致一九七五》，頁 39。
17　林白：《致一九七五》，頁 169。

正因為林白看到大地的啟示，並有所暗示，《致一九七五》才實現其精神氣質上的先見及飽滿，否則，《致一九七五》就只是一部僅在文體技法上對未來的寫作有深刻啟示的小說作品。

《致一九七五》是一部大氣又細緻的作品。雖然在其行文過程中，作者有過度修辭化的傾向，比如說，用劉翔跨欄的姿態去形容1975 年的事物，用周潤發等人去比喻當年的事物……修辭過度，是個人寫作趣味，只是，以今日之物去比擬往日之事，總覺得有些不妥當，影響小說的整體感，這也許是時間感的散漫與作家的表達衝動導致的細節失察。但《致一九七五》非凡的感受力、洞察力，彌補了這些小小瑕疵所帶來的閱讀遺憾。從《一個人的戰爭》、《婦女閒聊錄》，到《致一九七五》，總讓人出乎意料的林白，一直在有力地安撫當代閱讀者的心靈。

《致一九七五》記錄了一種尋找美德的誠懇生活，但三十年後，李飄揚發現，美德消失在時光的深處。今日的感慨與歎息，靠依在昨日的歡快與不安上，林白追問了不同生活方式的意義，她不僅懂得我們內心的困頓，也清楚地知道，世俗的倫理生活方式正經歷著何等觸目驚心的變局。她筆下的心靈矛盾而充滿活力，她筆下的人事複雜而充滿動感。她有魄力地去除了某些悲慘而血腥的細節，從而為那些無聊而徒然的輪回生活留下了悲憫的餘地。《致一九七五》，就像一幅抽象疏朗的現代潑墨圖，筆法恍惚，魂魄飄逸，佈局殘缺，意境卻無止無盡。林白說，再寫十年，她有可能變成一個左翼作家。如果真有那一天的到來，也不奇怪，無論是對女性經驗的坦陳，還是面向一九七五的訴說，她的內心，她對這個世界的看法，她對事物的表現手法，一直是先鋒而自由的。

歷史記憶與身體經驗

——讀東西的《後悔錄》

　　東西把曾廣賢的身體史命名為《後悔錄》，這不能不讓人想起十八世紀法國的盧梭。盧梭的《懺悔錄》曾經為中國現當代的思想注入浪漫主義的激情，《懺悔錄》為當年的中國式的思想反抗、政治反抗、文學抗爭提供了誘人而合法的思想路徑，中國的文學與思想實踐無師自通地將「懺悔」一詞引入道德領域，在近百年的時間裏，中國的文學熱情與思想熱情將人類情感、人類感覺泛化，將人類情感的邊界模糊化，以集體主義的身體與情感遮蔽個體的身體與情感，自由成為絕對嚮往的思想信仰，個體生命無法成為我們最感親切的存在形式，於是，個體身體的書寫與歷史的書寫在中國本土出現了悖論，或者說，個體身體被大時代、大動盪、大歷史遮蔽的可能性被無限放大。當然，托爾斯泰的《懺悔錄》也從形式與內容方面給予浪漫主義激情以某種程度上的精神援助。

　　對「懺悔」一詞所處的不同語境，有必要進行適當的區分。「懺悔」一詞原本是宗教儀式引申出來的宗教用詞，有自陳懊悔之意，佛教、基督教各有不同的儀式及要求。有一點是可以確認的，由懺悔的語義可以看出，懺悔的原初出發點是對自我進行馴制，但由於訴諸方式的分化與區別，懺悔最終未必都實現了對自我的馴制。儘管東西筆下的《後悔錄》與盧梭的《懺悔錄》有一字之差，但東西

所使用的「後悔」一詞，無疑與「懺悔」有著共同的原初指稱對象
——自我、欲望、內心、靈魂、肉體等。

　　盧梭式的懺悔與人性善的信仰有關，懺悔訴諸於情感、非理
性、甚至訴諸於道德，懺悔披上文學修辭的外衣之後，有可能是兩
個極端——道德的高姿態、道德的低姿態，盧梭的《懺悔錄》顯然
倒向了道德的高姿態，「盧梭的傳記他自己在他的《懺悔錄》裏敘
述得十分詳細，但是一點也不死心塌地尊重事實。」[1]過度懺悔而
至過度辯白、過度辯白而至過度控訴——道德高姿態為浪漫主義運
動提供了精神源泉，也為盧梭在文學領域裏贏得了巨大的聲譽，《懺
悔錄》甚至也「驚動」了哲學史——羅素稱他為浪漫主義運動之父。
以情感為中心的自我主義在盧梭的《懺悔錄》那裏得到呈現，「基
督教多少算是做到了對「自我」的馴制，但是經濟上、政治上和思
想認識上的種種原因刺激了對教會的反抗，而浪漫主義運動把這種
反抗帶入了道德領域裏。由於這運動鼓勵一個新的狂縱不法的自
我，以致不可能有社會協作，於是讓它的門徒面臨無政府狀態或獨
裁政治的抉擇。自我主義在起初讓人們指望從別人那裏得到一種父
母般的溫情；但是，他們一發現別人有別人的自我，感到憤慨，求
溫情的欲望落了空，便轉為憎恨和兇惡。」[2]對「自我」的馴制走
向了對「他者」的馴制，此時的懺悔與宗教用義已相去甚遠，怨恨
因而開始具備它獨有的「現代性」。

　　而與此同時，我們有必要提及聖・奧古斯丁。奧古斯丁的懺悔
源於對人性惡的反思，他的懺悔訴諸於權威更訴諸於理性。奧古斯
丁在他的《懺悔錄》中曾經說過：「嬰兒的純潔不過是肢體的稚弱，
而不是本心的無辜。我見過也體驗到孩子的妒忌（嫉）：還不會說

---

[1]　〔英〕羅素：西方哲學史（下冊），北京：商務印書館，1976年，頁225。
[2]　〔英〕羅素：西方哲學史（下冊），頁224。

話，就面若死灰，眼光狠狠盯著一同吃奶的孩子……不讓一個極端需要生命糧食的兄弟靠近豐滿的乳源，這是無罪的嗎？」與盧梭激烈而誠摯的辯白相區別的是，奧古斯丁的懺悔是充滿原罪感的懺悔，充滿放棄情慾與婚姻的猶豫與掙扎。《舊約》曾提過：「我是在罪孽裏生的，在我母親懷胎的時候就有了罪。」還有大家熟悉的《約翰福音》（《新約》）第八章裏所講的那個故事——某婦人行淫，被經學家和法利賽人抓住，按照摩西律法，婦人該被亂石砸死，耶穌聽完經學家和法利賽人的指控之後，便對他們說：「你們中間誰是沒有罪的，誰就可以先拿石頭打她。」自覺有罪的人都離開了，最後，現場只留下了婦人與耶穌。唯有耶穌是無罪的，也因為耶穌的憐憫與同情，婦人被赦免，有罪的人得到了救助，精神與肉體同時得到救贖。原罪感的懺悔，訴諸神學或者訴諸理性的懺悔，謊言與虛偽的存活空間會被壓縮、自我在某種程度上可能被會馴制。就是罪感賦予生命的宿命，一種戒律式的宿命。盧梭用情感的方式憧憬了人性的善，奧古斯丁用自我拷問的方式驗證著人性的惡。

在對懺悔的語境進行區分之後，不難發現，性本善抑或性本惡的確認、欲望動力及本質的確認，無論是先驗的判定還是超驗的想像，從根本上來講，既是對普遍人性的追問，也是對人類精神難題根源的探討，這從來都是人類思想史上最為寬闊精深的精神難題，於中國而言，也不會例外。孟子從「性善論」出發，提出他的「仁政」學說；荀子卻有相反的看法：「人之性惡，其善者偽也」。（《荀子·性惡》）韓非子基於對人性惡的認識，演繹出法家的若干政治理想。破譯人性善或人性惡的密碼，追問人性善或人性惡的存在背景，都隱含著共同的焦慮：對人與自我逐漸疏離的焦慮。盧梭的《懺悔錄》、奧古斯丁的《懺悔錄》也存在這種焦慮，人與自我努力靠近，才能有效地緩解這種焦慮、才能有效地抵制慾望對精神的吞噬，或者說，最終對自我達成一定的馴制。盧梭與奧古斯丁的懺悔

預示著人與自我之間既有靠近的可能性，也有疏離的危險性──欲望在這種關係學中扮演著重要的角色。

　　從表面上看，東西的《後悔錄》完全迴避了對人性善、人性惡的是非追問，但他通過曾廣賢的成長史暗示了一個命題，那就是，善或惡的人性無法更改，這也是對人性先天性本質的一種探究，《後悔錄》進入了人性善、人性惡的「後花園」，東西以道德的低姿態、以理性的方式、以歷史的方式進入困擾我們已久的精神難題。既然善或惡的人性無法更改，那麼人與自我的關係除了靠近與疏離之外，還存在著另一種可能性──那就是人與自我被徹底隔絕，而後悔一詞深刻的寓意就在於對人與自我的隔絕關係的懷疑，以及對自我與欲望被管制被馴服的懷疑。由比較的視野進入懺悔與後悔，可以發現懺悔與後悔雖然有東西文化的脈象差異，但他們對人與自我靠近的潛在願望是一致的，人與自我靠近，正是個體進行自我救助的精神指向。正如謝有順所說：「我是越發地覺得人的生命是值得同情和饒恕的。一個人活在世界上，他的力量何其微弱，但他的欲望又何其蓬勃。」[3]曾廣賢在後悔中漸漸明白人與自我靠近的重要性、必要性，曾廣賢在後悔的路徑中找到自我，雖然自我已經變異甚至是消失，但這並不妨礙他能有限度地饒恕他人的慾望，最終理解自己身體的窘況。

　　東西的《後悔錄》走上了一條與懺悔不同的道路，東西通過回憶的方式，去梳理人與自我相隔絕的歷史，他的後悔在對歷史記憶的修復中完成，他的後悔在對經驗的還原中進行，他雖然講述的是個人的身體史，但他的寫作卻是面對整個的歷史。他成功繞開大歷史的宏大敘事，僅用身體的邏輯──一種本質性的存在邏輯，就解釋了那種無法更改的人性、生活、歷史。

---

[3]　謝有順：《此時的事物·序》，南京：江蘇教育出版社，2005 年。

　　前文已提及，東西的《後悔錄》所訴諸的方式既非權威、也非神學，《後悔錄》所訴諸的方式是理性、是邏輯，正是在理性與邏輯的指引下，回憶才是相對可靠的。理性的、邏輯的後悔，作為一種精神自覺的線索，有效而堅決地修復著歷史記憶，在歷史記憶中，身體經驗也被最大程度地恢復，這種書寫方式不僅將改變人們對中國當代史的看法，也將改變對內置於歷史之中的人之存在的理解，與此同時，《後悔錄》也改寫了當代文學作品簡化歷史的臉譜式寫法。米蘭・昆德拉曾經強調過「簡化」的危害：「簡化的蛀蟲一直以來就在啃噬著人類的生活：即使最偉大的愛情最後也會被簡化為一個由淡淡的回憶組成的骨架。但現代社會的特點可怕地強化了這一不幸的過程：人的生活被簡化為他的社會職責；一個民族的歷史被簡化為幾個事件，而這幾個事件又被簡化為具有傾向性的闡釋；社會生活被簡化成政治鬥爭，而政治鬥爭被簡化為地球上僅有的兩個超級大國的對立。人類處於一個真正簡化的旋渦之中。」[4]修復歷史記憶、還原身體經驗顯然有助於抵抗簡化的吞噬。

　　《後悔錄》是怎樣修復歷史記憶的呢？又是如何完成對身體經驗的還原的呢？可以看出，《後悔錄》對歷史記憶的修復是在對「背叛」的澄清中完成，而對身體經驗的還原則是在對「禁慾」（性禁閉）的梳理中完成。「背叛」恰好面對歷史，而「禁慾」則面向身體，這樣就既避免了對經驗的過分依賴，又保留了在敘事中的足夠清醒，整個小說敘事也因而找到令人信服的基點。

　　如果沒有巨大的同情心，如果沒有足夠的理性與智慧，是無法對「背叛」這麼重的語詞去進行澄清的，「背叛」一詞之重，不僅在於政治倫理，更在於人倫道德、善惡糾纏，更何況，在這樣一個道德倫理遠勝於宗教倫理的國家裏。

---

[4] 〔捷克〕米蘭・昆德拉：《小說的藝術》，上海譯文出版社，2004 年，頁 22-23。

　　《後悔錄》所陳述的「背叛」無處不在，有曾廣賢對親人、對同學、對同事的背叛，也有他人對曾廣賢的背叛，當然，也有曾廣賢父母之間的互相背叛……良心、情義、正義這些詞遠遠不能解釋背叛一詞的豐富複雜性。道德解釋學必定將背叛拉進道德審判席內，而道德之外的背叛，應該如何去發現？在我看來，東西的《後悔錄》發現了道德之外的背叛，他的方式是，修復歷史記憶，澄清背叛後面的前因後果，進而呈現出道德之外的背叛，最終完成了對血緣決定論、親情萬能論、道德倫理論、階級鬥爭論的叛逆。連環的背叛，深刻地銘刻了歷史的悲劇，而這些悲劇，既在歷史之中，又在歷史之外。

　　曾廣賢的首次背叛，是對父親的背叛。曾廣賢生活在這樣一個時代：「我們除了上學，開批鬥會，就是搞大合唱，課堂上沒有關於性的內容，就連講話都很少涉及器官。你根本想不到，我性知識的第一課是我們家那兩隻花狗給上的。」[5]對身體的無知，也就意味著對身體反應的恐懼。十五歲的曾廣賢不幸看到了，「趙家的臥室裏，我爸竟然睡在趙山河的身上。」[6]在曾長風的恐嚇下，曾廣賢答應保守秘密，可是，「當時我就想，我爸真是心狠手辣，他為自己的身體找到了地方，卻把壓力轉嫁到我頭上，要知道那時我才十五歲呀。」所以，曾廣賢終於忍不住告訴了母親，又忍不住告訴了於百家，甚至告訴了趙萬年，曾長風就此開始了他的倒楣生活，曾廣賢的噩夢也開始了，背叛、成為他一生的罪惡，到他莫須有的強姦罪入獄的時候，他甚至開始懷疑背叛已經成為他的習慣，正如他懷疑自己的嘴巴的密封度一樣。在這些細節的敘述裏，作者其實追問了承擔這個詞，在這種背叛中，究竟應該是誰來承擔？如果用

[5]　東西：《後悔錄》，北京：人民文學出版社，2005 年，頁 1。
[6]　東西：《後悔錄》，頁 18。

道德高姿態去看待背叛，那就是曾廣賢背叛了父子倫理，而曾長風背叛了夫妻倫理。但東西沒有忽視，倫理不是天然的，而是歷史書寫而成的。曾長風背叛夫妻倫理，是因為身體倫理更強大，曾長風十年「沒沾過一滴油」，就因為兩隻花狗的性生活，曾長風的性意識被喚醒，他「熬不過去」了，夫妻倫理、父子倫理在身體的慾望倫理面前土崩瓦解。為什麼吳生同志不讓曾長風沾一滴油？吳生說：「我用了十年，放了一提籃的漂白粉，才把自己洗得像白球鞋這麼乾淨，要是你對我還有一點點革命友誼，就請你離我遠點，不要往白球鞋上潑墨水。」[7]曾長風同志並不是沒有猶豫過，他說：「自從吳生參加學習班之後，她的腦子忽然就變成了一張白紙，乾淨得都不讓我靠近。……她就是覺得髒，覺得一個高尚的人不應該幹這個，這都是她的領導灌輸的。我跟她生活了差不多二十年，她不聽我的，偏要聽那個狗屁領導，也不知道領導有什麼魔術？」[8]如果我們內心存有對身體慾望的同情，那麼，曾長風的背叛是可以理解的。而吳生呢，她認為高尚、乾淨等語詞高於身體倫理，儘管她曾經猶豫曾經動搖，但她的死亡，證明她至死都崇尚高尚、乾淨這些信念。在這些連環「背叛」中，我們可以看到高尚、乾淨等語詞對身體的制約。在白與黑、高尚與下賤、乾淨與骯髒的思想對立中，曾廣賢成為「高尚」這個語詞的祭品，曾廣賢的父親、母親也不例外，他們的身體始終受到錯誤與正確的二分法的制約，跳芭蕾舞出身的張鬧，也認為婚前處女膜破了（包括非性行為所造成的處女膜破裂），就是沒面子的身體，就是錯誤的身體，曾廣賢深夜的跳窗而入強化了張鬧對身體的恐慌，身體的衝動最終演化成一場莫須有的強姦案，張鬧與曾廣賢戲劇性的關係，實際也暗含著價值觀念對身體的判斷——乾淨的身體才是正確的身體。

7　東西：《後悔錄》，頁 8。
8　東西：《後悔錄》，頁 116。

　　羅素在《宗教與科學》一書中曾論及神學的危害：「神學的危害並不是引起殘酷的衝動，而是給這些衝動以自稱是高尚的道德準則的許可，並且賦予那些從更愚昧更野蠻的時代傳來的習俗以貌似神聖的特性。」[9]上帝對夏娃曾經說過：「你生孩子得受苦。」（《創世紀》，第三章，第十六條）在羅素看來，「婦女的痛苦對許多男人說來是件樂事，因此，他們有一種墨守任何神學上或者倫理上的法規的癖好，這種法規使忍受痛苦成為婦女的義務，即使並無避免痛苦的不正當理由時也如此。」[10]由羅素的分析，再聯繫曾廣賢們的遭遇，可以看出，無論什麼樣的背叛都會被詛咒，而且詛咒來得通常貌似高尚、貌似正當，詛咒成為背叛身上合法的十字架，是羞愧與道德感製造了曾廣賢們的渺小感，而不是宇宙給曾廣賢們帶來了渺小感。

　　《後悔錄》所修復的歷史記憶，把背叛引向了道德之外，這種背叛產生於高尚的誘導、理想的蠱惑，但與道德是非有著實際的距離。是什麼把曾廣賢們置之於悲慘而險惡的境地？除了本質性的惡的人性之外，還有觀念之間的利益衝突、道德的誤解，以及對生活常識的無知，這些因素匯合在一起，貫通了背叛的來龍去脈。《後悔錄》澄清「背叛」的意義在於他為我們提供了一種思路：我們完全有必要重新思考光明與黑暗、高尚與下賤、乾淨與污穢、正義與非正義、流氓與非流氓這些相互對立的曾為現當代中國帶來精神困惑、思想困境、心靈創傷的語詞的歷史內涵，從而抵制簡化對歷史的吞噬。

　　我在前文提過，《後悔錄》對背叛的看法，是面向歷史，而對禁慾的梳理，又是回到身體及實體的努力。當我們把高尚、光明、乾淨等語詞挑揀出來之後，當我們看清楚「背叛」也存在於非道德

---

[9]　〔英〕羅素，《宗教與科學》，北京：商務印書館，2000 年，頁 54。
[10]　〔英〕羅素，《宗教與科學》，頁 54。

領域裏之後，再回到《後悔錄》，看東西如何梳理「禁慾」，進而還原身體經驗。所謂禁慾，廣義來講，是壓制慾望；狹義來講，是性禁閉。幾乎可以肯定地說，狹義的禁慾最終會走向廣義的禁慾，與之伴隨的是，人與自我的疏離甚至隔絕，最真實的證詞，就是身體的經驗。《後悔錄》中的禁慾（性禁閉）是如何生成的呢？還原身體的經驗，可以看到，在光明與黑暗、高尚與下賤、乾淨與污穢、正義與非正義的對立中，慾望在身體的內部進行過怎麼樣的痛苦掙扎。

《後悔錄》梳理了兩代人之性禁閉的生成：吳生（母親）、曾長風（父親）、曾廣賢（兒子）。母親吳生是最堅定的性禁閉執行者，接近十年的時間內，曾長風即使用借錢的口氣，也未能打開吳生同志的性禁閉，因為吳生同志花了十年的時間，讓自己的身體去裝飾並實踐了高尚與乾淨的理念，十年甚至更長的時間，吳生早已說服了自己，使自己順從於對身體慾望的厭惡之感，她是這樣看待曾長風與趙山河之間的關係的：「也不想想趙山河是個什麼東西，她哪一點比你媽強？她會背語錄嗎？她會彈琴嗎？會繡花嗎？會書法嗎？全部不會，只會扭屁股。他們倆坐在一張板凳上，就是兩個流氓！」[11]但即使是最堅定的性禁閉執行者，身體也有動搖的瞬間，或者說身體免不了被騷擾，但最後，還是那些高尚的理念，吞噬了吳生的肉體，收走了吳生的魂魄。曾廣賢的看法沒錯，母親是羞死的，吳生臨死前還向曾廣賢澄清：「廣賢，你一定要相信媽。媽寧可死也不會做那種丟臉的事！」[12]父親的性禁閉是間歇性的，父親的失禁為他自己帶來了沉重的代價，比如說對血緣倫理的絕望（精神之危機）、身體的嚴重受損（身體之苦難）。只有曾廣賢的性禁閉，由被動走向了自覺，由恐懼、厭惡走向了順從，最終抵達禁慾的極

---

[11] 東西：《後悔錄》，頁 32。
[12] 東西：《後悔錄》，頁 40。

端——慾望的被閹割，這是無法被修復的永久性的身心創傷。曾廣賢在張鬧面前，在傾聽的小姐面前，身體陷入窘境，內心有慾望，但身體沒有慾望，身體與內心試圖想合攏，但身體已不由自主，內心早已成為身體的魔障。

正如卡爾·波普爾所說：「想在世界上建立天堂的人，都把地球弄成地獄。」[13]高尚等語詞帶給人類烏托邦的想像，「但迄今為止，人所追求和所嚮往的烏托邦卻實在糟糕得很，僅給人以美感的暈眩，而一付諸實踐，便演為貌似的完美、自由、合人性，便以幻象欺騙人。追究起來，這是烏托邦混淆了『凱撒』與上帝，混淆了這個世界和那個世界。這樣，烏托邦想建設完美的生活，想養成人的應有的善良，想實現人的悲劇的理性化，但由於它匱乏人與世界之間的轉換，最終總是既沒有新的天堂，也沒有新的塵寰。」（尼古拉·別爾嘉耶夫）[14]

如果我們重新來審視光明、高尚、乾淨、正義的面目，可以發現，在特定的語境中，這些語詞有可能遮蔽進而譴責高尚與乾淨以外的事物，最終導致身體與心靈的互相隔絕、互相欺騙、互相背叛，從而使人的分裂成為可能，單向度的理性，或者單向度的感性，都是悲劇誕生的前兆。

內心被蒙蔽，身體慾望的真實也隨之會被篡改，要澄清，這是一個艱難的過程。《後悔錄》的曾廣賢，為我們呈現了身體與內心無法靠近的悲劇。曾廣賢的身體與內心，在長時間內，誰也不能說服誰，或者說，身體與內心彼此懷疑，內外的欺騙是橫亙在身心之間的難以逾越的高峰，但最終，內心的魔障說服了身體，直到小說

---

[13] 〔英〕卡爾·波普爾：《二十世紀的教訓》，王淩霄譯，桂林：廣西師範大學出版社，2004年，頁138。

[14] 〔俄〕尼古拉·別爾嘉耶夫：《人的奴役與自由》，徐黎明譯，貴陽：貴州人民出版社，1994年，頁182。

結束，他也沒過上一次性生活，因為，他才剛擺脫觀念對身體的束縛，又在每一個女人身上「看到」了失蹤多年的妹妹的右掌心的痣，內心的魔障馴服了身體。作者披著「後悔」的外衣，呈現了一種艱難的過程，一種人試圖向自我靠近的過程，讓人觸目驚心的是，「自我」竟然有消失的可能性。

《後悔錄》中的「後悔」二字，是作為無法更改的驗證碼而出現的。後悔可以澄清生活、歷史、身體邏輯，但它無法更改歷史，或者說，後悔所要澄清的，正是歷史的不可更改性，後悔的過程，也是貫通悲劇之今生前世的過程。不能不說，《後悔錄》對人與自我的關係、肉體與內心的關係作出了相關的思考。在人向自我靠近的途中，高尚等語詞可能對自我進行遮蔽，把人從自我中抽象出來。對於《後悔錄》而言，按照澄清背叛、梳理禁慾的理路，人向自我靠近基本上是可以實現的。可惜，小說走著走著，就斷層了，準確地來講，是小說中的張鬧出現以後，作者駕馭故事的慾望開始超越小說對思想的訴求，小說的表層節奏越來越快，小說的戲劇構思越來越離奇，小說後半部分的敘事對緊張的迷戀顯示出作者對從容之駕馭能力的薄弱，世俗趣味越發往下走。這些傾向，在東西以往的一些小說中，也早有端倪，比如說《我為什麼沒有小蜜》、《耳光響起》、《沒有語言的生活》、《猜到盡頭號》、《嫖村》等作品。東西一直是一位對荒誕、荒謬有追問的作家，但在有些時候，他在情節上對荒誕的追求有些用力過度了，以至於正在進行的精神追問突然在小說內部斷裂。戲劇化是一把雙刃劍，用力過度，會傷及小說的真實品質，並降低敘事的說服力度，當然，這種用力過度的情況並非只發生在單個的中國當代作家身上。《後悔錄》有不凡的思想氣象，但仍然難掩其敘事的張弛無度，因此，它難以抵達精神自我救助的境地，但它畢竟陳述了一種世俗世界與烏托邦世界的錯位與混亂。

　　東西以「後悔」二字，襯托出「懺悔」在中國的難度，東西以一種精神難題慰藉甚至是開脫另一種精神難題，《後悔錄》的確是，很中國式的身體報告、心靈描摹。

溫柔敦厚，一往情深

——論遲子建的《額爾古納河右岸》

　　在現代社會談論具有神話色彩的人事，或者為現代事物賦上神話色彩，都是吃力難討好的事。到了此時代，部落的原始性氣質，已散為碎片，它的形成方式與生活秩序，也正接近尾聲。人類學家、民俗學專家，努力為它們建立各種檔案，其最基本層面的工作，實際上是博物館式的工作，他們努力探究的原始事物是要通向博物館的，他們幾乎成功地完成了異族文化與本土原始文化的區隔。這些學科的誕生，源于本文化對異文化的刺探、掠奪、否定，殖民主義就是它們的根系，他們的學科邏輯，擺脫不了原始事物走向現代壓抑、現代裂變的困苦，甚至，他們也擺脫不了優越感——同情的深處容納著莫名的優越感，這樣說很殘酷，但基本上是事實。他們運用科學方式讓原始事物、想像中的原始事物，通向博物館、文獻館。而我相信，每一件具有博物館價值的對象，都有其內在的秘密與情感，通達它們難以言說的內心，語言與文學將是合適的方式——這種方式幫助我們理解非科學層面的價值疑難。

　　當然，語言與文學不得不解決一些問題，諸如，如何辨認過去的味道，如何理解現在與過去的艱難相處，如何處理真實對語言的誘惑，如何不讓感情左右自己的判斷力，等等。具有神話色彩的人事及想像，一定有「過去」的味道。「過去」豐富又複雜，它可能包裹著事物的淵源、秘密、情感等，它的難以接近，往往使「現在」

焦躁不安，「現在」對「過去」，不全然是傳承，它的血脈裏有天然的叛逆，它含有破壞的力量，它能讓那些從遠古而來的事物肢離破碎，從某種程度上來講，「現在」掌握了表述「過去」的權力，但權力所面臨的，永遠不會是是絕對服從的局面，懊惱、急進、焦躁、亢奮、不穩重、自以為是，甚至罪惡感，會永無休止地折磨「現在」。這一過程最有趣的地方，就在於它為複雜提供了不太安穩的居住之地，為想像力提供了實驗場。

遲子建的長篇小說《額爾古納河右岸》[1]，所試圖接近的，就是這樣一種過程。作者很聰明，她選擇了有神話色彩的人事——最能象徵部落現代命運的符號，以打通過去與現在的時空聯繫、精神關係。遲子建有多年的寫作經驗，她的中短篇小說，尤其令人印象深刻。通過《福翩翩》（《人民文學》2007/01）、《一壇豬油》（《西部》2008/09）、《世界上所有的夜晚》（《鐘山》，2005/03）等作品，我願意這樣評說這位作家——她是愛上感情的作家，在她那裏，感情是人間救贖、俗世理想、生活核心，所有的苦難，最終都會聚攏到感情的周圍，以得緩解，所有的罪惡，最終也會聚攏到感情的腳下，請求寬恕。我想，如果沒有對人倫道德的基本信心與深刻理解，遲子建無法賦予感情如此巨大而堅韌的力量。她的中短篇小說，論說者眾，論說也充分，於此，筆者不贅述。倒是她的長篇小說，有值得更進一步探討之處，如《額爾古納河右岸》，這部小說為讀者提供了通向神話命運的異樣路徑。遲子建的中短篇小說，細碎、唯美、精緻、纏綿、緊張、迂迴，各方面都稱得上老練，題材偏向世俗化的生活，而《額爾古納右岸》的題材，似乎來自於方外，作者有意放開了心境與步伐。

---

[1] 本文所引遲子建《額爾古納河右岸》，見北京《長篇小說選刊》2007/S2。

營造神話色彩，有很多種方式，當代作家不乏嘗試者。賈平凹、陳忠實，善於借用神形鬼狀、陰陽乾坤、風水堪輿等，去猜想大地上的人事際遇；莫言，天馬行空、誇張其辭，他偏愛魔幻氣氛；於殘雪頹廢扭曲的變形記裏，依稀可見神幻的神經質色彩；張承志以信仰肯定生命力，以奔跑狂放的姿態反思世俗百態；張煒的古宅裏，有知識份子式的狐疑；阿來在人物的懵懂內心世界裏追尋漸行漸遠的神性感召。《額爾古納河右岸》走的是另外的路子，她把為人處世的理想放到寫作中去，把人的美好性情寫到小說中去。賈平凹、陳忠實等作家對陰陽家的宇宙觀有所承接，莫言等人以非常現代的眼光反觀過去、審視現在，各有所長。遲子建則由情感進入無限的事物。他們的筆下，幾乎都是沒有英雄的，但他們卻不約而同地對卑賤落沒的人生，進行了深切的表達。

我記得李澤厚曾在《華夏美學》論及「深情」，他認為屈、儒、道（莊）在魏晉互為滲透融合，形成以情為核心的魏晉文藝美學特徵。[2]按一般的說法，情感在中國文藝中占了很大的位置。遲子建在小說中所倚重的感情，跟大的屈、儒、道傳統未必直接相關，但她熱愛的感情，最起碼與中國式的人情世故、家庭倫理有所對應。所謂人倫之愛，儘管包含了強制性的嚴苛等級意識、對無序生活的恐慌，但反過來理解，它也包含了美好的願意，它希望感情可以維護人際倫常，它希望感情可以守衛人間的幸福。

現代寫作藝術為重繪神話提供了多種多樣的方式，遲子建卻願意重回過去，動用踏踏實實的世俗力量，尋找散碎於現代文明的神話氣質。也許是感情給她啟發，幫助她營造出額爾古納河右岸的神話語境，神話語境讓人著迷，它與現實保持適當的距離，它為浪漫留下合法餘地，它為傷逝創造充分理由。

2　李澤厚：《華夏美學》，北京：中外文化出版公司，1989 年，頁 140。

　　遲子建對描繪式的寫作手法幾近癡迷，她所熱愛的感情，就像細密多彩的針繡，串起看上去各不相干的人與事。她筆下的每一件事物，都沾有人的靈氣；她筆下的每一個人，又都與天地神氣相連，人的身影後面，是郁郁蔥蔥的草木依靠，溫潤，清新，寬大。那是只有女性的手心、懷抱、眼神與靈魂才能把握的神秘世界，這樣的世界，讓人沉醉。

　　《額爾古納河右岸》以鄂溫克女人的口吻展開，故事的講述，由清晨開始，到天黑為止，雨與火跟人一樣，長著耳朵，她相信她的故事，終有一天，會經由雨與火傳到人的耳朵裏。女人口中的烏力楞，象徵著跟過去有緊密聯繫的世界，也是與神靈最接近的地方，布蘇等地則是人們離開烏力楞後的必然去處──歷經滄桑，受盡凌辱，還是要歸去。作者幾乎沒有正面談論布蘇等地的模樣──布蘇等地本應該是「現在」的模樣，作者卻將之想像成夢魘般的烏托邦，布蘇等地威脅的是烏力楞的生命力，布蘇這些意象的每一次靠近，都在加速烏力楞的破敗衰落。這必然是一個分崩離析的局面，可作者仍然試圖用感情、用痛楚與愛惜之感、用離別之後的坦然之心，去縫補修復它們。

　　人的四周，靜美而優雅，「秋日晴朗的夜空下，山巒泛出藍色的幽光，而河流泛出的是乳色的幽光」[3]，森林裏有岩石，「那片岩石是黃褐色的，上面生長著綠苔，那些綠苔形態非常漂亮，有的像雲，有的像樹，還有的像河流和花朵，看上去就像一幅畫」[4]，「秋天的時候，樹葉被一場場霜給染成了黃色和紅色。霜有輕有重，所以染成的顏色也是深淺不一的。松樹是黃色的，樺樹、楊樹和柞樹

---

[3]　遲子建：《額爾古納河右岸》，頁 169。
[4]　遲子建：《額爾古納河右岸》，頁 170。

的葉則有紅有黃的」[5]。靈秀山秀，蘊育出人與人的感情、人與物的感情。

人與人之間的感情，在《額爾古納河右岸》隨處可見，父親林克、母親達瑪拉與大烏娜吉（列娜）、小烏娜吉（講故事的「我」）、魯尼（烏特），達瑪拉與尼都薩滿（林克的兄弟），娜傑卡什與伊萬，哈謝與瑪利亞，「我」與拉吉達、瓦羅加，部落中的每一個人，或因本能的感情，或因神旨啟發的感情，或因部落信仰，生活在一起。他們的喜怒哀樂，幾乎與物事一一對應，所以，我願意說，遲子建筆下最深沉、最動人的感情，是人與自然之間的相濡以沫——也相忘於江湖。

我一直覺得，現代文化人無法再現王摩詰式「詩中有畫、畫中有詩」的景象、意象，但《額爾古納右岸》改變了我的看法。有幾處細節，特別值得一提。遲子建把人拉回到自然之中，就是要看人的寬大自由，以及狹隘局促。

遲子建幾次寫到烏力楞人的搬遷，其中的一次，山下的幹部要求獵民搬到山下環境優美的激流鄉，獵民們放心不下馴鹿，馴鹿到哪里，他們也要跟到那裏的，「那兩名幹部說，你們養的四不像跟牛馬豬羊有什麼大區別？動物嘛，它們就不會像人那麼驕氣，它們夏天可以吃嫩樹枝，冬天吃乾草，餓不死的。他們的話讓大家格外反感。魯尼說，你們以為馴鹿是牛和馬？它們才不會啃乾草吃呢。馴鹿在山中採食的東西有上百種，只讓它們吃草和樹枝，它們就沒靈性了，會死的！……我們的馴鹿，它們夏天走路時踩著露珠，吃東西時身邊有花朵和蝴蝶伴著，喝水時能看著水裏的游魚；冬天呢，它們扒開積雪吃苔蘚的時候，還能看到埋藏在雪下的紅豆，聽

---

[5]　遲子建：《額爾古納河右岸》，頁 219。

到小鳥的叫聲，豬怎麼能跟它相比呢」。[6]如果不是對生活經驗、時令季節有相當深入的瞭解，如果不是對世間萬物有靈動的想像，寫不出如此活潑貼切的真確細節。植物學、動物學的方式之外，我們讀得懂地上生長、水中游的、天空中飛的生命嗎？我們知道它們的張惶失措嗎？遲子建不一定完全懂得，但她一定努力過。

隨著兩位幹部一道來的，還有一位掛著聽診器的男醫生，他讓大家解開胸口，除依芙琳之外的所有女人都拒絕這樣做，有的是因為眾所周知的原因，「我呢」——

> 我是不相信那個冰涼的、圓圓的鐵傢夥能聽出我的病。在我看來，風能聽出我的病，流水能聽出我的病，月光也能聽出我的病。病是埋藏在我胸口的秘密之花。我這一輩子，從來沒有進衛生院看過一次病。我鬱悶了，就去風中站一刻，它會吹散我心底的愁雲；我心煩了，就到河畔去聽聽流水的聲音，它們會立刻帶來安寧的心境。我這一生能健康地活到九十歲，證明我沒有選錯醫生，我的醫生就是清風流水、日月星辰。[7]

生活在鋼筋水泥結構中的人，大概無緣擁有這般的底氣與浪漫。別的醫種不敢妄下判斷，但至少中醫，對病痛與健康的理解，乃從人與水土環境之間的關係開始。對藥物早已產生依賴性的文明人，習慣將所謂「野蠻人」、未開化部落歸為被歷史拋棄的群體，殊不知，此種理念本身就含有野蠻而愚昧的邏輯。那些不願解開的心胸、那些不願揭下的面紗與頭巾後面，隱含了多少的自尊自持？文明人給予了多大程度的理解與同情？這一群體，缺乏現代語法下

6　遲子建：《額爾古納河右岸》，頁 221-222。
7　遲子建：《額爾古納河右岸》，頁 222。

的語言工具，但這並不代表他們的內心懵然，反而是他們，聽得到大地的舉止、光陰的動靜。

　　幾個部落，在強勢力量的說服與安排下，遷到激流鄉，鄂溫克女人與安草兒留下來了：

> 我把安草兒留在身邊，因為我知道，一個愚癡的孩子，在一個人口多的地方，會遭到其他孩子怎樣的恥笑和捉弄。我不想讓他受到那樣的羞辱。在山中，他的愚癡與周圍的環境是和諧的，因為山和水在本質上也是愚癡的。山總是端坐在一個地方，水呢，它總是順流而下。[8]

　　面對無法更改的動盪，保持一動不動姿勢的，可能是那些內心坦然亮堂的的人，他們能見常人所不能見，或者這樣說，有些人，你不能挪動他／她的位置，一挪動，他／她就靈氣頓無，如馴鹿般，離了合適的水草，會不吃不喝，眼見著就瘦下去，他們／它們一定要生活在那空曠處、那人煙稀少處、那空氣清新流動中。鄂溫克女人與安草兒，皆是愚癡之人，他們與大潮流保持距離，放不下自己的生活方式，作者留他們在山上，是因為，他們是最適合講故事的人。遲子建寫安草兒這個傻子，著墨不多，但寫得尤其好，愚癡在精明計較面前，幾乎不堪一擊，烏力楞的人之所以要搬遷，那是因為現代人再不屑於愚癡、笨拙，他們堅信「精明計較」有控制世界進程的正當理由，由「愚癡」來講故事，再有力不過。

　　諸如此類的細處，不用舉得太多。人與人之間的感情，是世俗世界裏最強大的力量，在文學作品中，它被論證得最為充分。人與自然之間的互為憐憫愛惜，並不是中式世俗世界裏最極力主張的情感，離開了古典的人文環境，現代文化人很難在這種感情上有非常

---

[8]　遲子建：《額爾古納河右岸》，頁 222。

出彩的表達，遲子建做到了，她深情地表達人與自然之間的感覺，並由感覺營造出神話不遠、美麗在望的夢境。

　　但神話會碎，再怎麼美麗的事物，都有它的大限。語境不再，世情變矣，這是不爭的事實。遲子建筆下的烏力楞不是與世隔絕的仙境，不祥的預兆陸續有來，部落的原始氣不斷受損。列娜、林克、達西、拉吉達、瓦羅加，一個個走了，馴鹿也未能倖免，「那場瘟疫持續了近兩個月，我們眼看著我們心愛的馴鹿一天天地脱毛、倒地和死亡」[9]，死亡面前，薩滿跳神也無補於事。死亡是象徵災難的符號，它指引最大災難的出現──外來的力量挪動鄂溫克人的位置、更改他們的水土根基。

　　災難與破壞面前，他們怎樣才能回到平靜？《額爾古納河右岸》裏，作者一直在尋找安心的感覺，她有設問，依水草山川而生的人，如何安心？如何安身？

　　遲子建按照民間的一些說法，解釋了烏力楞人對生與死的坦然。烏力楞人大致以為，所謂「死」，就是天要把這個人收回去，「活」的後面，可能是輪迴，「活」的觀念要比「死」的觀念大。列娜昏迷不醒，薩滿跳神之後，列娜醒了，薩滿告訴母親，一隻灰色的馴鹿仔代替列娜去一個黑暗的世界了，「母親拉著我的手走出希楞柱，我在星光下看見了先前還活蹦亂跳的小馴鹿已經一動不動地倒在地上了」[10]。按烏力楞人的說法，有的人是被山神收了去，有的人是被雷神收了去；他們主張風葬，因為這樣會跟天更接近，他們相信走了的人都在天上，將來，他們也要追隨前面的人到天上。這樣一來，烏力楞在生的人，傷心之後，仍能安心，他們也盯著人的世界，但他們也會看到人以外的象徵。烏力楞的原始性氣質，停留在他們對生死的看法中。「清風流水」、「日月星辰」為在生者提供

9　遲子建：《額爾古納河右岸》，頁 159。
10　遲子建：《額爾古納河右岸》，頁 143。

棲居之所，並開解他們的困苦厄頓，大地賦予人可感知的自由，但天那裏才有更高的自由。人與自然之間的深情厚意，才是烏力楞人的安心安身之道。

如何延續這安心安身之道？遲子建借用浪漫主義手法表述這一話題，她反覆提到火種及希望的事：瘟疫過後，「馱運神像的瑪魯王和馱運火種的馴鹿也逃脫了瘟疫。看見了它們，我們就像在黑暗中看見了兩團火花」[11]；一天下來，「我」講完了故事，「安草兒進來了，他又往火上添了幾塊柴火。這團母親送我的火雖然年齡蒼老了，但它的面容卻依然那麼活潑、青春」[12]；烏力楞的人去布蘇定居之後，「我」和安草兒留下來，「我」相信，西班有一天也會回到烏力楞；即使人不在了，但那些聽故事的「麂皮襪子、花手帕、小酒壺、鹿骨項鏈和鹿鈴」[13]應該還會在。小說由靜謐溫柔開始，再到靜謐安然結束，中間有幾多風雨磨難，總要歸於平靜。

在遲子建那裏，如果說神話是一種想像，那麼，浪漫就是一種情感，它們與現實強迫症保持著若即若離的關係。這種想像與情感，包含了明白心、傷感意，它深知部落原始性氣質的現代離散。

前文也提到到，在現代語境裏談論具神話色彩的事物，並不容易。同情那些行將消失或者已經消失的事物，順理成章，理解「現在」的強制力，則變得相當困難。我們的作家，很容易陷入前一種情懷，因為只有快消失的事物，才有極力美化的空間。主情的文字及作品，會有意無意顯露出同情、抗拒或不贊同的態度，我想，《額爾古納河右岸》實際上也沒能繞過這樣的難題。換一種說法吧，當我們將寫作對象神話化的時候，我們就要面對有分歧、沒有絕對是非的話題。

---

[11] 遲子建：《額爾古納河右岸》，頁 260。
[12] 遲子建：《額爾古納河右岸》，頁 238。
[13] 遲子建：《額爾古納河右岸》，頁 167。

　　最重要的分歧，我想，就在於如何理解帶有強制性的、不可逆轉的「現在」，對此，不可能存在絕對的答案，但我們至少要意識到，這一問題的確存在。語言與人一樣，對此都有理解上的不安。遲子建對這一問題，有個人意義層面的大傾向，但她也猶豫。她的不安不定，從哪裡表現出來？從小說的語言節奏及語義來。這一點，恐怕遲子建並非有意為之。

　　就以《額爾古納河右岸》為例，這部小說很能看出遲子建的寫作風格，她的筆法溫柔細緻、耐心周到，並善於用愛的力量去化解怨恨、平復痛苦，但有些地方，也難免對邏輯失察，對歷史的理解，略顯得粗糙，對時間的具體能指，潦草了些。當然，這些都不必深究，它們不至於影響小說的大局。我感興趣的是，價值方面的猶疑，《額爾古納河右岸》不是通過意象、比喻等顯而易見的手法來表現，而是由語言的悖論來表現。

　　對精通現代漢語語法的作者來講，他們營造神話語境，必然面臨語言的難題——是運用知識體系規範了的語言，還是用接近言說對象之口語，這是一個很難自覺去解決、也很難解決得妥當的敘述問題。《額爾古納河右岸》所採用的，是以知識份子話語為主、兼顧氏族說法的手法，小說以作者自己的語言習慣為主，但出於寫作對象的需要，又摻雜不少烏力楞人的說話習慣。恰恰是這種不易察覺的語言錯位，顯露出作者的焦慮，浪漫的表現手法後面，作者對烏力楞人的命運，不無擔憂。

　　具體而言，烏力楞人的語言，作者認為是需要**翻譯**的，小說的讀者，肯定首先是現代漢語語法下的讀者，而非烏力楞人，作者不得不去協調這一矛盾。我在讀這個小說的過程中，不斷遇到作者用現代漢語急急地去解釋烏力楞人的方言、行為、習俗，比如說什麼是烏特、烏娜吉、希楞柱、烏力楞、馴鹿等等。從傳統小說的評價角度看，這不是成熟的表現，按「典型論」的說法，這種語言上的

錯位甚至稱得上是敗筆。但我反倒認為，遲子建在語言上的錯位處理，達到了一種奇異的效果，並足以讓現象回到語言本身。語言內部的錯亂，漢語體系不可擋的強勢，正好說明兩類文明的難以溝通，即便有溝通的內外條件，但其過程也必倉皇。不喜歡的人，會說這種安排不協調。但我們把視野放大放寬一些，就可以發現，這種安排，反而能讓我們看到不同習俗之間衝突的局面，我們面臨的，正正是一個處處需要翻譯解釋、也可能處處翻譯不到的局面。也有成功去除現代漢語誘惑、不願充當翻譯解釋的作家，最突出的莫過於賈平凹，讀他的《秦腔》等作品，你必須暫時忘記普通話的語法習慣，才有可能跟上他的陝西話節奏，當然，也可以算上莫言、王朔等幾位少數作家，他們讓戲劇化語言、方言口語進入了文學世界。

作者讓我們看到了更深層次的衝突，《額爾古納河右岸》的語言處理，並無不當，同時，作者也盡量克制了知識份子的習慣立場——習慣以知道的姿態去表述對象。語言之所以不安、焦慮，也在於它不得不面對上文提到的分歧問題，即如何理解帶有強制性的、不可逆轉的「現在」。「現在」這一趨勢除了時序上的優勢以外，它究竟有沒有存在的合法性？

以我的觀察，理解現代工業文明，有兩種極端的方式，也是有缺陷的方式：一種是為過去塗抹黑暗，讓光亮留到現在，把美好放到明天；另一種是在現代工業文明的身上貼上萬惡的標籤，人們以一種可見的罪惡去抵銷另一種只能靠想像才能發現的罪惡，進而將「過去」的含義浪漫化。這兩種方式，都在現當代的中國嘗試過了。

烏力楞從過去的時光中慢慢地走過來，作者看這一部落，可謂是一往情深。這種情緒，本可以培養出對「現在」的憎恨，但作者僅以溫和的方式，對「現在」予以隱晦的批評，作者難免將烏力楞人的生活浪漫化了一些，但她也沒有過分地誇大現代文明的不道德，作者繞過了極端理解方式下的可能缺陷。

　　現代文明確實對神話事物存在壓抑機制，現代工業文明也確實對部落文化造成了永久性的、無法挽救的創傷，我們大可以因此去質疑現代文明的合法性與正當性。但如果我們願意以委婉而不激烈的方式看待這一變化，就可以看到，每一樣人事，都有它的軀殼，也都有它的參照物，有軀殼就有大限，就看我們怎麼去理解這個大限，以及怎樣緩解對這一大限的恐懼。

　　語言就是很好的理解方式。語言符號通常出現在對應事物之後，「消失」一詞的出現，也許正是對事物的追憶。「消，盡也」，「失，縱也」──《說文》為「消」與「失」做過精要的注解；枚乘在〈七發〉中稱「消息陰陽」，「消」對應「息」（喘息），有消就有息……對事物及現象的原初理解，都在說明，有些事物是抓不住的，有些事物是要離開的，我們是無能的，我們不得不放手，世上有衝突，也就必有「消失」。人是情感的動物，要接受諸如此類的事實，確實有些勉為其難。

　　為什麼我提醒寫作者應該去正視事物的大限、事物本身的輪回替代？這是因為，在強勢弱勢一目了然的情勢下，寫作者很容易服從弱勢的召喚，讓直感的同情替代更高的見識。悲憫是高貴的人道情懷，但這種情懷如果無法對全局進行盤查追問，它就很容易絕對地偏向弱勢一方，到最後，同情可能就變成了蠻橫的偏見，而不是真誠細緻的理解。無疑，同情是善的情懷，但我們要知道，意志之外的善，都是有條件的善。部落文明由人參與創造，現代工作文明，同樣是人的格局，為什麼我們容得下對部落文明的同情，就容不下對現代工業文明的理解呢？對大限這一現象有清醒的認識，才有可能接近最高的、沒有偏見的善，不以人的意志為轉移的善。

　　文學有文學的道義、修養、見識，它不應該盲目地去認同或否定什麼，它應該盡可能地去看到什麼。我欣賞遲子建溫和的處理方式，她把存亡的道理交給天與地，把希望交給人力之外的事與物，

她同情部落文明的失落與衰敗，也批評現代工業文明的不合理，但她始終沒有落下絕對的判斷。《論額爾古納河》借神話的破滅，推導出一種心靈平安的境界，遲子建的語言安排雖焦慮不安，但小說意境的指向平靜而安然。

由《額爾古納河右岸》，我想到了溫柔敦厚與一往情深兩種為人之道。據《禮記·經解》，孔子「入其國」觀其教，「其為人也溫柔敦厚，《詩》教也」，「溫柔敦厚而不愚，則深於《詩》者」，「安上治民，莫善於禮」。《禮記》中夫子言論，後人多理解為禮數約人、等級制人，不容否認，「溫柔敦厚」內面含有極不人道、與現代文明水火不容的教化要求，但當時光進入此時代，我們基本擺脫了朝覲、聘問、喪祭、鄉飲酒等禮教的沉重負擔之後，如果我們願意撇開讓今人頗感不適的森嚴等級觀念不談，溫柔敦厚何嘗不是一種謙和的為人之道，以為人之道推及寫作之道，我以為，像《額爾古納河右岸》這樣的「怨而不怒」，也當成為寫作的德行之一，又怒又怨反倒有損小說寫作的道義、德行、見識。

《額爾古納河右岸》裏除了有「溫柔敦厚」這樣的理，還有「一往情深」的情。溫柔敦厚講究點到為止，一往情深會傷身、傷心，兩者原本相沖相克，但它們卻能在《額爾古納河右岸》裏相安無事，想必遲子建內心明白，世界需要溫柔敦厚般的為人之道，但一往情深對脆弱人心的搭救與安慰，也至關重要。

文字裏的道德要求

——以魏微《大老鄭的女人》為例

　　對一個古老的民族來講，文字好比是來自遠古的神旨之一，文字裏總會隱含民族習性的密碼。簡體字對繁體字意境雖有破壞，但它們之間，仍有割不斷的神秘聯繫。「六書」曾為《周禮》提及，由此我們想像，古漢字的誕生，恐怕跟禮儀有關——在這裏，我無意去討論勞動說與文字起源的關係。因禮儀的緣故，古漢字似乎天生就能容納很多很多的情志，譬如說道德關係裏、等級意識下、統治意志內的各類情志。象形、指事、會意、形聲等造字方法，無不與中國人的處世哲學、天人觀有關。「名無固宜，約之以命，約定俗成謂之宜，異於約則謂之不宜。」（《荀子・正名》）深入到文化意識去探究，文字既是一種由時日所選擇的共通符號，也是一種能暗示行為的心理約定。

　　以我們將要談到的短篇小說《大老鄭的女人》[1]為例，小說題名中的這個「女」字，本為象形字，按其形，人有一個下跪的姿勢，這一造字、這一字，講了陰陽乾坤，講了「女」與「從田」之「男」的相對意義，講了男耕女織的傳統。這樣的例子還很多，通過《說文》等前人著述，去探究一下字詞源流即可得知。古漢字，所背負的人倫傳統，所傳達的道德要求，很重很重。古漢字，是承擔了意

---

[1]　〈文字裏的道德要求〉一文，所引《大老鄭的女人》內容，均出自魏微：《大老鄭的女人》，北京：《人民文學》，2003 年第 4 期，頁 59-70。

義重負的文字。如果榮格所說的集體無意識一說成立，那麼這其中的一部分，可能就是文字這種有記憶優勢的符號，所帶給我們的心靈暗示。

但同時，表意文字的隨意性，使之在表達上具有多義性、模糊性等特徵。錢鍾書先生在其《管錐編》開篇即論「易之三名」，以證「語出雙關，文蘊兩意，乃詼諧之慣事」，兼駁黑格爾之自大[2]，並示漢字之博大精深。漢字的造字法、內部結構，其實早已為自己設下兩難之局：它對道德寄予厚望，但字詞的歧義性又模糊了道德的權威；它在道德要求上是明晰的，但它在表意上卻是曖昧不清的。它希望借助道德增加人類幸福、維持人間秩序，但它又深知，人事是難以說得清清楚楚的，它很難以理性與邏輯手段對事物來個清晰明朗的了斷。

如何擺脫古漢字裏，暗藏的對人的苛刻要求，如何體察並認可現代人文情懷的新傳統，也許正是現代漢語及其寫作所要面對的問題。漢字原本已有的曖昧性、無所不及的隱喻修辭，為現代漢語的寫作走出狹窄的情志審美傳統，適應時勢的大變局，理解現代人的複雜處境，提供了出路。如果要恢復對漢語的信心，我們就要堅信：偉大的語言，會養育偉大的文學；偉大的文學，對偉大的語言而言，是一種靈魂的應答。

我想，《大老鄭的女人》洞察了漢語某些內在的傳承秘密，她有語言及精神層面的覺悟。聰明的魏微，輕輕地，撥開了道德的嚴厲規訓，在不離棄中國人對人事之基本看法的前提下，將語言的隱喻功能發揮得淋漓盡致。小小的篇幅，有大的情懷，大的審美抱負。世俗生活有世俗生活的法則，《大老鄭的女人》由道德的事出發，但又憑藉感知與頓悟，走出狹窄的情志審美傳統，使小說不至於墮

2　錢鍾書：《周易正義》之《論易之三名》，見《管錐篇》（一），錢鍾書著，
　　北京：三聯書店，2001 年。

入道德義憤與教誨熱情之中。在這樣一個道德與抒情均被濫用的時代，一個作家需要極大的勇氣、審美信心，才會沒有怨恨、沒有譴責地去寫作。

《大老鄭的女人》對現實有驚人的領悟力。

她發現了，小城鎮那種深藏於時光深處的氣淡神定。在中國，小城鎮沒有大都市那種除舊佈新的驚亂與焦慮，它有些笨重、遲緩，它是時代旋律的餘韻，縷縷蕩蕩，不濃烈，但又久久不願消散，它是舊時代的神經末梢、新時代的興奮終端，它有不易讓人察覺的豐盈活潑。相對於大都市，小城鎮是僥倖的，行動的緩慢，往往能使它避過浩劫，它有強大的包容力，它能滿足人們過日子的歡欣與心安，它像冬暖夏涼的臨時避難所，收容都市的潮流碎片。

《大老鄭的女人》對小城鎮那種積極而富感染力的氣質，有相當出色的描述。

她寫小城鎮的時間，「城又小，一條河流，幾座小橋。前街，後街，東關，西關……我們就在這裏生活著，出生，長大，慢慢地衰老」，「有一種時候，時間在這小城走得很慢。一年年地過去了，那些街道和小巷都還在著，可是一回首，人已經老了」，「多少年過去了，我們的小城還保留著淳樸的模樣，這巷口，老人，俚語，傍晚的槐樹花香……有一種古民風的感覺」。

她寫小城鎮的民風，入木三分。「誰家沒有陳芝麻爛穀子的事……這些事要是輪著自己頭上，就扛著，要是輪著別人頭上，就傳一傳，說一說，該歎的歎兩聲，該笑的笑一通，就完了，各自忙生活去了。」在這些樸實而克制的語言內部，我感受到，對古鎮民風，作者愛得深沉，幾近憂傷。

《大老鄭的女人》由開始到最後，發展得是那麼地自然，自然得我們幾乎可以忽視小說的情節，但事實上，小說的情節與小城鎮的人情世故高度融合。在某種程度上來講，人情就是小說的情節，

自然又合理。作者以慢而自然的時間節奏，接納了洶湧而至的衝突，小說有處亂不驚的氣度，小說中的人物有堅強的人格。「另一種時候，我們小城也是活潑的。時代的汛息像風一樣地刮過來，以它自己的速度生長，減弱，就變成我們自己的東西了。……我們小城的女子，遠的不說，就從穿列寧裝開始，到黃軍服，到連衣裙，到超短裙……這裏橫躺了多少個時代，我們哪一趟沒趕上？」

　　小城鎮有小城鎮的創造性。先是溫州姐妹來這裏開髮廊，這個「廣州髮廊」據說「白天做女人的生意，夜裏做男人的生意」。當福建甫田人大老鄭來到這個小城鎮的時候，外地人已有一定的規模。《大老鄭的女人》預設了一個大膽而有衝擊力的假設：社會的破局，是不是首先從女人身上、從男女關係開始發生？！「廣州髮廊」的女人，身分在明，看得到；而大老鄭的女人，身分在暗，看不到。小說中隱約提及的「娼」、「妓」、「半良半娼」，成為最有力的時代隱喻。作者這樣寫，「時代訊息最驚人的變化首先表現在我們小城女子的身上」。這種變化，觸及到漢字傳統內部最沉重的體系，也就是前文所提到的、舊有的道德體系。如果小說僅描述小城民風民情，那麼小說則僅止於風情畫，但作者巧妙地以明暗對照的方式，進入並展開「女」性這一巨大而有力量的隱喻，進而對社會之變局、傳統之命運提出了獨到且深入的反思。髮廊、城裏，這些字眼，象徵著現代工業技術的前奏，但在現代化進程中，女人們卻操著古老的皮肉營生，支撐起很多家庭的經濟生活，女人是苦難的先知，她們像大地一樣沉實。這些文字深處的對比，極具反諷之意。有著小情小調的小城鎮市民，如何應對生活秩序的危機？

　　節制貫穿整個思考的過程。雖然狂放也是一種寫作趣味，但我認為，節制一定是寫作的美德、寫作的信念。要知道，語言可能會損害作者的寫作對象，進而損害寫作對象後面的那個「自我」，只能節制，才能幫助作者從無度的放任中解救出來。放逐詩人的柏拉

圖，儘管一直令詩人們不快，但他對語言的幻相，早有先見性的警覺，「影子中的影子」，真相在別處，如果要追問真相，就一定要對這種摹仿下的產物（語言）有所醒察。[3]

　　魏微很懂得「度」的分寸，她很懂得中國人或粗鄙或細膩的脾性。對粗鄙，她抱之以善意。對細膩，她投之以輕柔。作者善於用反觀的手法：她寫一個動作，就能直達人的內心；她佈置一個空間，便能反映出人與人之間的微妙關係。這是心理描寫達不到的境界，但是她做到了。有些中國人聒噪，但有些中國人卻拙于口舌，尤其是在表達感情的時候，即使身子是纏著的，嘴也還在扭捏遲疑。要窮盡這種難以敞開的心靈，不容易。

　　魏微以肢體動作、手勢眼神等無言的姿態代替了人物的口舌辯白。大老鄭最常見的神態，就是「笑」，他對他的行為不作過多的辯解，但我們從他的動作中看到了純樸的禮數、踏實的為人，他為他周圍的人，增添了默默的情意、美好的想像，那是一種只有在善意的關照下才能夠出現的，溫暖時光，「我們」因此對大老鄭有了更多的信任與感情。「有一天，大老鄭帶了一個女人回來。……我們也不認為，這是大老鄭的老婆，因為沒有哪個男人是這樣帶老婆進家門的。大老鄭把她帶進我家的院子裏，並不作任何介紹，只朝我們笑笑，就進屋了。」院子裏的人，都不說話，彼此觀望了一番，最後又充滿善意地，接受了這種不清不楚的關係。魏微寫大老鄭和女人的恩愛，細膩而飽含感情，是說不出口的、平常但又深厚的感情，有一個空間細節，堪稱大手筆，「得空大老鄭就回來看看，也沒什麼要緊事，就是陪陪她，一起說說話。她坐在床上，他坐在床對面的沙發上，門也不關。門一不關，大方就出來了，就像夫妻了」，

---

[3]　參見〔古希臘〕柏拉圖：《文藝對話集》，朱光潛譯，北京：人民文學出版社，1963 年。

如果不是對中國人的禮數與脾性瞭若指掌,如果作者沒有非凡的悟性,絕對寫不出來這樣的細節。

但是,「第二年開春,院子裏來了一個男人」。女人的前夫?「他不是女人的前夫,他是她的男人」,他的一身,就是鄉間悲苦的濃縮,能讓我們「陡地醒過來」,他只知道種田的好,但又說不出哪裡好,他曉得有不好,但也說不出哪裡不好,他的一家子,都靠了他的婆娘,見不著的時候,雖然憂傷,但閒下來想一想,就是覺得親切、踏實。

女人的身分明瞭。院子裏的人,如何應對這種道德的困局?時光又回來了,漢字裏的道德要求又回來了,合情合理。院子裏有一種覥覥得讓人溫暖的氣氛,但是,通情達理的母親,還是攤牌了,大老鄭說她是好人,母親說,「你也是好人,可是這跟好人壞人沒關係,我們是體面人家,要面子,別的都好說,單是這方面……你不要讓我太為難。我母親又說,你是生意人,凡事得有個分寸,別讓外人把你的家底給扒光了。大老鄭難堪地笑著,隔了一會兒,他搓搓手道,這個,我其實是明白的」。也許是因為曾經靠得太近,也許是因為投入過感情,院子裏的人,可以原諒對門戶的馮奶奶——靠找相好拉扯大兩個孩子、聲稱死也要等她男人回來,也不能諒解大老鄭的女人。這一對照,也是神來之筆,彷彿大老鄭的女人傷害了生活。這不是道德說教,這是隱藏得很深的,不自覺的,對感情神聖感的庇佑之心。

這一切,說得清嗎?

魏微是克制這種寫作美德的受惠者。克制讓她的寫作簡潔、果斷,點到即止。「她天生知道很多感情」[4],但在作品中,她既能守住感情,但又看到內心,她彷彿天生就通曉能夠窮盡心靈的某些修

---

[4]　魏微:《姐姐和弟弟》,長春《作家》,1999 年第 11 期。

辭術。欲言又止，隱忍不發，《大老鄭的女人》呈現出藝術的美態。藝術的美態，就是人性可迴旋的餘地。

　　但這一切，說不清。克制的修辭術，指引著，作者明智地，不下判斷。道德關係微妙，「說不清楚」，是全篇高妙的點睛之筆——

> 有一次，我父親因想起他們，就笑道，這叫怎麼說呢，賣笑能賣到這種分上，還搭進了一點感情，好歹是小城特色吧，也算古風未泯。我母親則說，也不一定，賣身就是賣身，弄到最後把感情也賣了，可見比娼妓還不如。
>
> 唉，這些事誰能說得好呢，我們也就私下裏議論罷了。

　　《大老鄭的女人》有古漢語傳統裏那種曖昧的、不可說的光輝，但小說又憑藉人道的高貴情懷，擺脫了古漢字裏對人設下的苛刻道德要求。這是節制手法下，最飽滿的精神收穫。作者以一種訓練有素的、簡潔的敘述藝術為漢語寫作添上了奪目的光彩、高尚的操守、深邃的情感。我想，這就是新鮮的經驗，它有別於沉重的古典情志審美傳統，但它又承繼了古典的曖昧天人觀，它對古漢字的某些神旨，作出了微弱的應答，但與此同時，它又解開了古漢字的部分咒語。我在前文也提到過，古漢語的結構及意指，早已暗示過現代漢語寫作的出路，我們的經驗，並沒有完全斷裂。

　　如布魯姆曾經反覆強調過的那樣，藝術不能降格為一目了然的判斷。[5]人的世界，是反覆闡釋自我、不斷轉譯神旨的世界。高明的文學，懂得順勢，順人事的走勢，而不妄下判斷。

　　魏微的文字，有玉石一般的質地與光澤，遠時清冷，近時溫婉，落落大方，善解人意，沉靜而不張揚，有中國人傳統的含蓄通透之

5　參見〔美〕哈樂德・布魯姆：《西方正典》，江寧康譯，南京：譯林出版社，2005 年。

美（寫得含蓄、看得通透）。若只含蓄，則扭捏小器，但若含蓄且通透，則大氣周全，這種端莊正大的氣質，變得越來越稀有。《大老鄭的女人》，當時讀，過後閱，都能感覺到歲月的沉香，古拙的樸風，還有，現代的機警與慧點。她的細緻，是不經意的、有藝術修養的細緻。她很委婉，但委婉方見深刻澄明。她深知世態的殘酷無常，她能把握人心飛快向下墜落的速度，但她始終保持慈悲的心腸，對那些慌亂衝動、沉淪無望的人事投之以溫和靜穆的眼神，對平常人的弱點及局促抱以真誠而深切的同情。她不受性別的羈絆，她克制而內斂，這樣的心向與姿態，在我們極速而決裂的語境裏，是罕見的境界。

看魏微的《大老鄭的女人》等作品，有時候我會想像這個作家的神態：不動聲色，漫不經心，卻能在瞬間洞悉四圍。好作家有收放自如的、強大的控制力，我尤其欣賞那些聰明而不外露、有大智慧但帶點焦慮的作家，也許，魏微就是這樣的作家。

吾之大患，為吾有身

——《紅樓夢》的疾、癖、癡

　　疾，非憂患之意，此處取病理學所指的疾病之意。癖，在《紅樓夢》中通常指毛病、癖好、癖性等。癡，也指隱喻意義中的癡病、呆症，本有癡迷、瘋癲等意，佛家之語也指不慧、愚鈍等意思，佛語謂貪、嗔、癡乃三毒，講的是六道輪迴的禍患，癡算是根本之「毒」，只不過曹氏寫癡，決不是為了佛家之「無貪、無嗔、無癡」，也並非是為了虛無，儘管佛教內典認為「三十三天，離恨天最高；四百四病，相思病最苦」，但《紅樓夢》之「癡」，與佛教的禁欲修行顯然又有所不同。曹氏悼紅軒內披閱十載、增刪五次，「淚盡而逝」，為的不是「疾」與「癖」，而是「癡」，這個「癡」字正好是《紅樓夢》最核心的精神之一。

　　疾、癖、癡，是《紅樓夢》重視之物事。有關病、癖、癡的互為隱喻，幾乎貫穿《紅樓夢》始終。雖然後四十回「語言無味，面目可憎」[1]，但對那些重要的小說人物，續書者還是基本延續了曹雪芹對疾、癖、癡的寫作重視。當然，對疾、癖、癡的寫作指向在後四十回有所偏差，續書者尤其重視疾的書寫而忽視癖與癡的書寫，以至於背離前八十回的寫作初衷，為《紅樓夢》留下無盡的遺憾。相比之下，曹雪芹更強調「疾」的隱喻性（心病、癡病），「疾」

---

[1]　見張愛玲，《紅樓夢魘》之〈《紅樓夢》未完〉，哈爾濱出版社，2003 年。

作為一種深刻的修辭手法、一種覆蓋身體的「形式主義」被雪芹所用，可惜續書者則更看重「疾」對身體機能的破壞性、對生命能量的攫取性，續書者過度偏重於小說情節的技術處理，片面追求小說的形似，卻忽視了曹雪芹的藝術用心，更忽視了中國古典藝術一向有注重「神似」、「傳神」、「如畫」的審美傳統。

深入地書寫疾、癖、癡，使疾、癖、癡意味深長，這在經典的中國古典小說中實屬罕見，可惜，研究者未必重視。於此，我有意把隱身於《紅樓夢》中的疾、癖、癡抽離出來，以解曹雪芹的囫圇癡語。

「疾」是與健康相對應的語詞，在病理學的領域裏對應，也在社會領域裏對應。老子曾在《道德經·道經》裏講過「無」與「有」的關係：「埏埴以為器，當其無，有器之用。鑿戶牖以為室，當其無，有室之用。」[2]看得出，老子很強調「無」的先決性，這當然有待商榷，但老子道出「無」與「有」之間存在相生的關係，已經是思想史上的重大發現。如果先驗而主觀地把「疾」與健康看成是絕然對立的相克關係，這種二元對立的鬥爭哲學將直接掩蓋「疾」與健康在身體內部的相生關係。從道德人倫關係來看，「疾」與健康的「相克」解釋法更能維持身體的道德秩序，更能為因「疾」而生的道德恐慌製造合法的理由。但是從追問存在的意義以及存在的因緣層面上來看，「相生」的解釋法比「相克」的解釋法更接近事物的本相，並且可以成功繞開道德恐慌的誤區。

曹雪芹在處理「疾」與健康的時候，顯然非常注重二者的相生性，前八十回的作者甚至努力把「疾」與健康的二元衝突降到最低，簡單地來講，「疾」與健康如果顯象衝突的話，將直接損壞《紅樓夢》中的人物形象、美學形象，特別是會對《紅樓夢》的女性形象

---

[2]　《道德經》十一章。

產生破壞性的作用。從疾、癖、癡的因緣相生入手，用囫圇難解之語，使《紅樓夢》的悲劇性更具中國古典韻味，無論從表達方式，還是從精神內核來講，《紅樓夢》的悲劇性都並不比西方悲劇遜色，在藝術手法方面甚至更勝西式古典悲劇。

曹雪芹深諳老子之「吾所以有大患者，為吾有身（也）」[3]、莊子之「大塊載我以形，勞我以生，佚我以老，息我以死」[4]，患由身生、勞共形生，正是世界之中身體存在的深刻悲劇之一。曹雪芹筆下之「疾」，穿透並超越世俗意義的疾病，最終抵達身體存在的本真。相形之下，中國其他古典小說《西遊記》、《三國演義》、《水滸傳》等，都普遍缺乏「疾」的書寫意識，或者說缺乏身體的悲劇意識，中國古典的身體書寫更偏愛湯顯祖《牡丹亭》式的「慕色」書寫：「天下女子有情，甯有如杜麗娘者乎！夢其人即病，病即彌連，至手畫形容，傳於世而後死。死三年矣，複能溟溟莫中其所夢者而生。」正好應了賈母的話：「這些書都是一個套子，左不過是些佳才才子，最沒趣兒。把人家女兒說的那樣壞，還說是佳人，編的連影兒也沒有了。」[5]不同於皆大歡喜的「怪、力、亂、神」身體書寫，曹雪芹筆下之「疾」，與健康因緣相生，先驗地暗示著不可逆轉的人生大患。

「古代世界對疾病的思考，大多把疾病當作上天降罪的工具。」[6]這是美國學者蘇珊・桑塔格基於對西方傳統對疾病之道德恐慌所考察出來的結論，但在對於曹雪芹筆下的《紅樓夢》來講，「疾」並不是一種上天降罪的工具，而是一種前生註定的宿命暗

---

[3]　《道德經》十三章。

[4]　〔宋〕林希逸：《南華真經口義》（又名《莊子口義》）之《內篇・大宗師》，陳紅映校點，昆明：雲南人民出版社，2002 年，頁 109。

[5]　《紅樓夢》第五十回。

[6]　〔美〕蘇珊・桑塔格：《疾病的隱喻》，上海澤文出版社，2003 年，頁 37。

示。林黛玉的眼淚不是原罪,倒像是一種感恩還債──「他是甘露之惠,我並無此水可還。他既下世為人,我也去下世為人,但把我一生所有的眼淚還他,也償還得過他了」[7]。林黛玉的宿命並非「怪、力、亂、神」狹義層面的輪迴宿命,而是指老子所講的:「吾所以有大患者,為吾有身(也)」(《道德經》十三章)。赤瑕宮神瑛侍者日以甘露灌溉,這絳珠草「得換人形,僅修成個女體」[8],絳珠仙子之大患,在於她修成了「身」。再看青埂峰那石頭,「因見眾石俱得補天,獨自己無材不堪入選,遂自怨自歎,日夜悲號慚愧……無材可去補蒼天,枉入紅塵若許年」[9]。石頭對無力補天的憂慮之心,同樣是源於對自己形體的憂患,或者說,是對「身」之存在的憂患。

　　同時,作者用「癖」字隱喻「疾」的與生俱來性、不可解性,具體例證是寶玉之「癡」、薛蟠之「癡」(龍陽之癖)等。「癖」隱喻「癡」的與生俱來性,寶玉銜玉而生,黛玉之「帶」玉諧音,於「疾」、「癖」、「癡」的三層遞進關係學來講,無疑內有乾坤。用中國古典哲學的說法來講,這就是天意。這種天意,更像莊子借孔丘之口道出的「命」──「天下有大戒二:其一,命也;其一,義也」[10],這裏所指的天意,無法用人為力量去更改。雪芹借寶黛之身表達出來的「癡」,也是一種無法用人為力量去更改的天意。個中的大悲意識,呈現了有古典韻味的悲憫與智慧。曹雪芹之妙,就在於他用世俗而混沌的中國方式、用清新又嫵媚的中國古典韻味,演繹出謎團重重、深刻而不朽的悲劇。曹雪芹既不是表達西式的「罪感」,也不是表現李澤厚曾經總結出來的「樂感」,而是表現一種天生的局限性,表現一種科學解釋失效的本質觀、存在觀。正

---

[7]　《紅樓夢》第一回。

[8]　《紅樓夢》第一回。

[9]　《紅樓夢》第一回。

[10]　〔宋〕林希逸:《南華真經口義》之《內篇・人間世》,頁66。

因為有對局限性的洞察，才會有自覺的恐懼感與渺小感。用羅素的說法就是，神學與科學之間，有無人之域[11]。

不難發現，在曹雪芹的筆下，「病」是形，「癖」是格，「病」與「癖」互為隱喻，最終的意指是「癡」，「滿紙荒唐言，一把辛酸淚。都雲作者癡，誰解其中味」[12]。「余閱《石頭記》中至奇至妙之文，全在寶玉、顰兒至癡至呆、囫圇不解之語中。」（脂批）[13]疾、癖、癡三者究竟如何因緣相生、互為隱喻呢？待下文細解之。

如果從傳統中醫學的解釋角度出發，《紅樓夢》中一些重要的人物都「患」有不同的「疾」，這種「疾」又與「癖」緊密聯繫在一起，並最終指向「癡」。作者處理「疾」、「癖」、「癡」三者互為隱喻的手法，我稱之為「囫圇」手法──混沌又意味深長、該清晰處清晰該模糊處儘量模糊的手法，這種「囫圇」手法不僅用於「疾」、「癖」、「癡」的行文安排，還用於《紅樓夢》裏各女子忽大忽小的年齡設置，同樣也用於《紅樓夢》共時與歷時的時空交錯安排。空空道人在第一回便對石頭點出這段陳跡故事「無朝代年紀可考」，朝代年紀的混沌不清，京城與金陵的南北互置（「地與邦國，卻反失落無考」[14]），這是作者有意為之的「囫圇」手法，如果一味地考證哪個人物有皇家血統或者考證《紅樓夢》影射某朝某帝，這無疑會損害小說的藝術價值、思想價值，王國維也曾在《〈紅樓夢〉

---

[11] 〔英〕羅素：「一切確切的知識──我是這樣主張的──都屬於科學；一切涉及超乎確節知識之外的教條都屬於神學。但是介乎神學與科學之間還有一片受雙方攻擊的無人之域；這片無人之域就是哲學。思辯的心靈所最感到興趣的一切問題，幾乎都是科學所不能回答的問題；而神學家們的信心百倍的答案，也已不再像它們在過去的世紀裏那麼令人信服了。」《西方哲學史》（上卷），北京：商務印書館，1976 年，頁 11。

[12] 《紅樓夢》第一回。

[13] 《紅樓夢》第十九回，庚辰雙行夾批。

[14] 《紅樓夢》第一回。

評論》一文中對索隱派提出過異議[15]。看《紅樓夢》前八十回之「疾」、「癖」、「癡」，再讀作者「假作真時真亦假，無為有處有還無」之語詞，足以知作者「囫圇」之良苦用心。

雪芹最偏愛黛玉，也對黛玉的「疾」下筆最重、最果斷，黛玉的前生今世與水相關，黛玉之「疾」、「癖」、「癡」跟淚水有關。黛玉剛進賈府時，眾人見黛玉，「身體面龐雖怯弱不勝，卻有一段自然的風流態度，便知他有不足之症。」[16]據黛玉自己說：「我自來是如此，從會吃飲食時便吃藥，到今日未斷，請了多少名醫修方配藥，皆不見效。」[17]黛玉的不足之症，就好比寶玉所戴的通靈寶玉，是與生俱來之「物」。黛玉的不足之症，重點之處在於眼淚。按雪芹的寫作思路來看，黛玉應是淚盡而逝——因水而來因水而去，而不是咳血而亡。黛玉的病症更像是肝氣鬱結，由此導致情志鬱結，時常氣滯、脅痛、不通則痛，疼痛隨情志變化而增減，有時候會連及小腹，精神抑鬱，善太息，易動怒，飲食減少，腸胃不好，睡眠不佳……而肝又開竅於目，肝屬五臟，陰陽屬陰，如果肝氣鬱結，眼淚一生不斷也就不出奇了[18]。雪芹書寫「疾」的重點在於淚與水，在於「欲」而不得，可續書者卻把「疾」寫實寫死，黛玉最後成了肺癆，咳血而亡，續書者完全背離了雪芹的寫作初衷，尤其是違背了前八十回的審美意向。早在《紅樓夢》第一回目，作者就已交待，神瑛侍者凡心偶熾，要下世為人，絳珠仙子「只因尚未酬報灌溉之德，故其五內便鬱結著一段纏綿不盡之意」，可見絳珠仙子下世為

---

[15] 具體觀點參見《王國維、蔡元培、魯迅點評紅樓夢》，王國維等著，北京：團結出版社，2004 年，頁 32。

[16] 《紅樓夢》第三回。

[17] 《紅樓夢》第三回。

[18] 《紅樓夢》第十九回，寶玉去黛玉房中把黛玉喚醒，黛玉說：「你且出去逛逛。我前兒鬧了一夜，今兒還沒歇過來，渾身酸疼。」可見黛玉身體疼痛的現象時常出現。

人後，身體之「疾」的重點所在仍然是「五內鬱結」，「疾」是曖昧不清的，情志之纏綿鬱結才是作者要敘述的本體，「疾」作為精神的關照而存在。

說到黛玉的「癖」，小說交待得不十分明顯，但有些細節可以發現黛玉也是有「癖」的，可稱之為「精神潔癖」。有例為證，《紅樓夢》第十六回中，黛玉葬父歸來，寶玉將北靜王所贈的鶺鴒香串轉贈給黛玉，黛玉說，「什麼臭男人拿過的？我不要他」。《紅樓夢》第四十五回，寶玉穿著北靜王所送斗笠夜探黛玉，黛玉見了有趣，寶玉連說想辦法弄一套給黛玉，黛玉又道一聲「我不要他」。除了寶玉自己的無字舊手帕，黛玉一生中沒有收授過任何信物，由此可見，黛玉對男女私情極為謹慎，同時可看出，黛玉是何等地潔身自好，不是貞潔的潔，而是對精神與靈魂的自我看重——所以黛玉處處敏感，「質本潔來還潔去」。《紅樓夢》寫女兒之「潔癖」，明寫妙玉的身體潔癖，虛寫黛玉的精神潔癖，寶釵的閨房雖如「雪洞」，但顯然既不是精神潔癖也不是身體潔癖，相形之下，黛玉之「潔」是更可敬、更徹底的「潔」。黛玉這種精神潔癖與寶玉厭惡仕宦之事的「癖」是相通的。

說到黛玉的「癡」，《紅樓夢》第二十八回提到一個有關「癡」的細節，葬花的黛玉「正自傷感，忽聽山坡上也有悲聲，心下想道：『人人都笑我有些癡病，難道還有一個癡子不成？』」可見這「癡」並非後人所理解的狹隘的只針對寶玉的「癡情」的「癡」，「癡」跟黛玉整個人生的精神困境與精神自覺有關。

黛玉之「疾」，道出黛玉早夭之「命」，天命，以及先天性的局限。黛玉之「癖」，道出黛玉既不容於混濁之俗世（「世外仙姝寂寞林」），也不可能與寶玉有姻緣之實肌膚之親。黛玉之「疾」、「癖」隱喻著黛玉之「癡」的悲涼無望。對於黛玉來講，肉身的及

早消失，既是作者仁慈的手筆，也是人力無法更改的天意，這一切
符合黛玉的身體存在邏輯。

作者寫寶玉與寫黛玉的路數又有所不同。寫黛玉是由「疾」入
手，而寫寶玉則從「癖」入手，作者寫寶玉之「疾」是弱寫。小說
中間穿插幾次寶玉的失魂落魄，寶玉打娘胎裏帶出來的「玉」暗示
了寶玉的身子是有疾病的身子，是有局限的身子，是無能無材的身
子，出世無材補天、入世無能為仕，「玉」每失落一次，寶玉的身
體都會受損，也意味著全局的重大轉變。寶玉之「癖」有哪些呢？
寶玉之「癖」可以分為兩種，一種是對女兒的，一種是對男子的。
對女兒的癖好可以用他的口頭禪來說明，「女兒是水作的骨肉，
男人是泥作的骨肉。我見了女兒，我便清爽；見了男子，便覺濁臭
逼人」，太虛幻境警幻仙子甚至認定寶玉為「乃天下古今第一淫人
也」[19]，寶玉抓周只抓脂粉釵環，寶玉長大了還有吃紅的毛病。而
從寶玉與秦鐘、香憐、玉愛、琪官、柳湘蓮等男子之間的疑案中，
又可以推測出寶玉對年輕男子有一定的癖好。這些男子無一例外都
有俊美的外表，從審美角度來看偏向於女性美的審美趣味。寶玉這
些癖好，正好應了賈雨村的話：「置之於萬萬人中，其聰俊靈秀之
氣，則在萬萬人之上；其乖僻邪謬不近人情之態，又在萬萬人之
下。」[20]有意思的是，甄士隱夢中聽得僧道之語，連說要攜帶這「蠢
物」去交割；無獨有偶，黛玉未見寶玉時內心疑惑，「……倒不見
那蠢物也罷了」[21]。黛玉預想的也是「蠢物」二字，這「蠢物」二
字寓意著寶玉不平常的「癡」，這是作者對世俗深刻的體悟——對
世俗的日常生活既迷戀，但又有自覺的超越。寶玉的「癡」，對世
俗社會有一定的抗拒，對靈性世界又有一定的嚮往。寶玉的「疾」、

19　《紅樓夢》第五回。
20　《紅樓夢》第二回。
21　《紅樓夢》第三回。

「癖」、「癡」恰好說明，寶玉是整個《紅樓夢》中最有負罪感的人，劉再復先生、林崗先生曾在《罪與文學》中論及《紅樓夢》，並提出卓越的見解：「他（寶玉）愛一切美麗的少女，也愛其他的少男，如對秦鐘、棋官（蔣玉菡）、柳湘蓮等，這不能用世俗的『同性戀』的概念去敘述，這是一種基督式的博大情感與美感，是對人間最美的生命自然無邪的傾慕與依戀，因此，其中任何一個生命自然的毀滅，都會引起他的大傷感與大悲憫，都會使他發呆。」[22]

《紅樓夢》裏，集疾、癖、癡於一身的，唯有寶、黛二人，其他人物多數偏重「疾」的書寫。但總體而言，不同人物身上的「疾」，有不同的隱喻意味，「疾」虛虛實實，病理特徵若有若無，「囫圇之語」處處在。

《紅樓夢》中還有哪些人物有「疾」纏身呢？

比如寶釵，竟然也有「疾」在身，而且與黛玉一樣，是先天性的。在《紅樓夢》第七回中，寶釵自陳其「疾」：「只因我那種病又發了……為這病請大夫吃藥，也不知白花了多少銀子錢呢。憑你什麼名醫仙藥，也不見一點兒效。後來還虧了一個禿頭和尚……他說我這是從胎裏帶來的一股熱毒，幸而先天壯，還不相干。」寶釵的病是週期性發作，吃了那禿頭和尚的藥就會好上一陣子，那藥也就是所謂的「冷香丸」，按其配方、藥的成分看，可得知寶釵的病屬熱症、胎毒，從中醫學的角度來解釋就是要清熱解毒，此疾一方面與黛玉的寒弱、怯弱相對應，另一方面也可能有影射寶釵「正業觀」之意——寶釵屢屢勸寶玉要立身揚名，寶玉生氣，說：「好好的一個清淨潔白女兒，也學的釣名沽譽，入了國賊祿鬼之流。……不想我生不幸，亦且瓊閨繡閣中亦染此風，真真有負天地鐘靈毓秀之

---

[22] 劉再復、林崗：《罪與文學》，香港：牛津大學出版社，2002 年，頁 206。

德！」[23]寶釵需要清熱解毒是實筆，具體是什麼熱又解什麼毒是虛筆，讀者有想像的空間。從另一層面來講，寶釵也可能是有「癖」的——對立身揚名的癖好，從寶釵對寶玉的期望可以看出來。但是更高一重的精神境界——「癡」在寶釵身上卻無從顯現。

再看看其他人之「疾」。秦可卿之「疾」是一大疑案，「有一位說是喜，有一位說是病」，賈珍請的張先生則認為是「此病是憂慮傷脾，肝木忒旺，經血所以不能按時而至」[24]。秦可卿的病來得虛虛實實，有可能就是暗示「秦可卿淫喪天香樓」之事。張先生的結論是要「養心調經」，雖然秦氏有「月信過期」之事實，但作者之意就在於模稜兩可之效果——可能是喜脈，也有可能是憂慮成疾，此「疾」意在指向死亡，「疾」是某種形式的需要，也是生命存在的證詞。秦可卿不僅是「盛筵必散」的寓言，也是情天幻海的警詞。

秦鐘、賈瑞之死，與縱欲過度兼偶染風寒相關。元春、晴雯之死，說到病因其實都是死得不明不白，尤其是晴雯之死，最大的原因還是心病，這種心病唯有中醫方能解釋，在西醫解釋下，這樣的身體邏輯很難講得通。強悍如王熙鳳，也是有疾在身，《紅樓夢》第七十二回借平兒之口道出王熙鳳有落紅之症，鴛鴦甚至誇張地形容是「血山崩」。賈敏、林如海夫婦的早逝，當然也跟「疾」有關，但作者最大的用意還是借林賈之死突出黛玉之孤獨無靠。賈政長子賈珠之亡，亦是因疾而起，象徵著賈府生命力的衰敗。如此種種，不一一舉列。

《紅樓夢》前八十回中，但凡死亡，都是清楚明白的，但凡疾病，基本上都是「囫圇」之說。《紅樓夢》所書寫的疾病，顯然與蘇珊・桑塔格由莎士比亞那裏引申而來的疾病區分法有所區別，她

23　《紅樓夢》第三十六回。
24　《紅樓夢》第十回。

認為在疾病的隱喻之下的疾病有兩類:「一類雖然痛苦卻可治癒,另一類可致人於死地。」[25]在曹雪芹的《紅樓夢》中,疾病也是一種隱喻,但不是與健康相對應的概念,他並沒有簡單糾纏於治癒或者致命兩種結局,確切地來講,《紅樓夢》對「疾」的書寫是一種指向「患」的隱喻書寫。《道德經》十三章曰:「何謂貴大患若身?吾所以有大患者,為吾有身也,及吾無身,有何患?故貴為身於天下,若可以托天下矣;愛以身為天下,女何以寄天下?」這才是《紅樓夢》的身體乾坤,中國古典式的身體乾坤學更偏愛「自然」狀態,莊子曰:「有人之形,無人之情。有人之形,故群于人,無人之情,故是非不得於身。……道與之貌,天與之形,無以好惡內傷其身。……天選子之形,子以堅白鳴!」[26]只不過《紅樓夢》的終極走向雖是「自然」,但顯然他並不否定世俗的存在意義,雪芹既承認身體的局限性,又讓「疾」擺脫道德倫理的評定,這與莊子的虛無有很大的區別。《紅樓夢》對「自然」的偏愛,既是對身體內部平衡的追求,也是對身體與宇宙調和的追尋,正因為懂得原初「自然」的不可更改性,才懂得紅塵打滾、世俗掙扎的絕望感,所以說《紅樓夢》的主體部分是大慈大悲的——與佛教「四大皆空」下的大慈大悲有所區別的大仁慈、大悲憫。

　　當然,「疾」還有另一重的隱喻,即審美隱喻。從前八十回可以看出,曹雪芹相當迷戀文學的美學意味,以他的審美趣味,他絕不會讓「疾」凌駕於隱喻之上,可後四十回中,「疾」與隱喻發生了明顯的衝突。

　　「疾」與隱喻的衝突,在後四十回顯而易見。所謂「疾」與隱喻的衝突,是指缺乏「囹圄」意識的「疾」病書寫直接損害了隱喻的美學意義、思想價值。後四十回的作者棄用雪芹對疾、癖、癡的

---

[25] 〔美〕蘇珊‧桑塔格:《疾病的隱喻》,上海譯文出版社,2003 年,頁 65。
[26] 〔宋〕林希逸:《南華真經口義》之《內篇‧德充符》,頁 92。

「囫圇之語」,「疾」不再虛實相間,續書者採用實筆,黛玉之死、寶玉之病成為「疾」與隱喻衝突的焦點。

曹雪芹對黛玉的「疾」是「囫圇之語」,但對黛玉的美卻是毫不含糊。《紅樓夢》第二十六回寫黛玉之哭:「原來這林黛玉秉絕代姿容,具希世俊美,不期這一哭,那附近柳枝花朵上的宿鳥棲鴉一聞此聲,俱忒楞楞飛起遠避,不忍再聽。」僅舉此一處,便知曹雪芹對黛玉之美的重視,「疾」在黛玉身上另一重重要的隱喻是什麼?是高雅,是美態,是敏感,是憂傷,是柔弱,是風流,是純粹……但「疾」既不是奪去黛玉生命的主要原因,也不能成為損害黛玉之美的理由。按續書者的邏輯,黛玉在寶玉成婚之際,撕焚手帕咳血而亡,死的症狀是肺癆的光景,用這種實在的手法去書寫「具希世俊美」的黛玉,會是什麼模樣?這肯定不是曹雪芹的本意。如果以「疾」與隱喻互證的手法來書寫,如果繼續沿用「囫圇之語」,以曹雪芹的仁慈通達,黛玉有可能是因水而死(自殺),或者淚盡而逝(鬱鬱而終),無論哪一種走法,一定具備藝術的悲劇美,更會留有精神審美的迴旋之地,而不是高鶚絞盡腦汁所策劃出來的那種戲劇衝突式的、慘烈的、殉情式的死亡,後四十回講故事的意圖太明顯,隱喻與修辭失去其原有的美學力度,「疾」與隱喻的衝突使黛玉之死成為疑案。

寶玉之「疾」呢?前八十回寶玉的每一回病,每一回失玉之後的失心,都是悟的前奏、癡的更進一步,寶玉病中對世俗糊塗,心靈卻未必懵懂。後四十回每寫寶玉之疾、之瘋,卻恰恰反過來了──寶玉的心靈糊塗,對世俗卻不糊塗,於是有戲劇性的完婚,以及後來的「蘭桂齊芬」,寶玉中了個第七名的舉人之後,才走向白茫茫的大地。

即便是單單從「疾」的書寫出發,也可以看出前八十回與後四十回的斷裂。在後四十回中,「疾」與隱喻發生衝突,「疾」與健康

直接對立，於是有寶玉的婚事疑團、黛玉之死的疑案。雪芹在寶黛身上苦心經營的疾、癖、癡之「囫圇之語」、在「千紅一窟」與「萬豔同杯」中所付託的美學抱負也隨之失效，「癡」的哲學意味也隨之受到損害，而就藝術形象而言，林黛玉的形象損害最大，林黛玉被降低為一個敏感多疑的癡情女子，一個為情殉身的普通女子，林黛玉的精神自覺與精神潔癖被最大程度地貶低。

由疾、癖、癡的因緣相生，由疾、癖、癡的混沌之說、囫圇之語，由「疾」與隱喻的互證與衝突，可以看出寶黛之「癡」裏面有雪芹的精神寄託。

從《紅樓夢》所要表達的世俗層面上來講，「癡」就是對情欲聲色等事物的癡頑、癡迷，以佛學旨義來解釋就是心病。警幻又稱這些情欲聲色為「幻」，只一「幻」字已包含著對世俗經驗的深刻反省，也隱含著對世俗生活經驗的懷疑，更有看破、看透的抱負——非四大皆空的看破，曹雪芹從根本上來講還是肯定世俗生活的。我們都以為那就是幻覺，那卻是現實；我們都以為那就是現實，卻只是幻覺，「現實」與「幻覺」互相見證著存在的本質。「癡」從世俗層面看上去是寶玉對黛玉的癡情、黛玉對寶玉的癡情，但為什麼在曹雪芹的筆下「幻」又無所不在呢？這正是有「幻」的提示，才有「癡」的超越意義，不限於世俗的癡、愛情的癡，曹雪芹寄託在寶黛身上的終極精神抱負在於對自我存在的思考。

愚癡的精神走向應該是悟，是智慧。或者說，在經歷了「癡」的煉獄與「幻」的聲色之後，曹雪芹看破了世俗，他看到了世俗的本質所在——「患」。「患」是什麼？「患」是孤獨，「患」是殘缺，「患」是欲望，「患」是不完滿，「患」是美中不足，「患」是原初的自然，「患」是「人間世」（「人間世」借用莊子的命名）的先天本質——寶黛二人的身世流轉就是「患」最深刻的寫照。黛玉亦看到了「患」，所以才喜歡「冷月葬花魂」的收梢；寶玉看到美中不

241

足，所以深知「茜紗窗下，我本無緣；黃土壟中，卿何薄命」的悲涼。「患」的存在，決定了個體身體的孤獨性；「患」之存在，決定寶、黛殊途不同歸。寶黛的悲劇不是世俗愛情發展邏輯下的悲劇，也不是人為之，「患」決定了黛玉孤獨地來、孤獨地去，「患」決定了黛玉把自我與精神看得比情感更高──這也是黛玉處處避嫌不讓人落下話柄的重要原因（絕非俗套的貞操情結）。看透方可解脫，道盡人間真相，又明白解脫的必要，因此王國維點出《紅樓夢》是悲劇中的悲劇。值得一提的是，《紅樓夢》的解脫，並非虛無式的解脫，而是建構在理想之上的解脫，而這些美的理想恰恰是建立於世俗生活經驗之上，「美中不足」既有豐富的倫理內涵，又有豐富的美學內涵，因為有對「不足」與「患」的深刻認識，才能使《紅樓夢》的美學價值、倫理價值、思想價值得以最終會合。

歐洲傳統哲學裏的身體存在，是由死亡的存在來驗證的；而中式古典哲學裏的身體存在，是由錯位輪迴的神話來驗證的。死亡因其不可知而令人恐懼、錯位輪迴因其幻境而令人恐慌。亞當·斯密認為：「人類天賦中最重要的一個原則，對死亡的恐懼──這是人類幸福的巨大破壞者。」[27]《紅樓夢》中的「患」，始於對死亡的恐懼（世俗的、紅塵的），但從根本上來講，「患」更是對輪迴、宿命、天命的恐慌（非世俗的、宇宙的），這種天命更類似於羅素筆下的超乎確切知識以外的東西，也好比莊子所說的「命」──天下之大戒，而「命」之承載物則是「身體」。死亡與輪迴的共同指向是身體，但身體所「患」者有所區別。對「患」的洞察，何嘗不是一種天問。

在這種「患」意識的支配下，《紅樓夢》的審美意向是矛盾而豐美的，既看重世俗生活，又嚮往「太初」、「自然」、「混沌」的靈

27　《道德情操論》，亞當·斯密著，蔣自強、欽北愚、朱鐘棣、沈凱璋譯，北京：商務印書館，1997 年，頁 11。

性世界，因此也可以說《紅樓夢》道非道、佛非佛、儒非儒：《紅樓夢》既是世俗的，也是非世俗的；《紅樓夢》既含悲憫，也有恐懼。曹雪芹筆下的「疾」、「癖」、「癡」之囫圇之語，「癡」、「幻」、「患」的互為隱喻，勾勒出《紅樓夢》前八十回的美學倫理、思想脈絡，也印證了「吾之大患，為吾有身」的「人間世」悲劇。

關於文學的超越

　　《石頭記》（《紅樓夢》）第一回「甄士隱夢幻識通靈，賈雨村風塵懷閨秀」，對時間有一辯。媧皇氏所煉三萬六千五百零一塊頑石之「一塊」，因「無材補天，幻影入世」，經幾世幾劫，仍回大荒山無稽崖青埂峰，得空空道人訪道求仙途中發現，只見「一大石上字跡分明，編述歷歷」，「其中家庭閨閣瑣事，以及閒情詩詞，倒還全備，或可適趣解悶；然朝代年紀、地與邦國，卻反失落無考」，空空道人甚為不解，石頭笑答道──「我師何太癡也！若雲無朝代可考，今我師竟假借漢唐等年紀添綴，又有何難？但我想，歷來野史皆蹈一轍，莫如我這不借此套者，反倒新奇別致，不過只取其事體情理罷了，又何必拘拘於朝代年紀哉！」[1]

　　雪芹先生並不執著於具體的朝代年紀，但恐也預想到世人會拿朝代年紀去百般添綴附會，所以開篇即透過石兄之口明示世人不必拘泥於此。甲戌本凡例提醒閱者切記，《石頭記》絕非怨世罵時之書，「書中凡寫『長安』，在文人筆墨之間，則從古之稱；凡愚夫婦兒女子家常口角，則曰『中京』，是不欲著跡於方向。蓋天子之鄰，亦當以中為尊，特避其『東』、『南』、『西』、『北』四字樣也」，「此書不敢干涉朝廷。凡有不得不用朝政者，只略用一筆帶出。蓋實不敢以寫兒女之筆墨，唐突朝廷之上也，又不得謂其不備」。《石頭記》不算是避諱之作，這「不敢」二字是否全合雪芹先生心意，很難定

---

[1] 《脂硯齋重評石頭記甲戌校本》，曹雪芹著，脂硯齋注，北京：作家出版社，2001 年。《石頭記》，又名《風月寶鑒》、《紅樓夢》、《金陵十二釵》、《情僧錄》等。

論，但凡例對《石頭記》之「不欲」、「不願」、「不著跡」意圖，把握得倒是相當準確。

作者有意讓朝代年紀、地與邦國失落無考，可這難阻後人考究探秘的熱情。《石頭記》成書以後，紅學漸成規模，學界有舊紅學、新紅學之說，亦有評點派、索隱派、考證派之分，其中，不乏因朝代年紀、地與邦國、家事本事而生的爭吵。

評點派之「朱旁」、「朱眉」，往往拈須不語或欲言又止，雖提點了不少極具價值的資料線索，但其姿態又增添了小說的神秘感，所以後人借評點學而索隱不斷。王夢阮與沈瓶庵（《紅樓夢索隱》）、蔡元培（《石頭記索隱》）、鄧狂言（《紅樓夢釋真》）等，俗稱為索隱派，他們喜用歷史上的真人真事去附會《紅樓夢》的人物情節、姻緣家事，極盡猜疑之能事，其勢有入「魔道」之嫌。中國人向來喜歡用陰謀論來演繹花柳繁華、富貴溫柔，人們大抵覺得，有陰謀的世道才與自己的生活有關，明淨簡單、心曠神逸離自己的生活太遠，心術、權術融入心神城府，成為生活樂趣的一部分，索隱會變成其樂無窮之事，實與中國人的用語習慣、猜疑心理有關，古代優雅有度的表意文字，演變到後來，幾乎每一處都有多義、歧義、引申義，講規矩等級、講避諱影射、講捉摸不透、講權威禁忌、講畏縮怯懦、講男女猥瑣、講功能謀略的居多，中性的、單一義、因循本來義的甚少，中國的文字演變傳統，決定了中國必然會滋養培植出奔向意義的心神「競猜」文化。紅樓索隱之前提及動力，就是他們隱約相信，字面之下，一定隱含著有陰謀的現實生活，因為權勢、恩怨、私情、得失而展開的陰謀生活，索隱的終極指向，當然是護城河內、禁忌城裏最高權力者的「日常生活」，曹姓家庭與皇室之特殊關係、貴族的氛圍與流年，畢竟有些隱在的榮耀與歡愉，人們從索隱的樂趣中不難得出些顛覆、反諷、詛罵、揶揄，甚至是豔羨

的快意，這些趣味，多少與民間式的、要與權勢沾邊、要讓權勢與「我」有關、要讓「我」最深諳內情的掌故野史情結有關。

考證派雖不能完全擺脫索隱派的干係，但考證派還是有自己的獨立志趣。考證派多考證作者生平家世、版本藏本等，胡適的《紅樓夢考證》、俞平伯的《紅樓夢辨》、周汝昌的《紅樓夢新證》、張愛玲的《紅樓夢魘》等，堪稱這一派的代表作品，他們對曹學、版本學、探佚學、脂學等，尤其有重大貢獻。也有一點需要指出，紅樓之「自傳說」，基本上源於考證派，但如果「自傳說」發展到處處以賈、曹互證或以賈證曹的地步，如認為曹雪芹先娶薛寶釵後娶史湘雲等，如此這般，也是魔道。某些所謂的紅學家，甚至要清理門戶，聲稱要把《紅樓夢》的思想研究、文學研究等排除在所謂「紅學」之外，還有人要直接從《紅樓夢》裏歸納出階級鬥爭的對立哲學。這些舉動，儘管令人詫異，但又不能單純地歸之於心術、權術、戰術的作怪。中國文學向來有以史論文的傳統，視「史」的價值為文的最高價值[2]。看官們聽書、說書人說書，都是以「史」的想像來聽與說，「史」的價值含有建功立業、向老祖宗致敬、獲取名份的正統想法，如果「史」接納了「文」，這「文」之價值就名正言順了，史學研究至今無法忍受文學研究對感情事物的解釋，也與中國的重史傳統有關。與此同時，為正史補餘的舉動，還有另一種心理動力，那就是中國人習慣相信經驗層面的真實，很難接受超驗層面的真實，人事只有跟現實生活相一一投影驗證的時候，人們才有穩妥感、動情感，《三國演義》、《水滸傳》的起筆、流傳，甚至廣為流傳的金庸武俠小說，所合應的，都有對家國歷史的依附添綴。以史論文的做法，如果放回到文學敘事的層面來講，就是執真執假

---

[2] 饒芃子等學人曾就中西文論形態進行比較，認為「史」與「哲」分別是中西敘事的至善至理。相關看法見《中西比較文藝學》，饒芃子等著，北京：中國社會科學出版社，1999 年。

的辯駁。當人們習慣了以文靠史、以史斷文之後，突然有作者反其道而行，要人們放下現世、短暫的真，追尋超越、永恆的真，確實需要思維的大轉折。

出於對《紅樓夢》的熱愛，人們希望在世俗社會裏找到原型，曲解科學主義，將之等同於完全的實用主義，求真求切，也順帶完成因果報應式的圓滿心願。理解了各派紅學家的動力，也就不難理解人們為什麼鍥而不捨地在《紅樓夢》裏驗證他們的所恨、所愛、所願、所想、所猜，無容置疑，他們的設想與研究，為理解《紅樓夢》提供了多元的大空間，入魔與否，都無可厚非，但我想，理解紅樓夢，甚至是理解文學，還有另一種思路，更需要張揚。某些走火入魔的舉動，忽視了一個基本事實與常識，《紅樓夢》既非奏摺、也非政論，她畢竟是一部小說，一部文學作品，她說的不僅僅是「人事」，更是「人性的事」，而又尤其是「生命的事」，我們不能違背《紅樓夢》的文學意願。將這一「絕大著作」變為曹家之「家事」、清代之「隱事」、滿漢之「戰事」，還要將這一「絕大著作」透過考證之眼單單還原成「本事」，實在是委屈了《紅樓夢》。

理解《紅樓夢》的文學、美學、倫理價值，可以從王國維等人的說法談起。王國維先生在《〈紅樓夢〉評論》中，稱吾國文學，「其具厭世、解脫之精神者，僅有《桃花扇》」，但《桃花扇》算不上是自悟，悟以張道士之一言的情節也不足以信之，並不是真的解脫，「故《桃花扇》之解脫，他律的也；而《紅樓夢》之解脫，自律的也。且《桃花扇》之作者，但借侯、李之事，以寫故國之戚，而非以描寫人生為事，故《桃花扇》，政治的也，國民的也，歷史的也；《紅樓夢》，哲學的也，宇宙的也，文學的也。此《紅樓夢》之所以大背於吾國人之精神，而其價值亦存乎此」，王國維還借叔本華三種悲劇之說，推斷出《紅樓夢》是悲劇中的悲劇。魯迅在《中國小說史略》中稱《紅樓夢》「獨於自身，深所懺悔」，並提出作者與

小說有「共同懺悔之心」的說法，稱《紅樓夢》為「清代之人情小說之頂峰」。當代學人，對《紅樓夢》之解脫、超越最有見地的看法，莫過於劉再復等兩位學者在《紅樓夢悟》等著作中所提出的「共犯結構」、無罪之罪、自然之罪、還淚懺悔、宇宙境界等說，他們的見識，遠遠沒有得到重視。年輕一些的學人，像謝有順，他在《中國小說的敘事倫理》等文章裏，多次由《紅樓夢》論及新的文學道德、人情之美、生命敘事、靈魂敘事，重申王國維先生《〈紅樓夢〉評論》的解脫自律說，這種思想上的深切理解與應答，也頗值得留意。此外，吳俊升、許嘯天、怡墅、舒蕪，夏志清、宋淇等學者，也曾先後質疑過考證派之狹窄科學主義，倡建學人重視《紅樓夢》的文學研究。這樣一種思路，時至今日，有大見解、深理解的學術發現仍為數不多，更遑論引人充分重視了。

我無意在這裏繼續深入討論紅學派別的分歧。紅學派系的爭拗不休，曹雪芹欲在《紅樓夢》隱去真事、放下朝代的舉動，王國維等對《紅樓夢》的獨到發現及表述，倒讓我想起一個不算新鮮、但卻糾纏不清、又容易淪為空洞口號的話題，那就是關於文學的超越問題。

文學的超越，並不是虛無的指向。如果世上真有天才，《紅樓夢》當稱天才之書，靠呼籲向《紅樓夢》靠近，敦促寫作者「生產」出《紅樓夢》這樣的悲憫大作，既不現實，也有違文學之獨立自由意願，但至少，我們可以言說文學之超越的合法性、正當性、可能性，進而去想像偉大文學的至美至善境界。《石頭記》對時間一辯再辯，多次明示看官放下朝代年紀、地與邦國，這對文學寫作來講，尤其有寓言般的提醒。順著她先知般的提醒，我們可以叩問文學之高貴、自由、境界——文學為什麼能夠超越？文學要超越什麼？文學之超越意義何在？

借用別爾嘉耶夫的說法，「人屬於兩個世界」，「人是社會性的存在物，這是無可爭議的。但人也是精神性的存在物……只有作為精神存在物的人才能認識真正的善。作為社會存在物的人只能認識關於善的不確定的概念」[3]，人固然活在朝代年紀、地與邦國、性別階級、集體人群之中，但也活在這些因素之上，愷撒王國與精神王國互相觀照、彼此獨立，精神性的存在物延伸出靈魂性的超驗想像。文學為什麼需要想像力、創造力、感性力量，就是因為它面向的，不僅僅是社會性的人，更是精神與靈魂的人，它不僅要描述現實世界裏的是非、對錯、善惡、美醜，更要想像精神與靈魂世界裏不斷往上的超越精神，這種超越性的想像，幫助我們辨別現世中不確定的自我評價。我們姑且不去討論各種宗教關於此岸彼岸、輪迴解脫的闡述，但每一種語言之下的文學，都必有對精神與靈魂存在的想像與憧憬。

像《西遊記》[4]之輪迴與解脫，就是對精神與靈魂存在的生動想像。

師徒中的豬八戒，可視其為最具社會性的存在物，他本為天篷元帥，因為蟠桃會上借酒調戲仙娥，被貶下界投胎，身如畜類，在保護聖僧路上，卻「又有頑心，色情未泯」（第一百回），返回仙界之後，仍是「口壯身慵，食腸寬大」，凡塵的善戒惡戒，豬八戒皆具。豬八戒，所中佛教所說之貪、嗔、癡三「毒」，又以「貪」毒為最甚，貪財好色、食欲不止；「癡」毒次之，豬八戒離開高老莊一步三回頭、取經路上稍遇挫折就吵嚷著要回去找媳婦，留戀色、香、味，此之謂愚癡無明；惟「嗔」毒弱些，呆子雖貪癡蠢鈍，卻

---

[3]　〔俄〕別爾嘉耶夫：《論人的使命：悖論倫理學體驗》，張百春譯，上海：學林出版社，2000 年，頁 28-29。

[4]　本文所引《西遊記》，所據版本為吳承恩著《西遊記》，長沙：岳麓書社，2006 年。

也勤勞少怨，在高老莊雖吃得多，也做得多，一路上，算是挑擔有功。色、香、味是豬八戒在塵世最留戀之物，但當豬八戒升入仙界之後，見到凡間美食，也不似以前了，自稱「不知怎麼，脾胃一時就弱了」（第九十九回）。豬八戒的轉變，尤其可看作是作者對社會性以外之人的想像。主要的宗教，都並非要否定凡間、滅掉凡間，而只是凡界之外，設立了一個不死、不朽的空間，按悟空的說法，即「與乾坤並久，與日月同明，壽享長春，法身不朽」（第九十九回）。沙僧本是捲簾大將，因在蟠桃會打碎玻璃盞，被打落流沙河，以食人為生，按佛家戒，是犯了殺生之罪，所謂放下屠刀立地成佛，是指凡間外的感召力量促使凡間罪孽從善棄惡，它的最高目的不是消滅生命、否定生命，而是把生命渡往更高的善，按凡間的律例，沙僧的肉身當處死，文學如果只寫到這裏，就僅僅是一個朝代年紀的故事，而不存在有超越性的想像。豬八戒、沙和尚，放到人間，都是戴罪之身，但作者並沒有為他們的人間行為定罪：豬八戒強娶高老莊媳婦，作者不點破內幃閨房之事，沙和尚取樵子漁夫之命，作者不詳寫不細描，反寫那沙悟淨，取下頸項下的骷髏，「用索子結成九宮，把菩薩葫蘆安在當中」，製成法船，渡師徒四眾脫離洪波，到達彼岸，九宮隨之化作九股陰風散去，大概是各歸各位的意思（第二十二回）。這說明，人間罪行是輪迴中的罪過，即使追究起來，可能也就是因果報應、輪迴之苦，但如果能夠抵達解脫之境，罪過便被功德拋下。如此處理，恰好顯示了《西遊記》不以人間是非為絕對是非、不以人間善惡為絕對善惡的卓越看法。

孫悟空更是一個具備多重意味的有趣形象。石猴由花果山仙石孕育而成，來歷不簡單，「其石有三丈六尺五寸高，有二丈四尺圍圓。三丈六尺五寸高，按周天三百六十五度；二尺四寸圍圓，按政曆二十四氣。上有九竅八孔，按九宮八卦」，「內育仙胎，一日迸裂，產一石卵，似圓球樣大。因見風，化作一個石猴」（第一回）。我始

終認為，這石猴有三重的志願，一是做人，二是當大（做人中之人），第三才是永生，這三樣的志願，象徵著輪迴之物作為社會性存在物、精神及靈魂性存在物之不同願望。石猴貪戀權力，做花果山的美猴王；從菩提祖師那裏，修學長生之術，得姓得性；數次大鬧天宮、反出天庭，都因受他人言語刺激，猴性難去，人性難立，無論美猴王變成什麼，他的尾巴總是會露出破綻，如來佛祖收它的時候，毫不客氣地說，「你那廝乃是個猴子成精，焉敢欺心，要奪玉皇上帝龍位？他自幼修持，苦曆過一千七百五十劫，每劫該十二萬九千六百年，你算，他該多少年數，方能享受此無極大道？」（第七回）《西遊記》第七回有詩為證：「當年卵化學為人，立志修行果道真。萬劫無移居勝境，一朝有變散精神。欺天罔上思高位，淩聖偷丹亂大倫。惡貫滿盈今有報，不知何日得翻身。」最後，那帶有戾氣的做人、當大之志願，都被解脫的理想化解掉了。到了解脫之界，便不再有人身、畜類、妖精、石頭等皮囊的劃分，鬥戰勝佛孫悟空與旃檀功德佛唐僧平起平坐，猴子頭上的金箍兒，自然也就去了。如果沒有「永生」志願之召喚與制約，石猴就只是一個鎮日與牛魔王等拜把兄弟們為伍的猴精，它那天生地造之來歷也毫無意義，「永生」與「做人」、「當大」之境界高低，自有分數。

　　唐僧下世為人，也是前世的罪過。他本是如來之二徒，本名金蟬子，因輕漫大法，真靈被貶——在輪迴與解脫的主題裏，凡間是低，仙界是高。徒弟們保護唐僧有兩大重點：一是保其肉身不被妖魔鬼怪吃掉（怕亂了各界大倫），肉身須經九九八十一難方能脫離苦海；二是保其純陽不被沾染，保住真身元神，使其不受凡間淫邪善惡真幻所惑，到第九十九回，風霧雷烱要奪真經，悟空氣呼呼地道明真相，「又是老孫掄著鐵棒，使純陽之性，護持住了」，是以陰魔符號不能奪其陽性，作者按歎，「一體純陽喜回陽，陰魔不敢逞強梁」。金蟬子墮入輪迴凡塵中，肉身特別重，呆子猴子在流沙河

的時候有旁白，「師父的凡胎肉骨，重似太山，我這駕雲的，怎稱得起？須是你的斛斗方可」（呆子），又，「自古道：『遣太山輕如芥子，攜凡夫難脫紅塵』……但只是師父要窮盡異邦，不能教超脫苦海，所以寸步難行者也。我和你只做得個擁護，保得他身在命在，替不得這些苦惱，也取不得經來」（行者），後三藏等人坐無底船凌雲仙渡，上溜頭決下一個死屍，長老大驚，行者笑道，「師父莫怕，那個原來是你」，至此，肉身脫得凡塵，有詩為證，「脫卻胎胞骨肉身，相親相愛是元神。今朝行滿方成佛，洗淨當年六六塵」（第九十八回）。

　　套用王國維的《紅樓夢》判詞推之，《西遊記》之講輪回、解脫，亦堪稱是宗教的（非哲學的）、宇宙的、文學的。《西遊記》遜於《紅樓夢》之處在於，《西遊記》之解脫仍屬他律所成，《紅樓夢》之解脫才真正算得是自律之選。金蟬子墮入東土、胎裏素、純陽不破、真身不壞，石猴天生地造，天篷元帥淪為畜類，捲簾大將流沙河作惡，白馬馱負聖僧取經，等等，按佛家語，都屬天機緣定，並非自覺自性。所以，《西遊記》與悲劇關係不大，小說裏有仙界的理想感召，但少靈魂的衝突、內心的論辯。

　　我們還可以舉出一些類似的例子。比如哪吒，他是《三教搜神大全》、《封神演義》、《西遊記》等作品分別表述過的經典人物。流傳得比較廣的說法是，哪吒乃靈珠子轉世，托胎於陳塘關總兵李靖家：夫人懷胎三年零六個月產下一肉球，李靖一劍劈開，哪吒從裏面跳出來，見風就長，李靖認為是不祥之兆，一直不大喜歡哪吒。哪吒屢屢闖下彌天大禍，為免禍及父母，哪吒剖腹剔腸、割肉還母、剔骨還父，「世尊」（更廣的說法為太乙真人，可見哪吒故事可能與佛道皆有關）遂折荷莖為骨、藕為肉、絲為脛、葉為衣而生之。李靖嫌厭兒子、碎其泥身，哪吒割肉還母、剔骨還父，於凡間秩序而言，都是大違常理人倫親情，世人往往悲慟於哪吒別母棄父之極端

慘情，殊不知哪吒必須脫胎換骨，棄人間之最不忍棄，方能做到超越凡塵，亦有詩為證，「超凡不用骯髒骨，入聖須尋返魄香」（《封神演義》第十四回）。

三藏、哪吒之脫胎換骨，都為超凡脫俗，升入不死仙界。解脫之道，不僅僅是宗教的等級假設、苦樂理解，更是文學的超越性想像。解脫之境，為中國人之精神及靈魂設置了一個可進化、可提升之境，皮囊屬於輪迴，靈魂則趨向永生。至於中國語境裏的解脫之境，是否全能、全知、完美、絕對，又是另外的話題。

文學為什麼能夠超越？因為，生命至少屬於兩個世界，塵世的、塵世以外的，肉身的、精神及靈魂的，可窮盡的、不可窮盡的。文學為什麼既能寫實、又能想像，就是因為塵世呈給它現象，精神賦予它想像，靈魂引導它論辯。發現、相信不同世界的關聯、分野、對照，文學就能夠超越，文學精神就能夠健全。

那麼，文學又要超越什麼？我想，今天的文學，尤其當有超越朝代年紀、地與邦國、性別階級、集體人群的思索與志向，因為這其中的每一個名詞，對人都有相對具體、越趨強勢的規定性，它們所含的每一樣標準，又都試圖在人身上寫出它自認為的絕對真理性與合法性。換句話說，朝代年紀等，處處都是他律性原則，他們或者是知識性定義，或者是塵世戒律，他們與自律性原則的衝突，無處不在。超越他們，並不是要否定他們。《西遊記》師徒四眾，一路降妖伏魔，並不盡為湊足劫數，在客觀上他們也為世間減少了魔障，最後取經而歸，並不是要把所有的人都變成信眾，而更大程度上是為了傳達善念、改進人間；哪吒割肉剔骨、托蓮再生後，也曾助姜子牙伐紂事業。朝代年紀、塵世肉身的存在，無容置疑，超越他們，是因為在他們之外，還有另外的存在。

朝代年紀等，都是短暫現象。試想，在宇宙與永恆面前，一個朝代的年紀，能占多大的時空尺寸？地與邦國、性別階級的劃分，

能保持多長時間的不變？手上握有變權的集體人群，又有多大層面的人類意義？更重要的是，生命出現在這些定義之前。朝代年紀還沒有的時候，地與邦國、階級性別還沒劃分之前，生命就有了，生命是天賦的，所以，生命擁有優先於朝代年紀的自然權利。中國人造字，往往有哲學層面的指義，所謂「生命」，生下來就是命，它必得面臨生老病死，生是偶然，死是必然，生與死都是任何權力、他律性原則都去不到、不可知的地方，所以，人類既有對自身來處的猜想焦慮，又有靈魂的想像與期盼。像中國人講虛歲講生辰八字，從娘胎裏就開始計算人的年紀，從孩子出生就核對天地人的命格克合，撇開迷信之說不論，這裏面無疑也有對生命的無盡想像與敬重。對於宇宙，朝代年紀、地與邦國、性別階級、集體人群，都是過眼雲煙、稍縱即逝，宇宙的眼光，就是偉大的人文相對論。生命的來處與去處，朝代年紀等他律性因素無法操縱，生命的高貴本然，使得它在本質上比朝代年紀更恒久。《紅樓夢》強調朝代年紀、地與邦國失落無考，對文學實有大啟發。超越朝代年紀等，有助於突破狹窄的時間觀、生命觀、存在觀。中國古典小說作品裏，寫出時間、空間之無限廣延性的，《紅樓夢》、《西遊記》尤其有大手筆的表現，很巧合的是，《西遊記》與《紅樓夢》都採用了石頭這一隱喻，《紅樓夢》預設一塊無材補天的頑石，幻影入世，不知歷幾世幾劫，才重回本然，《西遊記》石猴受孕於天地靈氣、破空出世，「鴻蒙初闢原無姓，打破頑空須悟空」，凌雲仙渡之無底船古往今來渡眾生，萬物有前生、今生、來生三世之維，三藏雖墮入東土唐王朝，整個小說的時間維度卻是萬世之維、無朝無代，想像相當豐富。現代作品中，也不乏有出彩之大手筆。張愛玲的《傾城之戀》，寫出了天荒地老、曠古恒遠、渺渺茫茫之感，作者以一座城市的淪陷成就白流蘇與范柳原的感情，讓人世在大破滅、大敗亡、大崩潰之後，還留存有現世值得珍重之物。無名氏之《無名書》，從印蒂

的革命寫到不革命，從此岸寫到彼岸，煌煌巨著，有其非常獨特的寬廣時間觀、生命觀。面對諸如此類的時間觀、生命觀，考證之眼恐怕是無能為力的，要理解宇宙的洪荒與生命的滄桑，少不了精神與靈魂的超越維度。

　　朝代年紀等又是共存的。文學也許應該去設想一下，假如你頭頂上的那把利劍消失了，你的作品還有沒有意義；你的反抗、謾罵，在這裏有意義，但是到了別處，還有沒有意義；你的是非論斷，在現代合宜，回到古代又合不合適；你的怨恨，在這裏普遍，但是到了別處，又是不是普遍之物呢；你的善惡道德標準，到了相異的文明裏，是不是就無懈可擊。朝代年紀等的舉世共存，讓我們不需要想像另一個世界，就可以看到是非判斷、善惡標準的不確定性。文學當在這些不確定性因素之外，找到相對確定性的因素，借用道德哲學的說法，其實也就是人類之普世常道，以及這些普世常道下的困苦。沈從文在耳聞目睹並書寫無數血腥暴力、污穢垢病之後，悟出愛美神性的高尚，我相信，像沈從文筆下的翠翠、巧秀媽、巧秀等女子，無論放到哪個朝代邦國、集體人群，都是獨特而動人的，因為她們美得純淨、愛得純粹、活得明白，她們真正超越了宗族社稷、血脈規約、性別分割的是非觀、獎懲觀，她們與鄉村的水流、樹木、風雪在一起，靈動而富有生態，甚至不需要展開她們的個人故事，單是她們的眼神、面容、身段、由內往外散發的優美嫻靜，就能令你放下階級站隊、政治表態等粗暴想法。《紅樓夢》歷歷在目的閨閣女子，高貴自尊，不容褻玩。《水滸傳》、《三國演義》為什麼有大的缺陷？為什麼找不到人的尊嚴感？我想，就是因為它們經不起挪動，把它們放到語言與心術權謀裏，它們是集中國治術亂法於大成的一流著作，但如果放到生命與精神的維度，它們又讓人不寒而慄。許多的作家提筆就「小」，讓人厭倦，為什麼？就是因為他們總是糾纏於屬己的、眼前的朝代年紀、性別階級、集體人群，

急於為一朝一代、單人單事定性頒獎，缺乏超越性想像，缺乏悲憫大情懷。寫不出朝代年紀等的舉世共存感，作品也就經不起挪動。

　　當然，我們無法想像現在的作家，如吳承恩那般寫作，古典已矣，要越來越信奉眼前經驗的中國人，相信什麼萬世之維、輪迴解脫，不大可能。上帝與理性，是西方的精神傳統，以至於到了現代，它們還會經常性地出現在文學及影視作品中，但我們的文學，很難走基督之路。我們的超越之境，恐怕是自救自性，那是比基督救世更難抵達的境界，因為，個人無論到何時何境，都無法全能全知，自性自救，對個人的悟性、自持、造化，都是大考驗。劉再復先生近年多次談到基督救世與禪宗自救的區別，對中國文學之超越，尤其有深刻的啟示；他近年的散文寫作，如《天涯獨語》、「紅樓四書」（《紅樓夢悟》、《共悟紅樓》、《紅樓人三十種解讀》、《紅樓哲學筆記》）等，尤可看成是超越心境的大釋放、美學投入的大收穫。如果說劉再復某一個時期的思考還限於鄉愁家國模式，那麼，到了1995年前後，他就真正找到了他的生命本真，「在《獨語天涯》中則完全撤退到個人化立場，叩問『人群』的真實，質疑『多數』的權力」，「我的散文仍是自身的人格雕塑。羅丹用泥土完成了思想者的雕塑，我則想用生命的血肉製作心靈雕塑」，「心事雖繁，但最嚮往的，還是回到童年的原野，還是眷戀那個天真永在的原始宇宙。我討厭人群隨風轉向的喧嘩，撤退到個體的立場，正是想回到最本真的生命所在，並非狂妄的個人主義」[5]，這些頓悟式的思索，顯示了作者獨自面對世界與宇宙的智慧與勇氣。由此，我又想到《紅樓夢》的美學深意、哲學啟示。《紅樓夢》的悲劇，確實是共犯結構，你找不到具體的蛇蠍之人、極惡之人、意外變故，悲劇都是「普

---

[5]　劉再復：《獨語天涯：一千零一夜不連貫的思索》（香港版後記），上海文藝出版社，2001年。

通之人物、普通之境遇逼之，不得不如是」（王國維，《〈紅樓夢〉評論》），其朝代年紀、地與邦國失落無考，就是要放下他律性因素，讓寶玉走上自律自性之路。

　　沒有超越，何來解脫？文學之超越的現代意義何在？就在於文學能發現人之站立、人之孤獨的處境。王國維在《人間詞話》裏論古今成大事業、大學問者必經三種境界，「昨夜西風凋碧樹，獨上高樓，望盡天涯路」、「衣帶漸寬終不悔，為伊消得人憔悴」、「眾裏尋他千百度，驀然回首，那人正在燈火闌珊處」，此孤獨、不悔、頓悟三境，層層遞進，終得自性，這又何嘗不是人之站立、人之孤獨的寫照？我們的文學，從不缺委屈的人、被壓彎的人、猥瑣不堪的人、暴虐的人、殺人的人、討生活的人，惟獨站立起來的健全人，稀缺罕見；文學的愛國之心、愛族之心、愛史之心、愛政之心、愛群之心，都是豐富而強大的，惟獨文學的愛人之心，孱弱不堪。自性之核心途徑是人之站立；人之站立，又須人之孤獨來領悟敦行。自性不僅讓人「內調心性，外敬他人」（《六祖壇經》），更讓人放下可考證、可鑿實的朝代年紀，發現精神之維度、靈魂之維度。文學的超越之境，離不開本心的修煉。

後記

　　這些文字，寫於近四五年。第一輯，是我為西安《小說評論》撰寫的專欄文章，專欄主題為「精神生活」，雖主編希望我多寫寫當代小說之事，但我還是借專欄之便，思考了一些我感興趣的問題，比如道德哲學、文藝思想等。第二輯的文字，散見於《文藝爭鳴》等雜誌，這一輯多為個案討論，行文不限於文學，不限於當代。各文所論有異，但內在的心意相通。此書原擬名《文學的不忍之心》，後得編輯鄭伊庭君提醒，書名定為《中國小說的情與罪》，情、罪二字，更合此書文心。

　　當代，人們將「文學」二字窄化，將其收為學院、專業、職業的「私」器。其實，文學是表達世界、想像未來、見證存在的方式之一，它原本的面目，更開闊，更自由，它棲身於文字之中。我更願意用「文字」，而不是「文學」，去涵括本書意旨。文字是天賜神物，但亦是人生幻覺。我敬重文字，但對文字亦有警覺之心，文字永遠到不了你想去的地方，這就是人的命運。

　　得遇導師林崗教授，真乃人生一大幸事。經他指導，我才略知讀書及思想的樂趣，才略曉人生智慧及治學要術。這些文字，受他啟發尤深。還有陳思和老師、謝有順先生、林建法先生、李國平先生等，對我有大的幫助及鼓勵，在這裏，一併致謝。也感謝《小說評論》、《文藝爭鳴》、《當代作家評論》、《紅樓夢學刊》等雜誌，因其不問出處的勇氣，我得以有機會寫我所想。

近幾年，余為學位論文、為謀求生計，在廣州、上海、香港等地奔波，個中困頓煩憂，惟有自己知。這些在攻讀學位及求職的縫隙中留下的文字，權當是個人生活惶恐之外的自在。

原來的心思是，這些文字，既然讀之不安，閱之有愧，那就由它去吧，沒刻意打算要出版。但劉波等友人的積極催促，使在這方面遲鈍消極的我，決定為這些文字尋找去處。

實在想不到，這些文字，會有出版的際遇。衷心感謝蔡登山先生，沒有他，這些文字，難以集結問世。也要多謝素未謀面的秀威公司編輯，鄭伊庭等君的勞心費神，促成此書。

放下即是得救。我對過去，心存感激。

二〇一〇年十二月

語言文學類　PG0514

中國小說的情與罪

作　　者 / 胡傳吉
主　　編 / 蔡登山
責任編輯 / 鄭伊庭
圖文排版 / 陳湘陵、鄭佳雯
封面設計 / 王嵩賀

發 行 人 / 宋政坤
法律顧問 / 毛國樑　律師
印製出版 / 秀威資訊科技股份有限公司
　　　　　 114 台北市內湖區瑞光路 76 巷 65 號 1 樓
　　　　　 電話：+886-2-2796-3638　傳真：+886-2-2796-1377
　　　　　 http://www.showwe.com.tw
劃撥帳號 / 19563868　戶名：秀威資訊科技股份有限公司
　　　　　 讀者服務信箱：service@showwe.com.tw
展售門市 / 國家書店（松江門市）
　　　　　 104 台北市中山區松江路 209 號 1 樓
　　　　　 電話：+886-2-2518-0207　傳真：+886-2-2518-0778
網路訂購 / 秀威網路書店：http://www.bodbooks.com.tw
　　　　　 國家網路書店：http://www.govbooks.com.tw
圖書經銷 / 紅螞蟻圖書有限公司
　　　　　 114 台北市內湖區舊宗路二段 121 巷 28、32 號 4 樓
　　　　　 電話：+886-2-2795-3656　傳真：+886-2-2795-4100

2011 年 5 月 BOD 一版
定價：320 元
版權所有　翻印必究
本書如有缺頁、破損或裝訂錯誤，請寄回更換

國家圖書館出版品預行編目

中國小說的情與罪 / 胡傳吉著. -- 一版. -- 臺北市 : 秀威
資訊科技, 2011.05
　　面 ；　公分. -- (語言文學類 ; PG0514)
BOD 版
ISBN 978-986-221-729-0(平裝)

1. 中國小說　2. 文學評論　3. 文集

827.88　　　　　　　　　　　　　　100004137

讀者回函卡

感謝您購買本書，為提升服務品質，請填妥以下資料，將讀者回函卡直接寄回或傳真本公司，收到您的寶貴意見後，我們會收藏記錄及檢討，謝謝！
如您需要了解本公司最新出版書目、購書優惠或企劃活動，歡迎您上網查詢或下載相關資料：http:// www.showwe.com.tw

您購買的書名：_____

出生日期：_____年_____月_____日

學歷：□高中 (含) 以下　　□大專　　□研究所 (含) 以上

職業：□製造業　□金融業　□資訊業　□軍警　□傳播業　□自由業
　　　□服務業　□公務員　□教職　　□學生　□家管　　□其它_____

購書地點：□網路書店　□實體書店　□書展　□郵購　□贈閱　□其他

您從何得知本書的消息？

　□網路書店　□實體書店　□網路搜尋　□電子報　□書訊　□雜誌

　□傳播媒體　□親友推薦　□網站推薦　□部落格　□其他_____

您對本書的評價：(請填代號　1.非常滿意　2.滿意　3.尚可　4.再改進)

　封面設計____　版面編排____　內容____　文／譯筆____　價格____

讀完書後您覺得：

　□很有收穫　□有收穫　□收穫不多　□沒收穫

對我們的建議：_____

_____

_____

_____

11466
台北市內湖區瑞光路 76 巷 65 號 1 樓

秀威資訊科技股份有限公司　　　收

BOD 數位出版事業部

....

姓　　名：＿＿＿＿＿＿＿＿＿　年齡：＿＿＿＿　性別：□女　□男

郵遞區號：□□□□□

地　　址：＿＿＿＿＿＿＿＿＿＿＿＿＿＿＿＿＿＿＿＿＿＿

聯絡電話：(日)＿＿＿＿＿＿＿＿＿＿　(夜)＿＿＿＿＿＿＿＿＿＿

E-mail：＿＿＿＿＿＿＿＿＿＿＿＿＿＿＿＿＿＿＿＿＿＿